冬雪集

刘济民◎著

作家出版社

图书在版编目（CIP）数据

冬雪集 / 刘济民著. -- 北京：作家出版社，2017. 9
ISBN 978-7-5063-9681-3

Ⅰ. ①冬… Ⅱ. ①刘… Ⅲ. ①散文集 - 中国 - 当代
Ⅳ. ①I267

中国版本图书馆CIP数据核字（2017）第224244号

冬雪集

作　　者：刘济民
特约编辑：张永杰
责任编辑：韩　星　杨新月
装帧设计：刘红刚
封面题字：赵长青
彩页设计：刘　璐
治　　印：林　强
出版发行：作家出版社
社　　址：北京农展馆南里10号　　　**邮　　编：**100125
电话传真：86-10-65930756（出版发行部）
86-10-65004079（总编室）
86-10-65015116（邮购部）
E-mail:zuojia@zuojia.net.cn
http://www.haozuojia.com（作家在线）
印　　刷：中煤（北京）印务有限公司
成品尺寸：152 × 230
字　　数：270千
印　　张：21.5
版　　次：2017年9月第1版
印　　次：2017年9月第1次印刷
ISBN 978-7-5063-9681-3
定　　价：38.00元

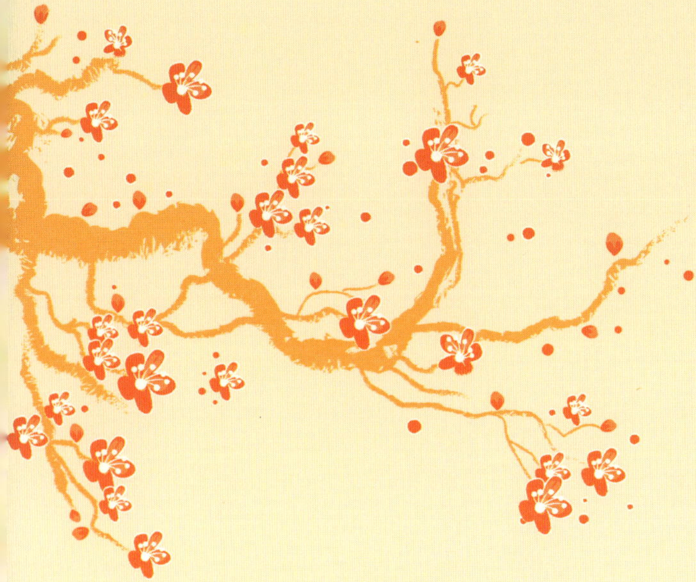

我的小传

1938年农历八月二十二日生于内蒙古清水河县。
1988年定居江苏无锡。
从十三岁起，当兵，务农，从政，学做文史工作；几十年小材大用，平淡无奇，尽心尽力而已。
六十岁以后闲来少事，学写散文、随笔、对联、文学纪实，聊以自乐。
1998年出版《春潮集》；
2002年出版《秋韵集》；
2005年出版《夏夜集》；
2017年出版《冬雪集》。
几十年苦多甜少，尽可能从容应对，苦中得乐。
如今老了。走路，打拳，看点闲书，兴之所至，写点没用的文章。每日里清静闲适，平安无事。
笑对人生无所求，从容闲度去如归。一切都顺其自然了。

欣聞濟民先生冬雲集付梓
特篆冬日暖陽以為續貽

丁酉初秋後學林強謹識

赠老彭

牵手共苦几十秋，
也同风雨也同愁；
铁肩温情撑家业，
心力交瘁早白头。

这是刘济民赠给妻子的一首小诗。

无锡遭遇百年一遇的洪灾，刘济民在一线指挥抗洪，不能床前尽孝。无锡市委副书记陈璧显、市委秘书长肖国兴、市政府秘书长项洪方远赴内蒙古看望刘济民的父母。

少小离家老大回。二十世纪九十年代回乡探亲时，刘济民已年过半百。送行的亲人在绿皮火车前合影。

三个女人一台戏。妻子、女儿和儿媳。

世上千般爱，唯有母爱大。
大妹济莲和慈母在呼和浩特。

锵锵三人行，妻女在无锡。

吾家有儿女，转烛已成年。

老彭那时还年轻。妻子曾经是新华社军事部唯一的女记者。

焉知三十载，重回君子堂。1993 年，夫妻俩回母校中国人民大学。

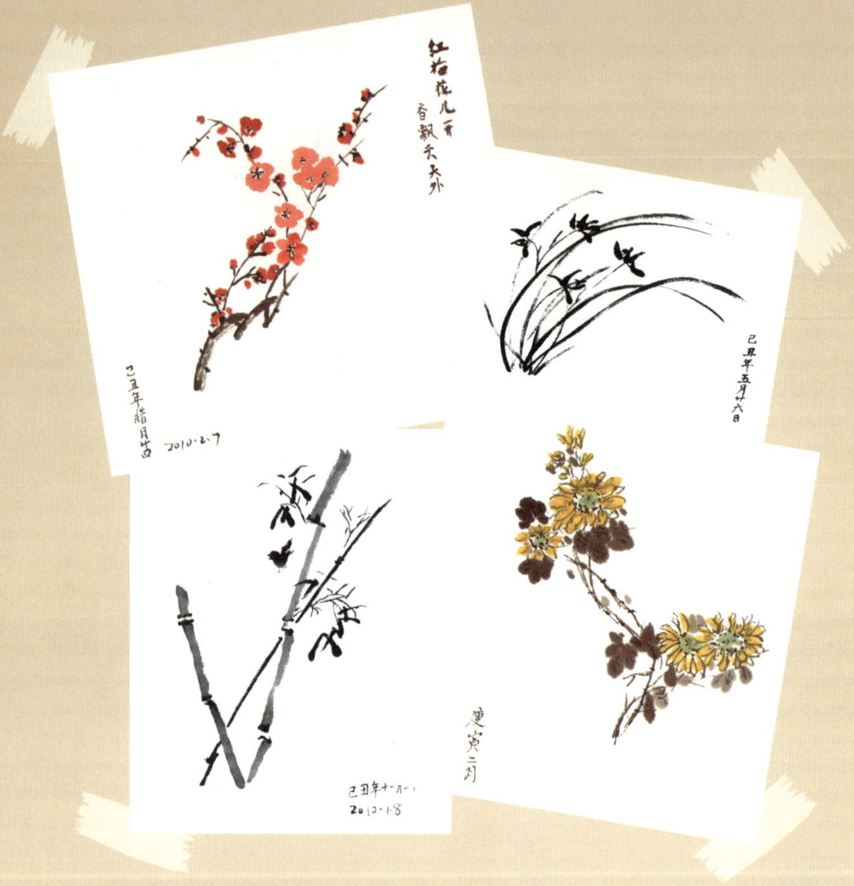

老彭拜师学国画，
梅兰竹菊四君子。

青葱岁月，抗美援朝一小兵。
十八岁时穿便装留影。

1993 年中南海的办公场所极其简朴，在周恩来总理画像下工作，恪尽职守，兢兢业业。

到医院看望老领导林乎加。他是
前辈，是恩师，在人生的道路上，
既能指点迷津，又能仗义执言。

九寨沟风景美，瀑布飞银溅玉。
2001 年夫妇俩与谢世杰伉俪同游九寨沟。

亲切看望吴仁宝同志。
吴仁宝是“天下第一村”的老书记，一个传奇的人物，当代中国农村干部的杰出代表。

刘济民与王蒙、李仁臣在全国政协会议以后合影。

人生不相见，动如参与商。
2016年，与贾大勤夫妇及郭书田同志合影留念。

杨雍哲同志在无锡，与之交谈甚欢。

映日荷花别样红。奶奶
和乔乔在太湖边漫步。

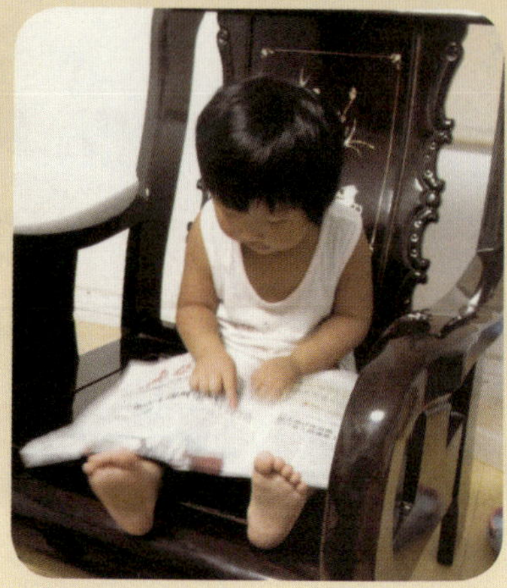

倒着读报纸，厉害了，
乔乔。

太极拳，儿童操，祖孙乐。

贈喬喬

少小須勤學
孩兒當自強
悠悠千般事
讀書應為尚

四歲、五歲，是人生中第一個重要的年齡段，這時候開始認字、讀書、學外語，是適宜的。

二〇一四年初春時節

乔乔乐陶陶，爷奶笑开怀。

1964年五四青年节，人大新闻系团总支委员临别合影。后排左一为刘济民。

老彭和刘冰清在黄浦江边。

夫妻俩和大学同学邢双合在无锡马山。2012年老彭去世，双合写了《相托重于泰山》一文，情真意切。

忆昨岁月峥嵘，群英会，指点江山。
1998年春，全国政协新闻出版界委员合影。

1996年，刘济民率国务院赴黑龙江省调查组调研农垦体制变动问题。

人到七十古来稀，我到八十不稀奇。
生日宴会，欢聚一堂。

寿宴留影，八十老翁不显老。

四家老少在桂林。

天蓝蓝，风轻轻，花团锦簇。与张永杰（右）、段宝全合影。

如今的北大荒，是劳动者幸福的乐园、绿色的家园。与蒋守刚同志在北大荒。

接天莲叶无穷碧，此处风光胜江南。与朱德坤在曾经战斗过的北大荒。

2005 年暮春，与王文运在巴黎。

江南好，风景旧曾谙。与周培基同志在无锡。

草如茵，树如盖。与倬镇宁同志在无锡。

与吴相仁在江西。

昔日青葱少年，今日国之干城。
1986 年至 1988 年农业部青年干部在苏州挂职锻炼，刘济民为领队。

目 录

感悟篇　赌书消得泼茶香

附　录　凌云健笔意纵横

序 一

人活一口气

吴相仁

法国大思想家卢梭说："人是生而自由的，然却无往不在枷锁之中。"

我奶奶郝宜娥——一个目不识丁的中国农村老太太常念叨："为人不自在，自在不为人。"

人活着，如何摆脱枷锁，走向自在，活出个样儿来？读了我的恩师刘济民先生的《冬雪集》，自会茅塞顿开、心无挂碍。我琢磨着，其实话头最简单不过，也就是咱平头百姓的口头禅——"人活一口气"。

济民先生《冬雪集》里的人物个个都是人中豪杰，个顶个都是好样的，充满着精气神，散发的全是正能量！

——林乎加，一个曾经在京津沪三个直辖市担任过主要领导职务，一个"具有远见卓识、举重若轻的大将风范""超脱世态、鄙薄世俗的坦荡胸怀"的大人物，一个年逾七旬仍在为贫困地区群众脱贫奔波的老干部，一个在甘肃酒泉"三西"地区扶贫工作会上脱稿洋洋洒洒讲话三个多小时不累的真汉子。在济民先生的笔下，他与"三西"地区基层干部群众"面对面聊天"的场面呼之欲出，"讲得有理有据，有声有色，有滋有味"，让他们"觉得很生动，很亲切，很深刻，很有说服力，非常过瘾"，"会场上少有的安静，几乎没有什么人出出进进，更没有人抽烟”，让大伙儿“只怕少听一句话”，觉得“应该给他立个碑”。济民先生深情回顾“在乎加领导下无拘无束地、脚踏实地做工作”的快乐往事后写道：“乎加同志那样的思想方法，那样的工作作风，那样深入的调查研究，是他多年来在毛泽东主席的培育下形成的完美经典。集中到一点，就是实事求是，一切从实际出发，一切为了人民大众，实实在在地为人民大众谋福利，解决各种各样的实际问题。这就是要领。”

——吴仁宝，虽然也曾担任过江苏省政协常委，官至江阴县委书记，但从1957年起始终不变的身份是华西村的农民和领路人。1961年建华西村时，集体资产只有2.5万元，负债1.5万元，村民人均收入只有53元。现在每年销售收入超过500亿元，自有资金超过30亿元，村民人均收入达8万元以上，成为名副其实的“天下第一村”。这位华西村的老书记，“一手抓同中央保持一致，一手抓同群众保持一致”。他不拿全村最高工资和奖金，不住全村最好的房子，从不陪客人吃饭，从不在村民家吃饭，做到了“爱党爱国爱华西，爱亲爱友爱自己”。无怪乎同他有着三十多年交情的济民先生在《痛别老书记》一文中，称赞他为“一面旗帜”“一盏明灯”“一部经典”“一座丰碑”“一位伟人”“一个深厚的政治思想宝藏”，称赞他为“乡间农舍里成长起来的政治家、思想家”。

——刘振夏，这位奇人与济民先生“神交”的奇事，竟成就了济民先生“鬼使神差”读三遍《情画未了》之后“情难自禁”的奇文。被国家一级美术师赵殿玉称为中国水墨人物画旗手的刘振夏先生，虽然与济民先生“神交多年”，但他神秘的身世、不幸的童年、神奇至极的婚姻、崇高圣洁的艺术追求与历程，在济民先生《唯有真情似旧时》一文中活灵活现。除了与济民先生一样“同哀同悲，同喜同乐，感受到一种少有的惊奇与震撼”之外，直让人像旧时新郎官急于挑开新娘子的盖头一样，急着想见见振夏先生本人，想看看他超凡的作品。特别是振夏先生对自己不满意的作品“不留”，以及在艺术生涯如日中天时毅然宣布“不展、不卖、不送、不发表”的天地境界，不知道会让当今社会多少人为之汗颜！

——彭翠萍，一个20世纪60年代中国人民大学新闻系的高材生，当过新华社编辑、记者，“快人快语”，“急性子”，与济民先生从相识、相处到共同生活达五十二年之久，是他们家的“纪检书记”。在彭阿姨“突然走了”之后很长一段日子里，济民先生逢人便讲：“老彭对我最大的影响，一是爱读书，形成一种习惯；二是清清白白做人，养成一种秉性。”为了家庭的幸福，为了让丈夫安心“当官”，彭阿姨毅然深藏“才气”“锐气”，但永葆“正气”“骨气”，一辈子是非分明、作风正派（新华社官方评价），从不收礼、从不吃请，用“铁肩温情撑家业”，退休以后居然创办企业，还在澳大利亚“打洋工”。

济民先生自己呢？不管别人怎么看，在我心目中，套用现如今一句时髦话，他永远是“高大上”！该说的，在他布置给我的作业《生活随意便是幸福》（被刘济民《夏夜集》收录为序文）中差不多都说了。一晃又九年过去了，不得不说的是，应在他“健康人生、淡泊人生、笑傲人生”之后，再加一个“快乐人生”。不管生活多么艰难、多么无奈，他总是开开心心地面对，与工作时默读审阅、一笔一画绣花般修改文稿判若两人。

七老八十了，干着“小保姆”的活，虽然“其苦无比”，但济民先生却感觉“其乐无穷”。有一次抱着小孙女恩乔上楼，由于连续劳累，双腿支撑乏力，双膝跪在楼梯上，许久才站立起来。他讲这个故事时竟一脸灿烂，每次都会嘎嘎嘎笑着接着说：“你猜怎么着？这以后乔乔每次都要用小手轻轻地拍着我的肩说：‘爷爷，慢慢下，慢慢下。’”那个幸福劲就甭提让人有多羡慕了！看了《且陶陶，乐尽天真——乔乔和爷爷奶奶等对话》里二十八个片段，我相信，你一定和我一样，为这快乐幸福的一家子拍手叫好！

这几年每次来北京，济民先生都要约请乡（内蒙古）友、校（中国人民大学）友、荒（北大荒）友、海（中南海）友等朋友们一起聊天，说到忘情处，他还时不时会放歌一曲。最难忘他这个年近八十岁的老人边击拍子边唱的云南民谣《猜调》，“小乖乖来小乖乖，我们说给你们猜：什么长，长上天？哪样长，海中间？什么长长街前买嘛？哪样长长妹跟前来喽？……”每当此时，即进入高潮，大家不仅由衷地佩服他惊人的记忆力，更深深地被他的快乐激情所感染！

“逆境是财富”，“健康是财富”，“精神是财富”，“人生一世，精神是最重要的财富。”在济民先生七十岁生日感悟——《当生命进入倒计时》里，他设计了人到百年时这样的告别仪式：“老伴、孩子们、同志们、朋友们、乡亲们：我这就走了，咱们不必说再见！你们好自为之，多多保重，祝你们健康长寿！”十秒钟倒计时，告别结束，然后是鲜花、掌声和欢快的乐曲，在轻松愉快的气氛中送别。这是一种什么境界？每次读到这里，我都无语。

“阳光，沙滩，海浪，仙人掌，还有一位老船长……”在快要完成这次作业的时候，我禁不住哼起这首《外婆的澎湖湾》，以感恩从1986年以来一直像老船长一样细心呵护并悉心指引我人生航程的刘济民先生！

2014年12月24日下午15时草就于中南海

序 二

聚贤堂欢会记

虚和子

盖无酒不欢，有朋乃融。而其乐有甚于酒者，其唯翰墨乎？

刘公济民自梁溪返都，例邀旧雨新知欢会，环列而坐者八人也。德齿俱尊，寿迈八秩，而清健如昔者，杨公雍哲也；病后清减，龄过七旬，煦煦慈和者，刘太君冰清也；虽不及五纪，清迈豪健，而似蔼然尊者，张公德修也；至甫卸仔肩，退归林下，而一仍清俭者，刘公济民也。刘公逾耳顺之年，足力如少年，精力如中年，而自信生当百年者，良有以也。而少君立人、俊才苍茫、清虚，以及区区，恰成四老四少也。四老皆曾位列清要，相交有素，别后重逢，谈兴甚高也。即于灯下张席，肴核精美，醇酒清冽，食兴更助谈兴也。

酒后张案，铺纸吮毫，乘兴挥笔也。挥笔者何人？幼习法书，取道百家，通古博今，而不事张扬者，茅山苍茫也。学有师承，术有专攻，胸有丘壑，心有灵犀者，马洲清虚也。二君初会，道与情通，对书而兴愈高也。何所书云？曰“缉熙”以赠杨公也；曰“萱堂晴晖”以赠刘太君也；曰“积健为雄”“清议匡时”以赠张公也。而赠刘公者，苍茫自拟“四时兴会”也，盖刘公已有《春潮》《夏夜》《秋韵》三集行世，《冬雪集》即将杀青也。墨新词丰，动人诗兴，刘公口占四句，谓“禅茶一味，其妙至贵；慧泉微涌，悠然心会”，清虚道人欣然书丹也。盖无酒不成席，无茶不成会，而无墨不称雅也。至于清虚又撰“听雨夏夜，弹琴秋日，读诗野屋，濯足长江”，盎有古意，别开洞天，满堂称美也。

堂何在？京北奥运村也。堂何名？聚贤堂也。聚贤堂何谓也？符君立人所拟堂名也。而额有确义，堂无定所，群贤所履，即是聚贤堂也。其慕古好义，一至于斯也。

年轮易逝，繁华难留，而天地不言，四时皆有消息，唯贤者相聚，能通款曲。斯会之兴，不可不为之记。记者何人？乐亭虚和子也。时当仲秋，日在癸未，天朗星稀，月近望矣。

自 序

精神是财富

前几年先后出版《秋韵集》《夏夜集》，分别写逆境是财富、健康是财富以为自序；今朝出版《冬雪集》，写精神是财富作为自序，算是姊妹篇。

人的一生，追求身心健康，必定需要良好的精神支撑；一旦身处逆境，要有智慧、有能力生存、突围，尤其要有良好的精神支撑。我看，人生一世，精神是最重要的财富。

一

想到我的父亲。

父亲一生清贫，一生清苦，无房无地，无任何物质财富。在我的记忆里，父亲没有兄弟姐妹，没有任何亲戚；甚至我的爷爷、奶奶是何方神圣，一概不得而知。可庆幸者，上帝并没有绝了他的生路。

父亲一生勤劳，一生习武，这两样成为他最为宝贵的精神财富。

父亲是靠着在苦不堪言的磨难中铸就的那种无所畏惧的胆识，靠着那种超越常人的毅力，还靠着在苦难中、在习武中练就的健康体魄、坚强意志，在解放前年复一年的战乱和灾荒中，颠沛流离，艰难度日，闯过了一处又一处险境，渡过了一个又一个难关，硬是拖着我们全家顽强地甚至是奇迹般地生存下来了，终于迎来解放后、改革开放后的光明前景。

父母亲的晚年是幸福的，他们都是无疾而终。父亲享年九十一岁，母亲享年九十三岁。

父母没有留给我任何物质财富。两位老人几十年来早已习惯的那种诚实、善良、勤劳、节俭、刻苦自励、乐于助人的品行，是留给我和我的弟妹们最最宝贵的精神财富，这是比任何金银财宝都珍贵的真正的传家宝。

二

想到我当年上学的艰难。

父亲总是希望我好学上进，要多读几年书。虽然家贫，但我从小好学。到了四五岁，父亲就开始教我认字，背乘法口诀，练习珠算；到上小学前，已能认识近两千个常用字。只因那样穷困的家境，小小年纪的我，已经懂得为父母分担忧愁，只念到小学毕业，就感到家里无力供我上学了。

穷人的孩子早当兵。那是1951年，我的实足年龄还不到十三岁，我自己报名，去当了一名小兵。

我是在中国人民解放军这个大学校的抚育下长大成人的。

大约到十七岁，由于读书心切，又受到某种激励，我居然突发奇想，下定决心要自学，要考大学。当时我所在的部队进入四川，生活条件相对优越，我是把别人晚间、假日用来打扑克、搓麻将、游闲散步、谈情说爱、摆龙门阵的时间，都用到自学上的。不知疲倦，不畏炎热，不怕艰难，决不退缩。

1958年，部队集体转业到北大荒，开荒、种地、办农场，生活特别艰苦。不论是在农场还是在机关，也无论是住帐篷还是住工棚，依然利用一切可以利用的时间，坚持看书自学。即使没有电灯，点个“小马灯”也坚持读书。

到1960年，我自学完成了初中、高中的全部课程。现在回想起来，当时确实是对上大学充满了必胜的信念。1959年初，我断然放弃了已经保送到黑龙江省八一农垦大学（四年制本科）的难得机会，1960年又放弃了即将保送到中共黑龙江省委党校深造的机会（四年制本科），下定决心要等机会考取正规的大学。

现在回想那段自学的经历，绝不是多么聪明，更谈不到有什么远见。那时候还年轻，实在是不知世事深浅，还不懂得人生的艰难，更多的是无知。由于无知而无畏；由于无知而不知愁，不怕苦，不惜力；由于无知，没想过退缩，没想过会不会丢面子，会不会被人讽刺、挖苦、看不起，等等。当时是“二百五抽烟卷儿——尽冒傻气”！

最后，当然成功了！1960年作为调干生考取了中国人民大学新闻系（五年制本科）。这样的成功，靠的是什么呢？是靠一种精神的支撑。这种精神集中到一点，就是刻苦和勤奋，是百倍于别人的刻苦和勤奋。

三

想到我自己几十年来所遭遇的各种不幸。

我这几十年，不是半生坎坷，而是一生多难。持续不断的艰险、厄运、逆境、磨难等莫名其妙的不幸接踵而至，有如风霜雨雪，汹涌来袭，防不胜防。

如今我已退休多年，日薄西山，气息奄奄，就木之时日近。回首当年，实实在在地说，我是万分感激那些不幸境遇为我所制造的各种麻烦的。那样的境遇，那些个麻烦，使得我总是特别冷静，非常谨慎，从不张扬，绝没有任何奢望。

我这个人没有太多的长处，有一个小小的长处就叫知足。因为知足而常乐；因为知足而感恩；因为知足，总觉得是小材大用；因为知足，早已习惯于过那种普通人的简单、素朴的生活；因为知足，绝没有升官发财的念想，只求平安、健康，为老百姓做点实事就是天大的福分了。

不记得哪位哲人讲过：“最可不幸者，是没有遭遇不幸的人。”

我看，遭遇逆境和磨难不见得是坏事。那可能是一杯美酒，你就和着自己的伤痛（不是眼泪，我没有眼泪）一起咽下去，就会神奇地成为一种力量，甚至是一种智慧的力量。

当年那样的境遇，使我真正懂得了：逆境是熔炉，逆境是良药，逆境还是试金石；逆境使我真正懂得了人生的艰难，逆境真正成为我发奋自强的大学校。逆境对于我，确实是偏得的财富。

我相信，天无绝人之路；

我相信，无路即大路；

我相信，命运总是掌握在自己手上的。

一个人，当他遭遇油锅陷阱、面临险境绝境、走投无路之时，很可能在他眼前展现的正是一条康庄大道。

是什么支撑我在逆境中绝处逢生呢？当然还是一种精神。有了那样的精神，必定在困惑中自救，在痛苦中奋起，在挫折中挺立，在危难中重生，在逆境中突围。

四

还想到孙万鹏同志的伟大精神。

我在20世纪80年代初认识孙万鹏同志时，他当时是浙江省的农业厅厅长。那时候，我就很羡慕他的才华和激情。

二十多年没有见面了，近几年从农业部郭书田同志那里不断地听到孙万鹏同志的好消息，不断地看到他写的有关灰学理论的系列文章，不断地传来他写小说、写诗歌，甚至奇迹般战胜癌症的喜讯，等等。我着实是为万鹏同志高兴，非常敬仰，更加羡慕。

二十多年来，万鹏同志创造了三大奇迹：

一是有关灰学理论的学术研究。他被公认为灰学创始人，达到了国际领先水平。世界著名科学家钱学森院士和国内外众多的专家学者，对他的研究成果满腔热情地给予赞赏和支持。这当然不只是对我中华民族的重大贡献，更是对世界、对人类的独特贡献。到

2013年，万鹏同志出版的灰学理论专著达23部600多万字。

二是创造性地把灰学理论运用于文学创作。他在2003年9月出版灰学长篇小说《澄江情》上下卷，在文学界引起热烈反响。中国作家协会负责人高度评价这部小说是“时代的镜子、共和国历史的缩影”。这部长篇小说还被改编为大型电视连续剧，丁荫南任总导演，刘晓庆、程前等著名演员参演，已在2009年改革开放三十周年和共和国成立六十周年献映。2008年，万鹏同志的灰学长诗《债》出版，一些著名作家和诗人给予很高评价，世界汉诗协会授予他“当代灰学诗人”称号。

三是别出心裁地把灰学理论运用于战胜癌症。万鹏同志曾患癌症，1987年发现时已是肝癌晚期。他上了手术台准备手术时，又自己从手术台上下来，断然决定谢绝手术、化疗、放疗等常规的临床治疗。他的父母和妹妹，都是罹患同样的肝癌，都是在做完手术后不久就去世的；既然手术、化疗、放疗等对许多癌症患者都没有多大作用，都难免一死，为什么不换个思路，为什么不去另寻生路呢？他以超越常人的毅力，潜心学术研究，坚持锻炼身体，坚持修炼太极拳、太极剑，修炼气功，以增强自身战胜癌症的能力。居然大见奇效！几年之后，肝部恶性肿瘤竟神奇地由大变小，由小变无。从发现肝癌晚期到2013年，已过了二十六年，再没有复发。

孙万鹏同志本来是学农学植保专业的，多年从事农村工作。他从农学领域到哲学领域，又到文学领域，又进入人的生命科学领域，在不同学科、不同领域，都有不平凡的业绩，甚至创造了奇迹。是什么力量支撑他不断地创造奇迹呢？我看是万鹏同志几十年来所修炼的那种精神的力量。试想想，创造上述三大奇迹谈何容易呀！需要多么大的毅力、多么大的智慧啊！我们从万鹏同志身上，看到了一个人一旦拥有那种伟大的精神，能飞多么高，能走多么远，能攀登什么样的科学高峰，能发掘出多么巨大的潜能！这种精神，集中到万鹏同志身上，就是大彻大悟大智大勇大毅力大品德。拥有孙万鹏同志那样的伟大精神，必定创造奇迹。

五

还想到我的爱尔兰朋友高尔文。

弗雷德·高尔文是美国籍的爱尔兰人。他较早地在无锡创办中外合资企业，被评为无锡市中外合资企业的第一位优秀经理，引起了我的特别关注。还因为我们是同龄，又性格相近，居然一见如故，成为朋友。

1991年3月，高尔文夫人安娜在无锡家中突发出血性脑中风（脑溢血），在医院抢救中，病情急剧恶化，生命垂危，高尔文已请天主教神父为安娜做了临终祈祷，通知我到医院向夫人做最后的告别。我去无锡市第二人民医院探望时，安娜已瘦骨嶙峋，奄奄一息，只能靠输氧喘息。医院还在继续抢救，做最后的努力。我要求医院，要不惜一切代价，全力抢救。我说："只要有百分之一的希望，就要做百分之百的努力。只要有一点点希望，就决不放弃。需要什么药，就用什么药；需要哪里的专家会诊，就赶快请来。"高尔文对我说的这些话，当然很感谢，但他事后曾坦诚地告诉我，他当时对中国专家们的医术并没有抱多大的希望，他已经为安娜安排后事了。

经过几天几夜的奋力抢救，我们的医护人员竟然奇迹般地把安娜救活了。我听到这个喜讯时，脱口说了一句："奇迹终于发生了！"《无锡日报》的记者就以这句话为题目，发表了一篇生动的新闻特写。

安娜得救后，高尔文非常激动，他一再对我说："无锡是我的家"，"中国特色社会主义是成功的"。安娜深情地表示："无锡是我的第二故乡，我永远忘不了无锡。"

1991年夏天，我去看望高尔文时，他告诉我，安娜回国后情况很好。高尔文一再感谢我们对安娜的救命之恩，他说："你们是人道主义精神。"我说："是的，我们是人道主义精神。世界上所有的医务工作者都把救死扶伤视为神圣的职责，都是人道主义精神。”我问高尔文：“安娜这次如果是病在美国会怎么样?”他说：“如果在美国，不见得能抢救过来。”我又说：“是啊，同样是人道主义，美国的人道主义不一定救得了你的安娜。中国的医务工作者也是人道主义，他们的医术不见得比美国专家们的医术高明，却成功地救活了你的安娜。为什么呢？我们的毛泽东主席讲过，那叫革命的人道主义。为抢救安娜，二院的医护人员夜以继日，全力以赴，千方百计，精心救治，精心护理，终于把安娜救活了。是革命的人道主义救了你的安娜。”高尔文对毛泽东主席赞叹不已，他说：“毛泽东是伟人!”

安娜得救，我们又看到了精神力量的伟大。在一定的物质、技术条件下，精神的力量会显得很神奇，往往起着决定性的作用。

六

还想到我在无锡经历的许多往事，尤其想到1991年夏天那场抗击特大洪涝灾害的斗争。

1991年夏天，无锡遭受了百年不遇的特大洪涝灾害。两个多月落雨900多毫米，接近正常年景一年的雨量，全市城乡一片汪洋，无处不成灾。当时无锡的外商大多数都回国了，听说还有两位外商没有走，一个是高尔文，一个是日本的铃木一雄。这两位外商，在危难中与我们同舟共济，并肩战斗，抗灾救灾，我为他们的精神所感动，特地去看望他们。

在看望高尔文时，我们之间有一段关于精神和物质的对话。

那天，高尔文很关切地对我说：“看得出你很疲劳，但你的精神还不错。”

我说：“这些天基本上没有睡觉。责任在肩，有时间睡，也睡不着啊！现在确实是只剩点精神了。”

高尔文讲到那几年全国市场疲软，讲到1989年的政治风波，讲到当时的南方大水。他非常感慨地说：“你们这些年挺过来了，是很不容易的。”

我说："我们国家和人民这些年能挺过来，确实很不容易。无锡今年这场大水，是无锡有气象记录以来百年不遇的特大洪水。市委确定的方针：第一是救人，第二是救人，第三还是救人。现在全市城乡有几十万人被围困在水里，我们正在组织力量全力抢救。我们要求：不仅不能死人，还要有吃有住，不能流离失所，不能露宿街头。要做到不死人，能挺过来，靠两条，一靠物质，二靠精神。我们无锡抗灾救灾的物质条件、水利设施是比较好的，这还不够，还要有一种精神力量的支撑。就是要有一种非常负责任的、真心实意关心人民群众疾苦安危的精神；就是为了救人救灾，要有一种排除万难、勇于奉献、不怕牺牲的精神。物质基础、精神力量，缺一不可。如果是美国遭受这样严重的自然灾害，我看它不见得有我们这样的救人、救灾水平。美国的物质条件比我们富有，但它缺少一样东西，它缺少我们这种精神。"高尔文对我说的这番话，一再表示赞同。

我感谢高尔文同我们并肩战斗，共同抗灾。我请高尔文相信，我们是一靠物质，二靠精神，一定能挺过来，一定能战胜这场特别严重的灾害。

在那场惊心动魄的抗击大洪水的斗争中，无锡城乡从洪水围困中救出36万人。除在救人救灾中牺牲了4位党员干部和工人外，上至九十多岁的老人，下至刚出生的婴儿，几十万灾民全都安全脱险。全市城乡400多万人，无一人因洪水丧生。

在那场大洪水面前，人民群众的精神力量大显神威。全市党政军民万众一心，众志成城，不等待，不犹豫，不畏难，不向上级伸手要钱要物，士气不减，精神不倒，凝聚了"十二级台风吹不倒"的抗灾精神，夺取了救人、救灾、恢复生产的全面胜利。这就叫作"洪水破纪录，人民创奇迹"。

七

精神是一种力量，确实是一种伟大的力量，是极为宝贵的财富。这种精神的力量是无可替代的。它不是物质，胜似物质，可以起到物质所起不到的作用。

精神的力量是有传承的，叫精神基因。在我的骨脉里，就传承了父亲刚强、无畏、宁折不弯和诚实、善良、刻苦自励的品德，成为一种家传、家教，潜移默化，子孙传承，是为秉性。

精神的力量是在长期的修炼中不断升华的。几十年来，我在中国共产党、人民解放军这个大熔炉里长期摔打、磨炼，硬是铸就了一种不畏艰难、勇往直前、奋发进取、勇于奉献的精神。真正懂得了什么叫信仰，什么叫使命，什么叫责任，坚信不移，坚守不移。那就是精神的升华，叫作党性。

当今社会，实在是不缺少物欲，我看是物欲横流、功利泛滥，是道德缺失、精神贫弱。一些人摆脱了物质的贫困，却又陷入了精神的贫困。当今最需要的也是人们千呼万唤、殷勤期盼的，是坚持和弘扬我党近百年来所铸就、培育的那些惊天地、泣鬼神的伟大精神，诸如井冈山精神、长征精神、延安精神、大庆精神、“两弹一星”精神、雷锋精神、焦裕禄精神、改革开放精神、女排精神、北大荒精神、吴仁宝精神，等等。那一系列光辉灿烂、极显神威、足以彰显我党性质、反映民族传统、体现时代特色、凝聚各方力量的伟大精神，在革命战争年代，在和平建设时期，在推进改革开放和中华民族复兴大业中，都发挥了无可替代的作用。那些伟大精神，正是中国共产党、中华民族的传家宝，是最为宝贵的财富。那是灵魂，那是命脉，那是根基，那是底气，须臾不可削弱，不可丢弃，需坚守不移，不断升华，世代相传。

一个人，一个家庭，一个政党，一个民族，一个国家，只要有一种强大的精神力量的支撑，就一定自信、自立，一定自救、自强，无往而不胜，必定创造奇迹。

2013年12月写于上海

2014年5月修改

怀人篇

同来望月人何处

老彭走了，走得很突然。住进医院还不到三周，她就急匆匆地走了！那天早晨，我还同她商量中午给她烧什么菜，做什么汤;我离开医院到菜市场买了她喜欢吃的虾，喜欢吃的菜，回到家里正准备做午饭时，医院来电话说，情况不好，让我赶快去医院。待我立即赶到医院，她已经昏迷了。没有明显的预兆，没有话别，没有留下一句安排后事的话，就那样急匆匆地走了！

老彭走了，她留给家人和亲友们的，不只是巨大的悲伤和哀痛，她留给我们更多的是失落；那是一种从未有过的、永远无可弥补的失落！

荣老，家乡人民怀念您

今年是荣毅仁先生诞辰一百周年。

荣氏家族是无锡的乡贤、望族。荣毅仁先生是从无锡走出去的中国现代民族工商业者的杰出代表，卓越的国家领导人，伟大的爱国主义、共产主义战士。

党和国家领导人对荣氏家族有很高的评价。毛泽东说："荣家是我国民族资本家的首户，在国际上称得起财团的，我国恐怕也没有几家子。荣家现在把全部企业都拿出来和国家合营了，在国内外起了很大影响。"①邓小平说："从历史上讲，你们荣家在发展我国民族工业上是有功的，对中华民族做出了贡献。"②

荣毅仁年少就立志要"成大事业"。他1937年从上海圣约翰大学毕业后，开始辅佐父亲荣德生经营面粉、纺织等家族企业，决心像父辈一样，致力于实业救国，报效国家。抗日战争时期，他坚守民族气节，断然拒绝同日伪合作。抗日战争胜利后，他重建被日寇焚毁的无锡茂新面粉一厂，引进国外先进设备，建成当时国际先进的面粉厂。1949年上海解放前夕，他支持父亲拒绝将荣氏企业搬迁台湾，毅然留在上海办实业，逐渐成为荣氏家族企业的代表。新

---

① 1957年初陈毅市长在上海传达毛泽东主席的讲话。原载《荣毅仁》第149页，中央文献出版社1999年版。

② 1986年6月18日在接见荣氏亲属代表时的讲话。原载《邓小平文选》第三卷第161页。

中国成立后，他满腔热忱地积极投身社会主义建设事业，在毛泽东主席等老一辈无产阶级革命家亲切关怀下，坚定走共产党指引的社会主义道路。1954年他带头提出将上海、无锡等地的申新纺织公司等荣氏企业实行公私合营，人们尊称“红色资本家”。1957年他当选为上海市副市长，步入政坛。“文革”十年动乱，他受到冲击，仍始终坚定对中国共产党的信仰和坚决走社会主义道路的信念。改革开放后，在邓小平的亲自创导和亲切关怀下，他率先引进外资，创建中国国际信托投资公司，成为我国对外开放的重要窗口。1978年起，他担任第五届全国政协副主席。1983年至1993年连任第六、第七届全国人大常委会副委员长。他于1985年7月1日加入中国共产党，成为中国共产党的优秀党员。1993年3月，在第八届全国人民代表大会第一次会议上，他当选为中华人民共和国副主席。

20世纪80年代末、90年代初，我曾在无锡工作，1993年7月调任国务院副秘书长。这期间，我曾多次向荣毅仁副主席汇报工作，陪同他在无锡考察。荣先生对我的工作、生活等特别关心。我在北京期间，他的秘书钱锋曾多次向我转达荣先生的盛情，我特别感动，非常感激。我在实际工作中，对荣氏家族和荣毅仁先生为家乡做出的独特贡献、倾注的深厚感情，有了更深切的体会。

荣毅仁伯父荣宗敬和父亲荣德生合作创办荣氏企业，被誉为中国的“面粉大王”“棉纱大王”，成为近代中国规模最大的民族资本企业，在近代中国经济发展史上有着重要的地位。正是有了以荣氏家族为代表的民族工商业群体的崛起，无锡成为中国民族工商业的发祥地；正是在这种重工务实传统和敢创人先精神的熏陶下，无锡成为乡镇工业的发祥地。更为可贵的是，荣氏家族在发展民族工业、谋求国家富强的同时，积极致力家乡公益事业，改善社会环境，造福家乡民众，家乡人民有口皆碑。荣家1906年在无锡兴办公益小学，以后相继创办小学、中学、大学，以及各类职业培训班，既有普通教育，又有职业技术教育。1916年创办大公图书馆，藏书近二十万卷，向社会开放。从1914年起，捐款筑路，建有开原路、通惠路等四十余公里。从1929年起，在无锡及周边地区架设桥梁百余座。从1912年起，辟建园林，以“为天下布芳馨”的盛德宏愿，倚山植梅，以梅饰山，建造无锡梅园，免费向民众开放。荣家还资助开发宜兴善卷洞、张公洞，修筑通往两洞的公路；修复南禅寺妙光塔等古迹，兴修水利，造福城乡，在无锡传为百年佳话。

荣毅仁继承父辈热爱家乡、泽惠桑梓的优良传统，特别关心家乡的建设和发展。1955年他遵循父亲遗愿，将梅园和大公图书馆全部藏书献赠国家，由无锡市人民政府接收。以后还向无锡市博物馆捐赠一批珍贵的历史文物。20世纪80年代初，经荣先生牵线搭桥，引进日资，创建无锡第一座四星级涉外宾馆“无锡大饭店”。由中信香港集团投资，在家乡建利港电厂和兴澄特种钢铁公司，不仅为无锡，也为江苏的经济发展做出了贡献。

荣毅仁先生担任国家副主席后，几乎每年回家乡考察，足迹遍及工厂、农村、学校、商场等，对市委、市政府工作给予许多重要而具体的指导。

横跨蠡湖的宝界桥，是1934年荣德生六十大寿时用亲友赠送的寿仪所建，贯通无锡市区和太湖风景区鼋头渚，是当时无锡最现代、最长的一座桥，为江南第一大桥，一直为乡亲们所称道。20世纪90年代初，由于旅游事业的大发展，老桥不堪重负，亟须扩建。当时资金紧张，政府拟以贷款和收费还贷方式建设新桥。1993年荣毅仁先生在无锡考察中听汇报后，表示不要收老百姓的钱了，造桥的资金由他解决。后由荣老之子荣智健个人捐资三千万元修建新桥。新宝界桥于1994年10月建成，适逢荣德生一百二十岁诞辰。老桥列入市文物保护，供行人、自行车通行。新老两桥平行，相距十米，“两水夹明镜，双桥落彩虹”，蠡湖喜添新景，荣先生题字“宝界双虹”。荣氏祖孙三代续写了造福桑梓的佳话。是年10月16日，荣老和夫人杨鉴清出席宝界双虹通车典礼，乡亲们热烈欢呼，向荣老夫妇致意。

荣毅仁先生高瞻远瞩，高度重视家乡的环境保护和可持续发展，尤其对太湖水治污特别牵挂。1994年10月荣老在无锡听取关于太湖治理的汇报，后又多次来锡调研并做出重要批示，引起国务院高度重视。1996年4月国务院环委会在无锡召开太湖流域环保执法检查现场会，1998年12月在无锡举行聚焦太湖“零点行动”，等等，荣老有力地推动了全面整治太湖工作的展开。荣老每年回家乡，都要察看太湖水质，听取省、市领导关于太湖整治的汇报，期待太湖水污染的治理尽早得到突破性的进展。今天，当我们经历太湖治理中的曲折和进步，看到太湖无锡水域水质明显变好，“治太”工作取得了阶段性成效，更加敬佩荣老对家乡的拳拳爱心。

荣毅仁先生特别重视文教、卫生事业。荣德生于1947年创办江南大学，荣老曾担任副董事长兼校务委员会主任，1952年江南大学在全国高校院系调整中被撤并。1985年无锡大学更名江南大学，荣老担任名誉董事长。荣老代表荣氏家族捐赠300万元，其中200万元建造江南大学公益图书馆，100万元作为“公益奖学金”基金。荣老和荣氏家族还捐赠珍贵历史文献、电教设备、计算机，捐建电脑中心等。荣智健捐赠100万美元设立“荣毅仁教育基金”，荣智权捐资设立“荣智权奖学金”。荣老还出资改造荣巷医院和公益中学，荣智健向无锡市儿童医院捐赠200万美元购买医疗设备等。在荣老的关怀下，2001年，新组建的江南大学成为国家“211工程”重点大学。2007年，荣智健以“荣毅仁教育基金”名义再向江南大学捐赠6000万元，并向新建的无锡市人民医院捐赠4000万元。

荣老对青年一代寄予厚望。他在江南大学考察时说，学校要教书育人，既要把教学工作抓好，又要加强学生的社会主义思想道德教育。1987年《人民日报》曾以“做一切事情首先要想到国家”为题发表荣毅仁先生在中信公司新同志培训班结业典礼上的讲话摘要，荣老要求青年“维护国家的尊严和荣誉，维护公司的信誉，最关键的问题是维护个人的人格”，“要注意，不要被糖衣炮弹打中”，“离开了社会主义，我们国家没有前途”。荣老的这个讲话甚至感动了日本帝人株式会社的负责人，他把荣老的讲话译成日文，号召公司员工特别是年轻人认真学习。

荣老风范堪称楷模，祚维摄影喜成经典。荣老爱国爱家乡的事迹说不完。在纪念荣毅仁诞辰一百周年之际，顾祚维同志摄影作品集《荣毅仁在无锡》和大家见面，重点反映荣老担任国家副主席期间在无锡多姿多彩的考察活动。这使我们看到一位在新闻摄影界默默耕耘数十载的老记者对事业的执着追求和对摄影艺术的精益求精。这是顾祚维同志对无锡人民做出的贡献，可喜可贺！其中不少作品都是作者在现场精心观察、不失时机抓拍的精彩瞬间，有些是首次发表，真实生动地记录了荣先生在家乡的足迹，凝聚了荣老对乡亲们的深情厚意，具有珍贵的新闻价值、审美价值和史料价值。荣老对祚维同志的这些作品曾多次给予高度评价。相信读者在观赏中一定会得到美的享受、有益的启示和足够的情感交流。

荣老，家乡人民怀念您！您的伟人风范、崇高品格与世长存，激励家乡人民建设更加美好的明天。

写于2016年4月

痛别老书记

吴仁宝同志去世了，我非常悲痛！

在为老书记治丧、吊唁、送别的那几天，北方降雪，南方阴雨，大地哭泣，天人同悲啊！

我同仁宝同志有三十年的交情。他是我的良师挚友。三十年来，我每遇大事都习惯于向老书记真诚求教。我们之间有过无数次的倾心交谈，心灵相通，无话不说，亲如家人，成为知己。

几十年来，特别是近三十年来，从民间到官方，从各界人士到各级领导，从国内到国外，人们给予他的荣誉、桂冠，如潮如涌，排山倒海，无以复加。

如何评价这位中国共产党最基层、最小的领导干部呢？如何善待这位对共产党、对中华民族做出独特贡献的聪敏睿智而又和善风趣的老人呢？

他是一面旗帜。五十多年来，他高举共产党员的大旗，坚定信仰，不辱使命，不畏难，不懈怠，不犹豫，不停滞，率领华西村民一路前行，终成大业。这面大旗，迎着风雨高高飘扬，永远飘扬。

他是一盏明灯。他是我国农村改革开放的先驱者、先行者，无私无畏的探索者；他是建设社会主义现代化新农村的伟大的实践者。犹如一盏明灯，把广大农民千百年来期盼着要走的那条幸福富裕、有着足够体面尊严的光明大道，照耀得金光灿烂，清晰可见。这盏明灯，将永远在人们心中闪亮。

他是一部经典。他领导下的华西村，没有贫困，没有愚昧，没有恐惧，没有腐败。那是人间的乐土，那是村民的福地。老书记和华西村的共产党员们，把当今我国农村的许许多多的难题都破解了，很精彩，很神奇，很有创意，国人为之感动，世界为之震惊，人们视之为经典。

他是一座丰碑。他一辈子舍命奉献，拼命工作，直到生命的最后一刻。他是真正的“心里只装着别人，唯独没有自己”；他是真正的“生命不息，服务不止”。他不仅看淡官位，看淡物质财富，甚至把自己的生命都看得很淡、很淡。像他那样的大明白人还不懂得生命的宝贵、健康的重要吗？他对自己生命的珍惜，就是加倍加时工作，拼着老命为村民做事，硬是累病了，累倒了，累死了！那是在我中华大地巍然耸立的一座丰碑。

他是一位伟人。他曾经是个贫苦的农民，一直自称是个普普通通的农民。人们只要看看他率领华西村的共产党员和村民们所创造的非凡业绩，看看他把党中央的大政方略同华西村的实际完美结合所形成的特色思维、特色理念、特色实践，又不得不承认他既平凡又高大，既普通又伟大，人们称他为伟人，毫不为过。正如他自己一直坦言，他也会说错话，也会做错事，也会犯错误。我们对老书记也不必苛求。如果苛求伟人完美无缺，世界上就没有伟人了。

他还是一个深厚的宝藏。他生在农村，长在农村，创业在农村，他是当之无愧的农村问题百科大全。他和他的华西村所创造的无可比拟的奇迹，几十年风雨人生路所铸造的政治智慧，所形成的思想理念，以及他高尚的人品、圣洁的情操、无私奉献的精神，还有那满载乡土气息、独具仁宝特色的华西文化，等等，都是常人很难达到，甚至是很难理解的。我们称他为乡间农舍成长起来的政治家、思想家，也毫不为过。我一直认为，他为造福村民并早已普惠中华大地所做的一切，有着极高的理论价值和极为深远的实践意义。那是一个政治宝藏，那是思想的富矿，那是巨大的精神财富，需要人们深入挖掘，继续研究，奋力传承。

人们不应该用世俗的观念看待、估量这位大彻大悟的老人和养育他的那个小小的村庄。也许几十年之后，人们才能真正看清楚吴仁宝和华西村的政治思想价值和实践意义。

老书记太累了，太疲惫了，我们不要太多地惊扰他吧！让老人家安安静静地休息吧！

2013年清明时节写于无锡

敢于担当的楷模

——纪念吴仁宝老书记逝世三周年感言

华西村吴仁宝老书记逝世三周年了。我经常想到仁宝同志，总觉得他就在我们身边，总是想到我和仁宝同志相处三十年的许多往事。

缅怀老书记的业绩，想到近年特别流行的一个词，叫敢于担当。什么叫敢于担当？想想仁宝同志，想想华西村的奇迹，似乎若有所悟。

在我的记忆里，并没有听老书记讲过敢于担当这个词，其实他是做得比说得更好，他是敢于担当的伟大的实践者。

作为真正的共产党人，吴仁宝同志担的是什么？

他是自觉地担起了一份责任，担起了一种使命，是使华西村村民彻底摆脱贫穷落后面貌的崇高责任，是一定要使华西村村民实现共同富裕的神圣使命。他把全体华西村村民的艰难愁苦和美好愿望都扛到自己的肩上，把全村的许多难题都破解了。很精彩，很神奇，很有创意。村民为之欢呼，国人为之感动，世界为之震惊。

作为真正的共产党人，老书记当的是什么？

他不是当官享受，他是当家受累，他是全村的当家人。他是真正的爱民如子，亲民如子，惠民如子。他是真正的心里只装着别人，唯独没有自己。为了兑现他五十年前的承诺，为了全体村民过上富裕幸福、有足够体面和尊严的好日子，他一辈子舍命奉献，拼命工作，积五十年之功力，耗尽了自己一生的精力和智慧，硬是累病了，累倒了，累死了。

这，就叫敢于担当。

仁宝同志和华西村的共产党员们，就是靠着这种牺牲自我、敢于担当的精神，把那个曾经贫穷落后的华西村，打造成了人间天堂、名副其实的天下第一村。

那里没有贫穷，没有贪腐，没有恐惧，没有刑事犯罪。

那里空气清新，环境优美，人文和谐，充满活力。

那是一片净土，一片沃土。那是村民的福地，真正的人间乐土。

吴仁宝同志是敢于担当、善于担当的楷模。

写于2016年清明节

名医郁祖祺

江阴著名中医郁祖祺先生，生于1911年5月11日，逝世于2002年8月11日，享年九十一岁，今年是先生诞辰一百周年。

我同郁祖祺先生虽然只有一面之交，印象却非常深刻，至今难以忘怀。

那是我任无锡市委书记的第二年，即1990年，我到江阴去看望两位名人，一位是华西村党委书记吴仁宝，另一位就是老中医郁祖祺。我是慕名专程到江阴城里的致和堂药店看望在大堂坐诊的郁老先生的，老人家果然精神矍铄，气血丰满，确有过人的神韵。那年，先生已八十高龄。

郁老八十大寿时，我在无锡为先生写一副贺联："宏德高寿，妙施仁术"。先生九十大寿时，我从北京遥寄贺联："德技双馨，福寿两全"。

自从认识郁老先生后，我一直追随先生的品德，关注先生的业迹，关心先生的健康，一直为先生祝福。

江南多名医，江阴更是名医辈出，中医史迹源远流长。郁祖祺先生就出生于江阴的中医世家，年少随父亲学中医，十九岁即挂牌行医。新中国成立后，他曾任江阴县中医协会副主席，是江阴澄江医院（江阴市中医院前身）的创始人之一。老人家行医七十多年，遍览精研中医各科典籍、病案，积累了极为丰富的临床经验，为我国的中医药事业做出了独特的贡献，可谓功德圆满，福寿两全。

中华文化灿烂辉煌，中医大师群星闪耀。郁祖祺先生的特点是，敢于突破前人的禁忌，辨证施治，用药独到。他精通中医的内、外、妇、儿、针灸各科，且善攻疑难杂症，往往立见奇效。

几十年来，先生救治了多少病人，已难计其数了。直到老人家住院治疗前依然坐诊致和堂，每天接诊上百位患者。多年来，他博采众长，苦心钻研，往往一根银针，几服草药，治愈许多重症、大病、怪病，甚至使一些癌症患者的病情好转，使一些绝症病人绝处逢生。

我特别注意到，2002年9月13日《江阴日报·生活周刊》和2003年8月11日《江阴日报》，刊登了佟凤柱先后写的两篇悼念文章:《郁老先生，您一路走好》《郁祖祺老先生，真的好想您》。这位佟凤柱，曾于1996年在苏州医学院第一附属医院确诊为白血病。他说:“苏州医学院是全国血液病研究中心，是诊治血液病的权威医院。它的确诊，对我来说，就是最终的宣判。我是学医的，这意味着什么，我心里非常清楚。”当时，这位病人已持续高烧四十天，最高体温达41.7℃，请西医诊治已束手无策。他在绝望中，决定回江阴老家求助于郁老先生。郁老接诊这位素不相识的、生命垂危的病人后，同以往给病人治病一样，诊脉、开方、下药非常认真，特别谨慎，回到家里还要翻阅资料，查找依据，与学医的两个儿子反复商量如何诊治这位白血病患者。由于郁老的精心诊治，佟凤柱的病情日见好转。他说：“几年来，我一直坚持用郁老先生的中药治疗，用药达千服之多，效果非常好。郁老的奇方妙药，在中医治疗白血病的过程中创造了奇迹。”佟凤柱还说：“您是一位老中医，是一位老者，更像一位慈父。您的恩德我们永远牢记在心，您永远活在我的心中。”

对一位救死扶伤的医生来说，还有什么比病人的这种敬重、这种评价更真实更宝贵的呢!

1987年10月，郁老曾为到江阴演出的藏族著名歌唱家才旦卓玛治好了咽炎和腹泻，才旦卓玛敬佩他的医德高尚、医术高超，称赞他是活着的“俾刹杜娄鲁”(藏语药师菩萨)。

郁祖祺先生，确实是解救众生的菩萨，是药到病除的仙医。他给无数的病人解除了痛苦，使许多病人恢复了健康，使一些生命垂危甚至准备入棺下殓的病人看到了生的希望，他给那么多的病人和他们的家属、亲友送去幸福和欢乐。他经常对家人说："家属把病人托付给医生，这是多么大的信任！随意剥夺病人的生存欲念，是最残忍最不人道的事。有的病，今后可治，现在治不好，叫绝症，但也不应该使患者绝望；有的病，别人能治，自己不能治，是本事不行，更要多接触，多学习，多实践，奋起直追；有的病，自己能治好，却由于私心杂念和粗心大意，误了大事，这是最不应该、最对不起人的！"

郁祖祺先生，确实是德技双馨。他把高尚的医德和人品完美地熔铸到他的医术和人生中，他的一生就是治病救人的一生，毫不利己、专门利人的一生，功德圆满的一生。

郁祖祺先生行医数十年，也是行善数十年。他不仅尽最大努力为病人减轻或解除痛苦，更为可贵的是尽可能减少病人的药费负担。他经常说："医生是为病人服务的，一切心思都要为病家着想，花小钱治大病，不花钱也治病，这才是良医。"

他就是良医。慕名请郁祖祺先生治病的人，大多是平民百姓，有许多穷人。对一些穷人，或对一些收入微薄的人，他不收诊金，甚至还要奉送药费，把药费记到郁先生的账上，由药店统一结算。

"药无贵贱，对症就好"，这是郁祖祺先生掷地有声的名言，也是他堂堂正正的善举。

《人民日报》《健康报》《新华日报》《无锡日报》等全国数十家报刊，曾专题报道了郁祖祺先生的感人事迹。先生去世后这些年，依然有许多人通过各种方式，追忆先生的业迹，怀念先生的恩德，为先生祈福。先生是大仁大德大福大寿大功业。

德国有一位谦和友善、年逾古稀的老人，叫曼·波克特。在欧洲，他是与李约瑟齐名的汉学家，也是中医药学家。波克特博士认为"中医是成熟的科学"，"当代人类不能缺少中医"。一个外国人，有这样的慧眼，他从自己的切身体会中对中国的中医事业给予这样高的评价，实在叫人感动。

中医药事业独树一帜、无可替代，确实是我中华民族的国宝、国粹。我看，可以毫不夸张地说，中医药事业实在是足以牵动中华民族复兴强盛的大事业，是足以牵动中华儿女福寿安康的大事业。

我们今天纪念郁祖祺先生，就是要学习先生的品德，传承先生的医术，大力弘扬和发展我国的中医药事业。

郁祖祺先生是普通人。他很少出远门，更没有出过国门，他是一位普普通通的中医。他心地纯净，善良而又质朴。他淡泊无我，心里只有病人。

先生把病人相托，看得比泰山还要重。在病人的心目中，郁祖祺先生也是泰山。

江阴市在市区步行街旁为郁祖祺先生建立了一块大理石纪念碑。人民的政府为一位普通中医树碑立传，这无疑是深得民心民意的大好事，如一缕清风，人们会感觉很亲切。那是一座功德碑，是永远的丰碑。先生功德巍巍，如泰山耸立在人们的心中。

泰山苍苍，江水泱泱，先生之风，山高水长。

发表于2011年5月11日《无锡日报》

任是倔强也多情

——送老彭归隐山林

又是一年清明节。

去年清明，老彭去世不久，阴云密布，伤痛缠身，对许多往事都淡忘了，什么都记不得，什么都写不出。

今年清明，精神稍有好转，记忆开始恢复，总觉得应该写点什么，以对老彭纪念。

老彭走了，走得很突然。住进医院还不到三周，她就急匆匆地走了！那天早晨，我还同她商量中午给她烧什么菜，做什么汤；我离开医院到菜市场买了她喜欢吃的虾，喜欢吃的菜，回到家里正准备做午饭时，医院来电话说，情况不好，让我赶快去医院。待我立即赶到医院，她已经昏迷了。没有明显的预兆，没有话别，没有留下一句安排后事的话，就那样急匆匆地走了！

老彭是急性子，说话快，走路快，做事快，快人快语。她的离世如同她的个性，走得很急。去如其人，不可思议。那是2012年9月4日，老彭走的时候是中午11点59分，只差一分钟就是12点了，她连那一分钟都不等啊！

老彭去世时只有七十三岁六个月，她走得太早了！她至少还应该有二十年的寿命。

老彭走了，她留给家人和亲友们的，不只是巨大的悲伤和哀痛，她留给我们更多的是失落；那是一种从未有过的、永远无可弥补的失落！

我曾为老彭写过这样一首小诗：

牵手共苦几十秋，
也同风雨也同愁；
铁肩温情撑家业，
心力交瘁早白头。

老彭是用她几十年的辛劳和勤俭，为我们撑起了这个苦多甜少的家业。我对儿子说过：人们常说妇女能顶半边天。你妈妈在咱们家是千辛万苦，是拼命舍命，是实实在在地撑起了一片天啊！妈妈走了，家里就是天塌了！

我是1960年在大学读书时认识老彭的。我们从相识、相处，到共同生活，达五十二年之久。到了晚年，她多次说过："我要走在你前头，我不能走到你后头。"这就是一句开玩笑的话，可谁曾料到，老彭历来说一不二，连这种事她也是说到做到的，她真的先走了！

老彭先走了，那种极度失落的感觉总也缓不过来。恍惚之中，总觉得她还在，以至于有时外出到北京、上海，时不时地总会想到："该给老彭去个电话了。"平时还好，一旦遇到难事，总会想到："老彭在就好了！"

她为什么会先我一步走了呢？她心思太重。她为了家人，为了亲友，为了别人，甚至为了素不相识的人，牵挂的事情太多、太多！

记得前几年的一个晚上，我陪老彭到商场，经过无锡中山路南侧的朝阳旅馆，她在旅馆门口看了又看，对我说："有一年，也是在中山路上，有个外地人打听朝阳旅馆在什么地方。我当时确实不知道中山路有个朝阳旅馆，只好说不知道，请他再问问别人。"多少年过去了，老彭居然还想着这件事，她觉得很对不起那个外地人，她又说："也不知道他找到朝阳旅馆没有，那天还下着雨的。"

这就是老彭，一二十年前的歉意还一直装在心里。

老彭做人做事都认真，是人们绝少见到的那种认真。她堂堂正正，真诚真实；她坦坦荡荡，表里如一。她有骨气，有锐气，有朝气，有底气，更有才气。她从来不会迎合什么，绝对不会奉承人。

老彭熟读我国古典名著，熟读唐诗、宋词、元曲。她对我写的那些文章、出版的几本小书，根本不以为然，看都不看的。她从不掩饰自己，看不上就是看不上，她对任何人都不会故作谦虚。直到前几年某一天的夜半，她因为失眠，睡不着，把我的《秋韵集》《夏夜集》找出来，权当催眠药，本想看几页就睡觉的，结果读了大半夜，把两本书里的文章大多读完了。第二天，她只对我说了一句话："你写这些文章也不容易！"

近十多年，我写了几十篇散文、随笔，从来没有想过要给老彭看看，听听她的意见。在我的记忆中，好像只给她看过我写的一篇文章，那是为香港文汇报北京分社社长彭凯雷同志的一部大书写的序文《才智纵横一新星》。我近年为友人出书写过多篇序言，其中这是我自己认为最满意的一篇，给老彭过目，当然是为了得到她的肯定。她很快看完了，没有一句赞誉的话，倒是挑出了毛病，也只是一句话："'山高路远，前程似锦'，这个'前程似锦'不好。"我说："你帮我修改。"她还是一句话："前程多险。"我不禁拍案叫绝，这两个字改得太好了！风光似锦在险峰啊！于是，在这篇很长的序文里就打开了一种新的思路，就有一段别样的文字："山高路远，前程多险。凯雷以后的路子还很长、很长，很远、很远。我不想祝凯雷一帆风顺。一帆风顺不好，平坦无垠不好，也不可能。他太年轻了，经历一些曲折艰难是肯定的，遭遇险境逆境的磨难也是可能的，这对任何人的成长都不是坏事。"这样的思路，这样的文字，得到了凯雷真心实意的、特别的赞赏，我自己当然也若有所悟。

老彭有鲜明的个性。她强势凌厉，爱憎分明，疾恶如仇；她心地善良，乐于助人，同情弱者；她一生勤劳节俭，不大关心自己，总是牵挂着家人、亲友和曾经关心过她、帮助过她的每一个人；她温情满怀，喜爱孩子，每时每刻都惦记着女儿、儿子和小孙女；她特别注意锻炼身体、亲近自然，直到晚年依然朝气蓬勃。

这样一个鲜活、顽强的生命，这样一个健康向上的老人，怎么就急匆匆地走了呢！

老彭啊，我把即将出版的《冬雪集》送到你那里。书中那些文章，你大多没有看过。你失眠的时候，看看那些文章吧，就当服安眠药了，看着，看着，你就会睡着了。你就踏踏实实地睡吧，安安静静地睡吧！

2014年清明时节写于无锡

随感篇

人情练达即文章

人这一生，总会遇到几位恩师、前辈。在关键时刻，他们为你拨云见日，指点迷津；在你身处逆境的时候，他们不会冷落你，不会轻贱你，不会落井下石；在你落难的时候，他们敢于为你说实话，讲真话，敢于为你仗义执言。我这几十年，就有幸遇到这样几位贵人，遇到这样几位恩师、前辈，其中就有林乎加同志。

悠悠往事，恩德情深。我特别怀念在乎加领导下无拘无束地、踏踏实实地做工作的那些日子，那些让人长见识、长本事的难忘日子，那些让人回味无穷的往事。

中国扶贫大业的先行者

——我所认识的林乎加同志

人这一生，总会遇到几位恩师、前辈。在关键时刻，他们为你拨云见日，指点迷津；在你身处逆境的时候，他们不会冷落你，不会轻贱你，不会落井下石；在你落难的时候，他们敢于为你说实话，讲真话，敢于为你仗义执言。我这几十年，就有幸遇到这样几位贵人，遇到这样几位恩师、前辈，其中就有林乎加同志。

乎加对我的恩德和教诲，对我的激励和影响，是巨大的。

一

2007年5月13日上午，我去北京医院看望乎加。

一年多没见了，九十一岁高龄的林乎加同志，依然头脑清醒，记忆力很好，精神也好。

那天见面，我一再请他躺在病床上说话，他执意不肯，一定要坐起来。我握着他温暖有力的双手，谈到我这一年多在无锡家中休闲的情况。他突然问我："多大了？"

"六十九（岁）了！"我说。

"你身体好，能活到一百岁！"乎加稍微停顿了一会儿，显然是想到了什么，又突然大声地说出了这样一句话。

我很感动，非常兴奋，我明白他这句话的言外之意。我特别诚恳地对乎加说："您身体也很好，您活一百岁指日可待。到时候，我们为您庆贺百岁寿辰。”

乎加和我，都畅怀大笑。

快要分别时，我对乎加说：“您没有大病，好好养着吧，您一定健康长寿。”

二

我作为晚辈，对乎加敬仰已久。在20世纪60年代、70年代，我对他那不同寻常的、传奇般的经历，只是耳闻。对他的远见卓识、举重若轻的大将风范，对他的超脱世态、鄙薄世俗的坦荡胸怀，以及他独特的工作方法，特别注重实效的工作作风，等等，我也只是从几位老领导那里听说过。在1982年之前，没有直接接触过。直到80年代初，我才有缘有幸在乎加的直接领导下工作。

1980年至1982年，我作为农垦部的干部，在黑龙江省八五三农场带职任党委副书记、副场长。这期间，农垦部再次撤销，农垦的业务工作，并入当时的农牧渔业部。在带职期间，我早已考虑好了，带职期满后不回农业部门，想自己找个单位，做点实际的事情。也就是在这个期间，时任农牧渔业部部长的林乎加同志，曾委托当时任常务副部长的朱荣同志找我谈话，要求我回农牧渔业部工作。这件事，我是很感动的。我这样的小人物，何德何能，竟引起从未见过面的林乎加部长的关注，我还能说什么呢！

就这样，我在1982年秋结束了两年的带职，从农场回到农牧渔业部，先在政策研究室工作，后到办公厅。

三

就在回到部机关不久，我随肖鹏副部长到福建看望省委书记项南同志，到那里调查研究。到福州后，即接到部里电话，说乎加在甘肃酒泉开会，要我急赴酒泉，找我有事。

当时，乎加部长兼任国务院“三西”地区农业建设领导小组组长，他正在酒泉召开国务院“三西”地区农业建设领导小组扩大会议。

“三西”地区农业建设领导小组，是当时国务院新设的区域性扶贫机构。“三西”，包括了甘肃中部干旱地区的定西地区、河西走廊（酒泉、武威、张掖三个地区）和宁夏的西吉、海原、固原三县，共计25个县，约1000万人口。以后在“三西”扶贫的基础上组成了全国性的扶贫机构，即国务院贫困地区经济开发领导小组（后改名为国务院扶贫开发领导小组），直到现在。

那次，我从福州日夜兼程到了酒泉。乎加交给我一本约一两万字的讲话稿，是办公室的同志起草的。

我粗略翻了翻那篇代拟讲话稿，对乎加说：“如果别人讲话，照这个稿子念就是了；您讲话，就不必用这个稿子了，做个参考吧。”

乎加准备开几个小型座谈会，要我安排。这是他一贯的方法。凡他主持召开的连续几天的重要会议，他都要根据自己的需要，安排足够的时间，召集几个小型座谈会，充分听取多方面的意见，为他在大会上的讲话做进一步的准备。

那次的酒泉会议，在小组讨论的同时，安排了三个座谈会，用了三个半天，每半天一个座谈会。每个小会请五六人或七八人参加，集中谈两三个题目。谈什么题目，就请熟悉那个题目的地方和有关部门的同志参加。参加座谈会的同志，基本上都是乎加指定。每个座谈会结束前，一般留出些时间，乎加讲自己的意见，这样的意见大体上就是他将要在大会上讲的意见，我特别注意听，特别注意记。

三个座谈会，比较集中地谈了七个题目，即规划目标问题，种草种树问题，水利问题，水路旱路都不通、另找出路问题，提高粮食产量问题，科技教育问题，制定专项资金管理办法问题。乎加在座谈会上也反复讲了这七个问题。我根据座谈情况和他讲的精神，写了几页纸，不是为他准备的讲话提纲，只能算是讲话题目，在七个大题目下列了若干个小题目。

酒泉会议最后一天的大会，由当时的甘肃省省长陈光毅同志主持，乎加讲话。我拟的那几页纸，就放在他面前，备忘而已。

那天的大会，除参加领导小组扩大会议的中央各部委领导同志，甘肃、宁夏的领导同志，还有甘肃的省、地（市）、县三级党政领导干部。

乎加历来注重调查研究，善于调查研究。他在酒泉会议上的讲话，非常纯熟地运用了“三西”地区和全国一些贫困地区的大量典型，如数家珍，如面对面聊天，侃侃而谈，绝不枯燥。他讲得有理有据，有声有色，有滋有味，大家觉得很生动，很亲切，很深刻，很有说服力，非常过瘾。会场上少有的安静，几乎没什么人出出进进，更没有人抽烟，人们说：“只怕少听一句话。”

上午讲了三个多小时，快12点了，只讲了七个题目中的四个题目。陈光毅省长宣布：下午请乎加继续讲。大家热烈鼓掌。

下午又讲了半天，效果好极了。开了一天的大会，人们不觉其长，好像还没有听够。

酒泉会议后，我根据我自己的记录稿，对乎加的讲话做了认真的整理，经他审阅、修改后，作为向国务院领导的汇报提纲，经领导同意后，作为正式文件上报国务院，下发各地区、各部门贯彻执行。

在酒泉会议上，乎加系统地提出了符合“三西”贫困地区实际情况的、富有创见的重要意见。如三年停止生态破坏、五年基本解决温饱、到20世纪末或再长一点时间从根本上解决“三西”贫困问题的规划目标；把种草种树、发展牧业和林业，作为改变西北干旱地区贫困面貌的根本大计；要特别重视发展旱作农业和省水型农业；甘肃和宁夏一些生产、生活条件较好的地区，可吸收本省（区）贫困地区的青壮劳力自愿到那里开荒办家庭农牧场或承包水利工程，以工代赈，以后可以搬家，也可不搬家，完全自愿（当地叫“拉吊庄”）。总之，要寻找和探索多种脱贫途径，不靠行政命令，不可强求，尊重群众意愿，注重实效，等等。

乎加同志在酒泉会议上讲的那些意见，突破了“三西”地区以往那种“一刀切”的、常规的工作思路，一切从实际出发。这是指导“三西”贫困地区工作思路的一次根本性、战略性的大调整。实践早已证明，这样的调整是符合实际的，是非常重要的，那些重大措施至今仍是适用的。

酒泉会议后回到北京，国务院办公厅立即安排乎加同志向国务院领导汇报。乎加汇报时，我也去了。国务院领导对林乎加同志主持召开的酒泉会议很满意，对他的汇报很满意，说，先用好现在每年给“三西”贫困地区的两亿元扶贫、开发、建设专项资金，连续十年，共计20亿元；用好了，以后再增加。乎加表示：任务艰巨，责任重大，一定要把这项工作做好，一定要把专项资金管好、用好。现在中央财政用于扶贫开发的专项资金，已从当时的每年两亿元，增加到2011年的252亿元。

新时期全国性的有组织有计划、有专项资金扶贫，是中国共产党的一项善举，是一种德政，是为中国农村贫困大众谋福利的一项功德无量的大事业。

林乎加同志是我党我国农村扶贫大业的开拓者、先行者。他对扶贫事业的最大贡献，是创造性地把救济型扶贫转变为开发建设型扶贫。在20世纪80年代初的那些年，他差不多每年都要两三次深入到“三西”地区的农村调查研究，共商扶贫大计。“三西”地区的一些农村干部说：“这老汉（指乎加）对扶贫贡献大，我们应该给他立个碑。”

四

以后又有几次机会，听乎加讲话，参加他主持召开的会议，跟随他到基层调查研究。对我来说，这都是难得的学习机会，甚至可以说是一种享受。我曾经多次给熟悉的同志讲述跟随乎加工作、学习的所见、所闻、所感、所悟，共享那样的心得和乐趣。

乎加同志那样的思想方法，那样的工作作风，那样深入的调查研究，是他多年来在毛泽东主席的培育下形成的完美经典。集中到一点，就是实事求是，一切从实际出发，一切为了人民大众，实实在在地为人民大众谋福利，解决各种各样的实际问题。这就是要领。

从1982年秋到1986年初，我在乎加的直接领导下工作了三四年。我非常珍惜那短暂的几年，特别注意用心学习，特别愿意向乎加请教。不仅学如何工作，如何调查研究，如何密切联系群众，更重要的是学如何做人。不敢说学得多么好，只是有所感悟、有所得益、有所进步而已。

那真是大开眼界了。从乎加的言传身教、潜移默化中，眼前为之一亮，似乎懂得了点什么，明白了点什么。原来是这样：话还可以这么讲，文章还可以这么写，会还可以这么开，工作也可以这么做，讲话、做报告不见得一定要照念别人写的稿子啊！总之，一切从实际出发，以解决人民大众的各种各样的实际问题为原则。

五

1986年初，我离开农业部，到苏州工作。

到苏州，是我自己的选择。不是组织上派我去，而是我要去。当然也是经部党组同意的。其实，那也是在乎加的直接教育和影响下，做出的选择。我的这个选择，始终得到了乎加细致入微的关怀和指点，得到了农业部肖鹏、朱荣、刘锡庚、边疆、李友九等其他几位老领导的支持和帮助。

我当时只是想到地方上做点实际的事情，不是想去当个什么官，也不是去带职"镀金"，不是工作一两年有点"资本"就回北京。而是要把工作关系转去，把家搬去，踏踏实实地为老百姓做点实事。

乎加一再对我说："下去工作几年，可以，将来还是要回来。"我也一再表示，只要我觉得做得了，当地的同志也愿意留我，我就不准备回来了。趁现在年岁还不算太大，身体还好，尽可能地做点实事，也就满足了。乎加和几位老部长，对我这样的考虑，都很理解。

现在想起这件往事，都是要动感情的。乎加和几位老部长，那样的恩德，那样的交情，那样的悠然心会，对我来说，这就足够了，我还有什么奢望呢！

1986年4月间，我在到苏州前，去向乎加夫妇告别。

“我到地方上工作，要注意些什么?”我真心实意地向乎加请教。

他略加思索后说：“还是毛主席的方法。深入实际，调查研究，解剖典型，举一反三；从群众中来，到群众中去，集中起来，坚持下去。”

他还特别强调：“要学会用本地的典型经验，解决本地的问题。”

乎加为我指出的这样的工作方法和工作作风，对当时的干部，是一些非常熟悉的文字，对乎加来说那早已不是书本上的文字了，早已成为他思想方法、工作方法的结晶，是他几十年工作实践的深刻总结。

从那以后的二十多年中，不论工作如何变动，我在实际工作中都尽可能地践行乎加的临别赠言。

得人一言之善，终生不忘。乎加对我的教诲，岂止一言之善，岂止一举之善！乎加对我，是言传身教。我为工作问题，曾多次向他请教，他都是循循善诱，不吝赐教。他对我的工作一直特别关注，一直给予指点。他强调最多的，总是希望我注意深入实际，不要脱离群众；希望我学会调查研究，要特别注重解决人民群众的各种实际问题。这都使我终生受益。

那天在乎加家里告别后，他和老伴王顾明同志一直送我到家门口。乎加指着我，对老伴说：“你看多年轻啊！”又问我：“还不到四十岁吧?”

我说：“不是不到四十（岁），是不到五十（岁），再过两年，我就五十岁了。”

“你还算年轻。”乎加又说。

又过了七年，1993年夏天我调北京工作后，去看望乎加和王顾明同志，向乎加请教。在我离开的时候，他和老伴又送我到家门口，于是又有这样的对话：

“你看多年轻啊！”他又是指着我对老伴说，又问我：“还不到五十（岁）吧？”

我说：“乎加，我现在不是不到五十（岁），是不到六十（岁）。我都五十五岁了。”

他不无感慨地说：“你也五十多岁了！”

那些年，乎加一再问到我的年龄，他总是希望我还年轻，尽可能地多做点实事。他的心愿和期望，我是很清楚的。

我这个人没有什么大本事，也没有太多的长处。要说有什么长处，无非是认真二字，做人做事都认真。几十年平淡无奇、小材大用，从来没有感到得意，没觉着激动，没有沾沾自喜，只感到肩负的责任，丝毫不敢懈怠。现在可以问心无愧地对乎加同志说：我认认真真地尽心尽力了。如此而已。

六

乎加的生活很简单，很朴素。他平时最大的爱好是读书、写字。此外还有一好，就是喝茶，喝新鲜的绿茶。他有他自己的茶道。我这些年也长了点喝茶的知识，完全是从他那里学来的。

有一年春节前夕，我去看望乎加。在我离开的时候，他拿出一瓶茅台酒，要送给我。

乎加说：“我现在按照医生的要求，不能喝茶了，也不能喝酒了。我这里还有一瓶茅台酒，你能喝点酒的，送给你吧。”

我觉得很突然，非常感动。我在乎加面前总是很随便的。有时我去看他，他留我吃饭，我从不推辞。那天他送酒给我，我竟一反常态，只觉得手足无措，很不好意思，也不知说什么好，只好稀里糊涂地收下了。

我把那瓶茅台酒放在酒柜里最为明显的位置。我仔细地看那瓶酒：看来至少有三十多年了，酒瓶上还有毛主席关于三项革命运动的语录，已残缺不全，大半脱落了；显然是怕年久挥发，那瓶口用塑料包着，用线绳扎得很紧，很紧。

看着那瓶陈年茅台酒，我想了很多、很多……

七

现在的青年人，了解乎加的，估计是很少了。让我感动的是1990年在日本。当时我率无锡市代表团访问日本，接待我们的一位日本友人听说我曾在中国的农业部工作过，就问到林乎加。那位日本朋友以一种崇敬的表情对我说："你们的林乎加部长，曾在京、津、沪三个直辖市做过主要领导。这样的经历，在中国的高官中可能是很少的。"我很敬佩这位日本友人的政治眼光。更确切地说，在解决了"四人帮"的问题之后，林乎加同志曾先任上海市委领导班子成员，又先后出任天津市委书记、北京市委书记。在中国共产党的高级干部中有这样特殊经历的，只有林乎加一人。

乎加同志是一部大书，是一部现代政治思想百科大全。他那独一无二的、传奇般的政治经历，就是一个丰富的宝藏，那是不可多得的人生宝典。

我一直有个心愿。总想着有那么一天，听老前辈原汁原味地讲他那些鲜为人知的故事，听他阐述那些充溢着大德、大智、大静、大悟的人生宝典，那该是多么痛快、多么过瘾、多么难得的赏心乐事啊！

八

我近年退休后，回无锡家中养老休闲。只要有机会到北京，我总是要去看望乎加同志的。每次到他家里，我都请他一定躺在床上说话，他还是不肯，总是要坐到客厅交谈。同以往关心我的工作情况一样，乎加总是非常关切地问到我的近况。我多次谈到华西村吴仁宝老书记的情况，谈到我同仁宝同志的交往。乎加谈得最多的，还是希望我们的干部要坚持深入实际，千万不要脱离群众。要像华西村老书记吴仁宝那样，真正把党中央的路线、方针、政策，同当地的实际情况结合起来，解决好各种实际问题。

乎加今年九十六岁了，依然头脑清醒，记忆力很好，依然关心党和国家的大事。我近年到北京，就听几位老同志谈到，乎加2007年列席党的十七大时，在小组会上有个发言，引起了人们的重视。他在发言中读了杜牧（803—852）的《阿房宫赋》。《阿房宫赋》的点睛之笔是："呜呼！灭六国者六国也，非秦也。族秦者秦也，非天下也。"我想，乎加意味深长地重读杜牧这一篇盛传世代而不朽的妙文，就是希望我们党真正跳出古代那种"其兴也勃焉，其亡也忽焉"的历史周期率。在兴旺的时候，"勿忘国耻"，要有忧患意识，要居安思危，以史为鉴，真正避免"人亡政息"。我又反复地读了《阿房宫赋》，总是感到一种强烈的震撼！我非常敬佩林乎加同志为忧国忧民而放胆直言的耿耿情怀，非常敬佩这位有着七十多年党龄的老共产党员的政治智慧和战略眼光。

九

悠悠往事，恩德情深。我特别怀念在乎加领导下无拘无束地、踏踏实实地做工作的那些日子，那些让人长见识、长本事的难忘日子，那些让人回味无穷的往事。

同乎加的交往中，我似乎懂得了什么叫"淡然"，什么叫"超然"，什么叫"泰然"。他高尚的人格和智慧，他高超的领导才能，他在世俗惊涛中的那种洒脱和旷达，那种从容和闲定，实在是少见了。

在这样的前辈面前，高山仰止！

我为乎加的长寿默祷。像他这样的人，肯定长寿的。

2007年8月草成，2012年8月修改、补充

发表于《人民日报·海外版》

文质彬彬一君子

——小记李仁臣

收入书中那张穿风衣的照片，是李仁臣同志给我拍的。

人老了，拍一张比较满意的照片不那么容易，因为难免老态，难得有年轻时的那种气质。

我很幸运，结识了李仁臣。

仁臣曾多年在人民日报社做领导工作，是名记者，还是著名的作家、摄影家。近年，他给我拍了许多好照片，非常难得，其中就有这张穿风衣的全身照，已在几本书里派上了用场。

那是2006年3月初的一天，北京阳光明媚，微风拂面，难得一个没有风沙的春日。仁臣和我出席十届全国政协四次会议，同新闻出版界的委员一起乘车来到人民大会堂前。离开大会的时间还早，仁臣照例又要给我拍照，选定以天安门为背景。待我选好位置站在那里请他拍照时，他却举着相机，迟迟不按快门。他说："要等一等。等风吹起来，有点动感。"一般给熟人拍个照片，随意得很，也不是艺术创作，不会想那么多。仁臣却很认真，非常认真。他要等风衣的一角被风吹动的一瞬间，要等背后人流、车流较少的一刹那。

仁臣的认真，居然感动了上苍，居然天遂人愿，好风徐来，衣角飘起，他应时按下快门，又立即让我看数码相机显像屏的图像，果然风衣飘逸，效果极好，我们俩都畅怀大笑。现在想起那情景，如在眼前，依然激动不已。

我这个人，交友不看财富、地位，不看能说会道，只重实实在在的人品、才华，往往跟着感觉走。

最早注意到李仁臣，是2000年悉尼举办第二十七届夏季奥运会期间。当时《人民日报》头版右下角有一个新辟的专栏，叫“悉尼走笔”，连续二十一天，每天一篇特写，都是李仁臣写的。我是学新闻专业的，一种习惯性的敏感，使我特别注意到这个新鲜、不落俗套的专栏，一直跟踪看完。再细细看那文字，简洁而又洒脱，小文章，大手笔。那些不足千字的小文章，思想好、文笔好、标题好、文体好，集几好于一身，这样的专栏，这样的文章，实在是不多见。我认真地研究了这一组报道。实际上那是个言论专栏，仁臣把言论写得那样精彩，他是创造性地运用了新闻和文学的多种体裁，融新闻、特写、言论、随笔于一体，创造了一种散文式的新闻报道，写得激情盎然，豪情满怀，看着过瘾。我国的体育健儿在悉尼奥运会上夺得了二十八枚金牌，我看，应该再加一枚——仁臣为我国的新闻界也夺得一枚特殊的奥运金牌！

当时我还不认识李仁臣，很想见见这位高人。以后才打听到，他是《人民日报》副总编，他带领《人民日报》报道组征战悉尼奥运会，既组织、领导、指挥报道工作，又要亲自写这样的专栏，居然还能写出这样好的文章，就更少见、更难得了。不是写一篇两篇，也不是写十篇八篇，是写二十一篇，天天有新意，天天不脱档，谈何容易呀！

看样子，我和仁臣也是有缘。

从1998年到2008年初，我连续做了两届全国政协委员。可庆幸者，到2003年初，仁臣也加入到这个队伍里。更有意思的是，他同我一样也在新闻出版界，也在文史委员会做副主任。这真是：有缘政协来相会。于是，我们有了更多的交往，有了更多的了解。

最难得，一年一度的全国政协大会，以及几次赴外地考察和参加会议，我们同吃同住，朝夕相处，促膝斗室之内，指点时事，揄扬人物，放言阔论，无话不谈。我们之间有许多共同语言，可谓意气相投，灵犀相通，呼应默契，志同而道合。同仁臣一起聊天，使人增见识，长学问，是非常痛快的事。

仁臣是中国摄影家协会理事，又是中国环境新闻工作者协会主席。一定是他有更多的机会接触大自然、亲近大自然；一定是大自然净化了他的心灵，造就了他的气质。在同仁臣的交往中，很自然地会想到孔夫子的那句名言："文质彬彬，然后君子。"（《论语·雍也》）文采飞扬，质朴纯真，在仁臣那里得到了最为完美的结合。

仁臣是山东人。他高大英武，仪表堂堂，儒雅潇洒，坦诚率直；初识李仁臣，就会感觉到一种豪爽、侠义之气扑面来，确有齐鲁遗风。去冬今春，电视里热播李幼斌（饰朱开山）主演的《闯关东》，我有时同老伴谈起同仁臣的交往，对仁臣的感觉，老伴问我："是不是有朱开山的影子？"我说："差不多。"

近年，我不需要在北京上班了，更多的时间是在无锡家中休闲，政协通知我参加的一些会议、讲座、考察等，我一般都请假了。这样的活动，又往往也请仁臣参加。他参加那些同我也有关的活动，总要给我通个电话，总要向我转达活动内容，以及趣闻轶事，精彩发言，熟人问候，等等，甚至还要给我要一套有关的文字资料，立即发快件邮寄给我。这样一些小事，他都做得那样认真，那样愉快，那样的善解人意，乐于为别人着想，现如今实在是少见了。

仁臣是有大学问、大本事的人。论年龄，我比他虚长几岁，他给我写信，总是称我"济民兄"。其实，论学问，论本事，我比他差远了。他多才多艺，才华横溢，他是我的老师。

这些年同仁臣处熟了，有时我写点小文章，总要先送他过目，我是真心实意地请他指点。仁臣也绝不敷衍，绝无客套，他一定非常认真地看我写的那些文章，也一定会有高见反馈给我。2004年初，我写了一篇有关华西村吴仁宝的文学纪实，实际上是把我所了解的仁宝同志的一些思想、一些故事，按时间顺序整理成一篇资料稿，文章较长，还没有合适的标题，更没有如何进一步修改的思路。踌躇之中，我把文稿送给仁臣，请他指教。仁臣看过后送我一句话："满地珍珠，缺一根红线。"这真是行家指点，一语中的。我按照仁臣的意见，做了精心的提炼，做了仔细的修改，于是就有了一个颇有特色又名副其实的标题："人间乐土信有"，就有了与文章的主题相呼应的、前后相连贯的几个小标题。这些年写吴仁宝同志的文章、书籍、电视剧、新闻报道很多、很多，如何选择一个新的角度，如何写出新意，如何提炼一个新颖的主题，不是太容易的。现在看来，在仁臣的指点下，从我对仁宝的了解入手，又都是写我同仁宝的交往，还算是新鲜、独特。这篇文章在一些报刊发表后，有关方面评价较好，是要感谢李仁臣同志的。

在同仁臣相处的几年中，时时处处都会感受到他的热情和温暖，那确实是一种阳光照耀、春风煦育的感觉。2004年，我写了一篇健康小传，拟收入即将出版的《夏夜集》。这篇小传有点像锻炼身体的大事记，写得很长，随意写来，不拘一格，有些内容简单，有些内容丰满，文体、结构也多不和谐，一时不知道该如何收拾，我只好把这一篇半成品的文稿送给仁臣，求助于他。孰料想，我还在等着他的修改意见时，他已经把我写爬山和练太极拳的两部分内容，作为单独的两篇文章，加了标题，分别推荐给《人民日报》和体育杂志社，很快发表了。他又立即向报社和杂志社索要发表两篇文章的样报、样刊，不久，又快递给我。近年，仁臣多次把我的一些小文章推荐给报刊发表，这无疑是对我的一种鼓励和鞭策。我每次收到仁臣寄给我那些报刊时的欣喜、愉悦心情，好有一比，就如同现如今农村的小孩子在城里亲戚的带领下进城吃了一次麦当劳，或是肯德基，或是比萨饼，那种感觉，足够回味一辈子了，任何时候想起那样的盛情，那样的滋味，都会觉得甜蜜、温馨如初。

仁臣为我的小文章，统而筹之，总而编之，悉数邮寄之，不只是一两次。最近，他又向《人民日报·海外版》推荐了我写的一篇短文《当生命进入倒计时》，2月23日见报，他第二天就将报纸寄出，并附言："刚收到编辑任涛送来的样报，悉数寄上，请收。"两天后我就收到了。当然又是那种感觉，又如同农村的小孩子进城吃了一次麦当劳。

仁臣看了我的一些文章，有时候并不讲具体的修改意见，但他处理文稿的思路，使我豁然开朗，若有所悟。特别是对那一篇庞杂而又冗长的健康小传，仁臣虽然没有讲具体修改意见，但我按照他处置文章的思路，举一反三，把那篇长文一分为四，形成了写健康人生的一组四篇文章，分别拟了颇有新意的标题，单独成篇，文字简洁了，顺畅了，文体和内容也有创意，一些读者称之为“健康随笔”。在仁臣的扶持和指点下，我似乎从中学到点什么，觉着有了长进。

小记李仁臣。上述所记，都是我所接触到的仁臣的一些小事，琐事，细事。我总觉得，细琐平常小事，往往更容易展示一个人的品格、精神和思想境界。

“大块铸人，缩七尺精神于寸眸之内，呜呼，尽之矣！”（清·廖燕《选古文小品序》）

2008年3月19日记于无锡，发表于美国《天下华人》

唯有真情似旧时

——读刘振夏《情画未了》感言

一

苏州刘振夏同志在2007年送我一本书，叫《情画未了》。

这是一本难得的好书。

我这个人很少读一本几十万字的大书。如今老了，更没有精力、没有兴致去读那种几十万字的大书了。

对振夏送的这本书，却是鬼使神差，硬是读了三遍。2007年拿到书之后读了两遍。以后这本书一直在案头放了六年，到2013年盛夏，又读了一遍。读到最后，依然是一种情难自禁、乐不掩卷的感觉。这是几十年来极少有的。

仔细想来，那完全是缘于对作者的仰慕所生发的一种激情。

这是一本三十多万字的自传体文学纪实，完全不同于某些回忆录。像优美的散文，像引人入胜的小说。有动人魂魄的叙述，有连绵起伏的情节，还有如画如诗的描写。书的装帧和版式设计简朴、精致，图文交融，书香诱人。收入书中的一些人物画，飘飘欲动，熠熠传神，呼之即出，妙不可言。这一切，都出自振夏一人之手。我们在书中看到了画家的艺术才华和作家文采飞扬的完美融合。

这本书写的是振夏自己的故事。写他从一个国民党高级将领的后代，在共产党执政后历经几十年惊涛骇浪的磨炼，成长为全国政协委员、苏州市政协副主席、苏州市文学艺术联合会主席，尤其成长为著名画家。

这本书的繁体字版出版后，曾在台北和香港先后举行新书发表会。两个会上，座无虚席，气氛热烈，真情一片，非常感人。

20世纪80年代，我曾在苏州工作过几年，当时并不认识振夏同志。以后他还在苏州，我调到无锡，又同时成为第九届、第十届全国政协委员。虽然近在咫尺，虽然在全国政协十年中每年3月我们同时坐在北京的人民大会堂开会，也还是互不相识，从未见面。

天下事往往确有某种机缘巧合。2007年3月，第十届全国政协召开最后一次大会，我因家里有事，请假了，没有出席。就在那次大会期间，振夏一直在寻我，要送书给我。据说有人告诉他，就在人民大会堂开会时，离他的座位不远处坐着一位叫刘济民的委员，也在苏州工作过。振夏没有找到我，只好请全国政协文史委办公室王文运同志打听我的情况，才知道我请假了。他托文运将《情画未了》发快件邮寄给我，我在无锡家中很快收到辗转多日送达我的这本书。文运在电话里详细描述了振夏赠书引出的趣闻佳话。我当时迫不及待地打开那本书，只见书的扉页有题句："未识姑苏父母官，有缘北京座相邻"，落款为："二〇〇七年三月十一日振夏于首都人民大会堂"。我很感动，立即给振夏去电话致谢，又立即给他寄去我近年出版的两本散文集。

从2007年到2013年，过了六年，我们还是没有机会见面，依然是神交，书友、文友、乡友，三友之交。

从苏州、无锡到全国政协，从赠书、读书到神交多年，实在是应了宋朝诗人陈师道的名句："书当快意读易尽，客有可人期不来"，让人回味无穷也！

二

掩卷沉思，同情，敬重，仰慕，赞赏，同哀同悲，同喜同乐，感受到一种少有的惊奇与震撼！

振夏的父亲是国民党少将，外祖父也是国民党军官；他的堂伯，正是曾任国民党战区司令长官、陆军总司令、参谋总长的陆军一级上将顾祝同。抗战胜利前夕，母亲和哥哥死于车祸。解放前夕，父亲和堂伯随国民党军溃逃台湾。固执的外祖父却没有随国民党军政人员去台湾，断然选择留在大陆。解放初，外祖父带着外婆、小姨妈和振夏兄妹，从杭州到苏州。这个神秘而又特殊的家庭就一直定居苏州。

外祖父叫刘剑宾。振夏随外祖父姓刘，他1941年生于江西，乳名赣生。

抗战胜利时，振夏四岁；解放那年，全家到苏州时，他只有八岁，还是个刚上小学的孩子。他从小到大都是在共产党的教育下成长的。

即使是这样，即使改姓埋名，即使是孤寡老幼、贫病交加，只因那样的家庭背景，那样的政治氛围，在大陆解放后前三十年的政治运动中，振夏和他的外祖父必定在劫难逃、无可幸免。

“文革”中他曾经绝望。他想到自杀，想到以投井、跳楼、投河、割腕、触电等任何一种极端方式来了断自己的生命。可庆幸者，多种寻死的办法都没有成全他，他终于顽强地挺过来了，熬出来了。

他没有死，他能挺过来，靠的是真情。

从小经受的贫困、饥饿、屈辱和苦难，铸就了他的坚强，尤其使他懂得了担当和感恩，懂得了帮助他人，善待他人，那无疑是一种真情。

他所遭遇的不幸和厄运，尤其是他的人品和善举，赢得了众多普通人对他的同情、尊重和关爱，那当然是真情。

待振夏如亲孙儿的外祖父、外祖母和不是亲妈胜似亲妈的大姨妈，以及生命短暂、病魔缠身、同振夏相依为命的小姨妈，这些身边的亲人都是以自我牺牲的方式，无微不至地对他宠爱、疼爱、挚爱，实实在在地使他感受到真情的无处不在，感受到一生的踏实和温暖。

在他不幸的境遇中，使他看到光明，坚定意志，增添了活下去的勇气的，正是一直在他身边弥漫着的那些亲情、乡情、友情和爱情，那都是人间真情。

三

最是感人至深、神奇至极的是振夏的婚姻选择。那是从借自行车牵出的一段天降奇缘。

“文革”初，他还没有被收审隔离，还有钓鱼的自由。一天早晨，他在浓雾中推着自行车去钓鱼，遇到一位背着孩子去看病的农民。这位农民在情急之中向振夏借自行车，说好到几公里外的镇上给孩子看病后就还车的。振夏同这位农民素不相识，在犹豫和同情中把自行车借给这位农民，商定当天中午还车，振夏在原地一直等到下午也没有等到。直到傍晚时分，这位农民推着自行车来了，为表达谢意，邀请振夏到家里喝茶，以后又有交往。振夏记住了这位老实、憨厚的农民姓宋。在他被隔离后，有一位自称贫下中农的人找过他，当然不可能见面，那正是老宋。

振夏解除隔离后，老宋又找到他那里，只见他孤苦伶仃，独居小屋，几乎一无所有，非常同情，非常着急，就想给他介绍对象，帮他成家。振夏当时的处境，早已心灰意冷，他认为：“恋爱、婚姻、家庭都和我无缘”，“谁要我这种人”！

看来真是心诚则灵。在老宋诚心诚意的感动之下，振夏脱口说了一句：“如果成家，对象必须是土生土长的农民。”

一诺千金。这位老宋硬是在常熟农村给振夏找了对象。姑娘叫邵瑞宝，真正的贫下中农，在苏州城里做临时工，工人们亲切地称她“邵师傅”。她大哥是共产党的村支部书记，二哥是村大队长，三哥是人民解放军复员军人。这样一个红色革命家庭，在“文革”

那样的政治环境下，怎么会接纳一个还在“牛棚”改造的国民党高级将领的子弟进门呢？这门婚事，遇到的干扰和阻力是必然的。尤其是做党支部书记的大哥不同意妹妹的婚事。

最让人称奇叫好的是，这位邵师傅不仅坚定地表示“我同意”，居然还主动地去打通大哥和众多亲友的思想。

那时候，当地村民很少见到外地人，往往称呼外地人为“野人”。振夏到农村相亲、找对象，村民都觉得新奇：“野人来哉！”可村民们对振夏以礼相待。振夏会画画，会钓鱼，还会下棋。他棋艺高超，让常熟小镇上的“棋王”连输三局。时间长了，邵师傅家人和村民当然对振夏高看一眼。振夏自己也觉得对农民有一种不同寻常的感情。到了农村，他总是很轻松，很愉快。在那里，他又重新找回了久违的做人的尊严，重新感受到春天般的温暖，尤其找到了他施展才华的广阔天地。

邵师傅全家人，以及亲友和村民们终于接纳了刘振夏这位多才多艺又忠厚老实的“野人”。在1972年的“文革”高潮中他们悄然结婚了。

这是个特别聪明的选择。从振夏、瑞宝婚姻大事的完美结局，我们看到了这位邵师傅的骨脉里，既有农民的淳朴、厚道，又有工人的坚毅和执着。几十年了，他们夫妻相依为命，不嫌不弃，相互包容，相互体谅，彼此信赖，真诚相待。即使在贫病交加、重重压力中，他们依然牵手扶持，不抱怨、不懊悔、不后退，不左顾右盼，他们迎着风雨，一路前行，终成福境。他们和老岳母、两个女儿多年蜗居陋室，那个小屋里总是洋溢着欢声笑语，总是充满温馨，充满阳光，充满春天的气息。

这一切，当然都是人间真情，作者把那人间真情写到了极致。

四

《情画未了》，情是真情，画是心声。

当年那些不堪回首的经历，没有使他沉沦，没有使他消极，也没有使他迷茫。在刻骨铭心中，他选择了坚强，选择了奋起，选择绘画艺术作为他终生的追求。他那样的家境，又是在那个年代的那种境遇，振夏以绘画作为终生追求，那当然是一种智慧的、聪明的选择。

“艺术中自有天才”。当代人物画大师方增先认为振夏有绘画天赋，尤其有着创作写真人物画的天赋。他对所画人物有一种特殊的敏感，有超常的激情，有强烈的艺术感受，他就是艺术天才。

长期以来，振夏主攻水墨人物画。凭借他的艺术天赋，凭借他那种非凡的执着和百倍于别人的勤奋，“在水墨人物画的领域里，他成功了，形成了自己的画风”（方增先）。

我不懂画，不懂艺术，很难从艺术的角度去赞赏画家的作品。我总觉得，振夏那些让人过目难忘的人物画，不是用笔完成的，他是在用心作画。“艺术是心灵的表达”（方增先）。他把自己发自内心的、一生的真情都融入了他的作品，融入了他所画的人物中。

那不是手上功夫，那是心灵的艺术，那是从画家心灵深处流淌出来的真情的结晶。这种真情，无疑是一种境界，当然是大境界。

丰富多彩的、厚实的生活积累是他取之不尽的创作源泉。我尤其看重他对农民、对农村的那种真情。

他是心在农村，根在农村，情在农村。他甚至给他的两个女儿起名叫刘乡、刘耘，可见他对农村的真挚。农村是他生活的基地，是他艺术的天堂，是他创作的沃野。他到了农村，接触到农民，总觉得如鱼得水，总是特别兴奋，以至灵感喷发，挥墨自如。我们只要仔细看看书中那些神韵各异的老农、渔婆、村姑、牧民的肖像画，就会明白，农村、农民是他从事艺术创作广阔而深厚的、最为重要的源泉。

那样的天赋，那样的智慧，那样的勤奋和执着，振夏在他的艺术领域创造奇迹，是顺理成章的。他以绘画维持生计、吸金敛财、脱贫致富，也是无可非议的。

让人意想不到的是，他在艺术生涯正值如日中天之时，突然来了一个干净彻底的大隐退，毅然宣布：“不展、不卖、不送、不发表。”熟悉他的人们一时间议论纷纷，有各种各样的猜测。

我为他的“四不”拍案叫好！

当今社会，物欲横流，精神贫弱，道德缺失。一个名，一个利，对许多人都有极大的诱惑力。有些人为了名利，甚至不惜弄虚作假，欺世盗名，坑蒙拐骗，卖官鬻爵，不择手段。

刘振夏属另类。他性不随俗，行不从众。他不是不需要钱，他也不是做不了高官。他是甘守寂寞，鄙薄名利，他是把功名利禄、金钱物质看得很淡、很淡；他是把真正的艺术看得至高无上。“任你红尘滚滚，我自清风朗月”。他在世俗惊涛的包围中有着博大的境界，有着崇高的追求。

其实他是“五不”，还有“一不”是“不留”。山水画大师李可染有“废画三千”的闲章，振夏属李可染先生的同类。凡是他自己不满意的作品，最初是全部撕掉，被他妻子、女儿发现后觉得太可惜，又偷偷收起来留着。以后，振夏干脆把所有废画成捆成捆地全部烧毁，一纸不留。

他这个“五不”好得很啊！那是境界的升华，那是艺术的涅槃，那是精神的净化。

人为万物所累，减除得物累便入圣境。我看振夏为了他崇高的、圣洁的艺术追求，已经进入了忘却自我的境界。

五

尽管他有“五不”，尽管他自我边缘化达三十年之久，振夏还是被美术评论界和画界的同行们发掘出来了。

三十年隐退，三十年求索，三十年潜心思考，三十年寂寞修炼，三十年默默无闻、终成正果。三十年前，他已崭露头角，人们就开始关注这位画坛奇才；沉寂三十年后，他复出画坛，呈现在人们面前的是当代水墨人物画真正的精品力作。人们为之惊喜，为之振奋，甚至为之欢呼：“发现刘振夏是当代中国画坛的一大奇迹。”（孙克）画界和美术评论界的大师们、权威们以极大的热情推崇他、支持他、评论他。近两三年，对刘振夏水墨人物画的好评、赞誉如潮如涌、排山倒海：

“在新时期的画坛上，刘振夏是个天分很高、命运跌宕、成就突出，又善于把握命运的奇才。”（薛永年）

“就中国水墨人物画来讲，刘振夏是旗手，是领军人物，当之无愧。”（赵殿玉）

他是“优秀者中的优秀者”（邵大箴）。

他是“超越执着中的艺术超越”（冯远）。

“刘振夏的艺术和他的人生传奇，是一个大题目，一本大书，值得大家深入细致地研究。”（孙克）

“宁静而后致远，时代需要这样的艺术家，艺术高峰应属于那些既有才华又全身心投入到艺术中去的人。”（方增先）

刘振夏就是方增先大师呼唤的那种既有才华、又全身心投入到艺术中、不断攀登高峰的艺术家。

我相信，振夏同志一定不负众望。他认为：“追求时代要求的艺术高度，是当代画家的责任。”他在艺术上的艰难探索和奋力创新，完全源于他的崇高的责任感和强烈的使命感。

由于美术理论家邵大箴、薛永年、孙克的鼎力推荐，刘振夏已在2012年8月大步跨入被画界认为是中国美术最高殿堂的中国美术馆圆厅，圆厅加两个侧厅，共展出画家历年创作的一百五十幅精品。这些作品，不只是展示了当今中国水墨人物画的新高度，尤其展示了一位真正艺术家大彻大悟的精神境界和他奇特的人生历程。

人间世事消磨尽，唯有真情似旧时。世事沧桑，真情依旧，精神依旧。我祝愿振夏长寿安康，家庭美满，艺术之树常新常青！

大智大勇郁曾全

——读《古竹的早晨》感言

郁曾全同志又出一本书，书名叫《古竹的早晨》，那是一本四十六万字的大书。

曾全同志嘱我看看这本书，能不能写点什么？完全不是客套，很真诚，很恳切，我没有推辞。他是我交往多年的熟人，我们是乡友、文友、书友，三友之交。他主动为我写过多篇专访和书评，我也写过他的父亲——著名中医郁祖祺先生，我读过他写的许多文章。他谦和、善良、勤奋、执着、才华横溢、知识渊博，是我景仰已久的一位才子。对这样一位熟悉的同志，我确实有许多话要说的。

我认真地读了书中的每一篇文章和每一首诗歌，有些文章看了多遍。那是五十八篇散文、随笔和文学纪实，四篇讲义手稿，十五首诗歌，还有三位名家写的书评。我从这本书里看到，那是作者用他精妙的文笔纵情赞颂伟大的祖国、赞颂祖国的壮美山河、赞美勤劳勇敢的中华儿女的许多经典篇章，精彩纷呈，感人至深。

反复地读了这本大书之后，我才强烈地感到我对曾全同志并不了解。我过去对他的经历，对他的业绩，对他的学问，对他的聪明才智，等等，实在是了解太少了！他这个人简直是太神奇、太不可思议了！

郁曾全同志是把太多的不可能变成了可能。

一、轻松起步

他有几十个职称、头衔、荣誉、桂冠。

曾全同志1983年加入中国共产党，是优秀的共产党员，还是党的优秀的组织工作干部。20世纪80年代，他在江苏省无锡市第四色织厂工作时，就被评为江苏省、无锡市的新长征突击手。几十年来，他坚定信仰，坚守信念，谨言慎行，克己奉公，一直都激情满怀、奋勇向前！

他是散文家、报告文学家、诗人、哲学家、历史学家、书法家、美术家、戏剧家、音乐评论家、教育家。

他还有更多的兼职、资质。如：中国青年书法家协会副主席，中国名人书画院副院长，中国国家书画院副院长，中国民族文化研究会诗书画委员会终身名誉主席，中华艺术形象大使，中国硬笔书法家协会会员，中国徐霞客研究会会员，江苏省作家协会会员，南京大学客座教授，无锡市科技学院客座教授，等等。

当今世界移民有多种，主要的是投资移民和技术移民。而曾全于1995年只身独闯美国，1997年就成为美国极少有的“杰出人士移民”。

他在文化艺术的多个领域，几乎无所不专，无所不通。他的专业身份很难界定，只能用“他既是什么，又是什么，还是什么……”的模式表述。比如现在，他是美国《天下华人》杂志社的副社长、总编辑、首席记者，又是新加坡管理研究中心主任，还是新加坡教育学院院长，哲学、历史学教授，还是江苏省无锡市新区信息与服务业发展中心副主任。

二、初见辉煌

曾全同志职衔虽多，绝不是虚有其名。在他那里，一切都是实实在在的。

他的学习基本靠自学，是边工作边完成学业。他1983年（23岁）在苏州商业学校（中专）毕业后参加工作，1987年（27岁）完成大专自学考试，1993年（33岁）完成中央党校本科考试，2010年（50岁）毕业于北京师范大学哲学博士班。

早在读中学时，他就开始写散文、写诗歌。他的第一篇散文《君山的依恋》发表于1980年。三十多年来，他在《人民日报》《萌芽》《雨花》《艺术家》《艺术界》和美国的《天下华人》《侨报》、新加坡《联合早报》等中外报刊发表的散文、随笔、专访、报告文学、文学纪实等五百多万字，发表诗歌三百多首。他的许多作品被国内的《散文选刊》《青年文摘》《特别文摘》《中国剪报》等转载。在2014年他母亲去世后的一年中，他怀着极其悲痛的心情先后写了二十五篇怀念母亲的文章，海内外有四十多家报刊转载，其中有国内发行量最大的《中国电视报》。2016年8月的《天下华人》发表了他的《平凡的人生，美好的心愿》一文，这是一篇满怀深情写母亲、写父亲、写自己五十六年人生历程的文学纪实。这篇文章还先后在《江阴日报》《扬州晚报》发表。《扬州晚报》发表后，国内的光明网、新浪网、广州日报网、沈阳日报网等八大主流媒体网站也都全文转载。曾全同志的这篇文章迅速传到了大江南北。

1994年出版散文集《君山的依恋》，书中收入二十八篇散文和人物特写，其中他在二十岁发表的《君山的依恋》一文入选《中国青年散文作品选》和《无锡市建国五十周年作品集》。

2015年出版第二部散文集《古竹的早晨》，书中的代表作《古竹的早晨》入选高中二年级语文课本；这一篇如诗如画的散文，还在2015年11月10日中央电视台的“爱之声”专题节目，由一级播音员、著名电视节目主持人胡蝶全文配乐朗诵，反响极好。这一配乐朗诵，还由中国康艺音像公司制成CD在全国发行。

他还发表和出版大量的书法、美术作品。1990年出版《怎样写好硬笔书法》，1992年出版《古诗词钢笔行书字帖》。他的许多书画作品入选《中国名人书画作品选》和《中国现代青年书画作品选》。他在全国书画作品的几次大赛中，曾荣获多个奖项。

他还在国内和新加坡的高等院校举办《圣经与西学东渐》《中国历史纲要》《文学与人生》等专题讲座，深得中外大学生的普遍好评。

尤其难得的是，他作为全球影响力最大的中文期刊《天下华人》的首席记者，应邀出席了中国共产党十六大、十七大、十八大的记者会。自1999年以来，他连续十七次采访我国全国人民代表大会和全国人民政治协商会议，并先后出席朱镕基、温家宝、李克强三位总理同中外记者的见面会，“两会”新闻中心总是安排他在一排正中位置就座。2015年“两会”期间，他曾出席多场记者招待会，中央电视台一台、二台、四台和中央电视台新闻联播节目反复播出曾全同志镜头，海外许多媒体大量转发他在“两会”期间采写的文章和拍摄的照片。我中央有关部门的同志盛赞他的热情，称他是“国际著名的媒体人”，是“著名的国际问题研究专家”。

三、毅力超人

曾全同志参加工作三十三年来，他的学问，他的事业，涉及文、史、哲、诗、书、画各个领域，旁及新闻、教育、工商、中医等多个专业，在许多方面都有突出的成就，都有辉煌的业绩。一般人不可能做到的，他做到了，靠的是什么呢？

除了特殊的家传、家教，我看，他靠的是大毅力。

他是自学成才。他的自学，不是一般人的勤奋和刻苦，他是百倍于别人的勤奋和刻苦。

他的读书、学习，不是心血来潮，不是敷衍应景，也不是浅尝辄止；他是天天都在读书，天天都在学习；别人都下班了，他还在办公室看书、写作。他认为，学校毕业不是学习的结束，应该是“终生学习的开始”。他是生命不息，读书不止，几十年如一日坚持不懈。读书、学习，早已成为他的一种习惯，融入他的生活，成为他生命中的重要组成部分。这就叫大毅力，是一种非凡的毅力！

他是主张个人奋斗的，他就是个人奋斗的楷模。他说："过去不敢讲个人奋斗，好像一讲个人奋斗就是个人主义。其实我认为，只要每个人都讲个人奋斗了，就汇集成整个社会的、民族的奋斗。"他把个人奋斗的实践，同国家富强、民族振兴、人民幸福的远大理想紧密联系在一起。几十年来，他以极为顽强的毅力坚持读书、学习，不仅长知识，长见识，尤其造就了他为国家、为民族、为人民贡献自己的聪明才智的远大理想和坚定信念。

曾全不是天才。他的成功，不是靠家庭背景，不是靠个人关系，不是靠讨好领导，不是靠投机取巧，他靠的就是几十年如一日的勤奋和刻苦，靠的就是踏踏实实地坚持个人奋斗的那种非凡的毅力！他这几十年，就是一部个人奋斗的传奇史。他是奇才，他是精英。

四、才智横溢

20世纪80年代以来，中国共产党人开创的改革开放大业，为曾全同志蓄势待发的聪明才智和个人奋斗的巨大潜能的喷发，创造了前所未有的历史机遇。

90年代初，他在无锡市郊区机关任党委书记，居然突发奇想，要到发达国家去闯荡。1995年，他选择了最小的发达国家新加坡，任新加坡中国投资管理公司总经理助理。很快，他又觉得新加坡天地太小了，他要独闯最大的发达国家美国。于是他又不失时机地抓住一个偶然的机会，在去新加坡的当年，只身去了美国。

曾全同志二十一年前迈出去美国这一步，相当不容易。那是个聪明的选择，是个智慧的选择，也是个非常勇敢的选择。

去美国五年后，他又重返新加坡工作，很快获得了新加坡绿卡。

最近这十多年，实际上他是紧张地游走于美国、中国、新加坡三国之间，兼顾着他在三个国家从事的多项业务工作，成为名副其实的国际社会活动家。

去美国之初，无非打工。他开始是在一个纺织厂做员工，后到纽约东方医学中心做行政主管兼中医。在打工之余，他依然坚持写作，在纽约的中文报刊发表散文、诗歌。可他还是觉得天地狭小，很难施展。又是一个偶然的机会，他看到纽约《世界日报》一则招聘广告，某中文期刊招聘编辑、记者，他欣然应聘，送上简历和他在中美报刊发表的一些文章。很快，这个期刊社的社长亲自打电话，约他立即采访全美华裔商会会长、万宝路集团董事长梁冠军，要求三天内拿出长篇专访。社长还说，江泽民主席即将访美，期刊封面要刊出江泽民主席当年接见梁冠军的照片，同时发表专访稿。这时候，他才知道这个期刊正是在美国大有名气的《天下华人》。这对曾全来说，当然是小试身手、初展才智的极好机会。他采访梁冠军先生的当天，就用一个通宵完成了《冠军的事业　冠军的风采》报告文学稿。他将文稿用传真发出去的第三天，《天下华人》的社长又亲自给他打电话告知，编委决定聘他为《天下华人》出版社、杂志社副总编辑、首席记者。这还是1995年他到美国的当年。

就这样，他凭借自己的才智和胆识，大步跨入了国外中文期刊的最高殿堂。

曾全同志在《天下华人》任职二十一年了，一直勤奋工作，担当重任。1997年任常务副总编辑，1999年任总编辑，一直兼首席记者。

《天下华人》在全球发行近五万份，是全世界发行量最大的中文期刊。我国外交部、国务院对外宣传办公室等有关部门，历来重视这个刊物，凡有关重大政治、外交活动，都邀请《天下华人》派记者采访。自1999年以来的这类重大采访任务，一般都是郁曾全同志作为首席记者应邀到现场采访。每次采访，他都精神焕发，意气昂扬，不辱使命，非常出色地完成任务，多次受到社领导的嘉奖和有关方面的好评。

《天下华人》为曾全同志提供了一个施展才华的广阔舞台。二十一年来，他采访了近百位国内外的重量级顶尖人物，他们当中有科学精英、工商巨子、政坛高官、企业高管、艺术明星、外交使节、世界棋王、知名作家，以及专家、学者、教授，等等，涉及的领域之广，学识之深，以及采访的难度之大，写作要求之高，都是罕见的。如今，他撰写和编辑的那些精彩文章，已传遍美国，传遍中国，传遍世界，深受广大读者的喜爱和关注。

2016年夏秋之交，全美国、全世界人们都关心希拉里和特朗普究竟谁当选美国总统。美国的民调显示，希拉里的支持率曾达到91.99%。作为《天下华人》总编辑的郁曾全同志，从当时众多的来稿中选定一篇题为《中国希望谁当选美国新总统》的文章（发表在2016年8月《天下华人》，作者威廉）。威廉的文章全面分析了特朗普、希拉里对中国态度的差异，特别是重点分析了特朗普当选更有利于改善中美之间的经济、贸易关系，这也正是大多数美国人民的良好愿望。大多数美国人民从自身利益出发，希望新当选总统改善对全球第二大贸易体中国的经济、贸易关系。作者认为特朗普当选的可能性更大，这也完全契合曾全同志的分析。事实证明，这样的分析是符合美国总统大选的实际的。郁曾全同志不愧为国际问题分析专家。

五、品德高尚

我读郁曾全同志的文章，研究他的人生历程，悟出这样一个道理：一个人要取得初步的成功，一靠勤奋，二靠刻苦，三靠聪明才智，这就足够了；要取得更大的成功，还要靠崇高的道德人品。在曾全那里，崇高的道德人品就表现为大情怀、大境界、大品德。

在他的文章里、诗歌中，总是洋溢着对祖国、对民族、对人民深情的热爱。“四海是我的家/五洲是我温馨的床。”“我深深地爱着我的父母、家人、朋友/我深深地爱着我神圣的祖国。”（《深爱的祖国》）这是他满怀真情的内心表白。作为旅美作家、记者，就是怀着这样的真情，他浓墨重彩地写了许多在美国创业的领军人物，写了许多在国内改革开放大潮中涌现出来的各行各业的成功人士。曾全笔下的这些人物，一个个都指点江山，叱咤风云，威震全国，享誉海外；他们的专业不同，经历各异，有着一个共同的特点，就是爱祖国、爱民族、爱人民的大情怀、大境界、大品德。

在曾全倾情采访、写作的几十篇文学纪实中，每一篇都是佳篇、力作，其中最具代表性的是《刘育熙：享誉世界的小提琴家》。这一篇重量级作品，立意高远，气势磅礴，写得有情有韵，有声有色，有滋有味，我反复读了多遍。

刘育熙先生是我国文化艺术史上久负盛名的江阴刘半农、刘天华、刘北茂“刘氏三杰”的后人，自幼受高雅艺术的熏陶。他1962年以第一名成绩毕业于中央音乐学院。20世纪80年代初赴法国进修小提琴。他和胡海林合作，用二十五年创作了小提琴协奏曲《白毛女》，这是继《梁祝》之后迈向交响音乐民族化巅峰的又一精品力作。1986年以来的三十年中，刘育熙先生在教学之余，不计报酬，不求索取，在北京人民大会堂和在全国各地举办《奉献》音乐会达三百多场。早在1964年他就进中南海为毛泽东等党和国家领导人专场演奏小提琴，是我国唯一获得这一殊荣的小提琴音乐家。自1985年以来，他还在欧洲、亚洲等世界各地举办小提琴专场独奏音乐会，听众热情欢呼，反响极其强烈。曾全同志把音乐家刘育熙那种博大的胸怀、崇高的境界和高超的艺术才华写得淋漓尽致、尽善尽美，一展我中华儿女在世界艺术舞台上的风采。我们惊喜地看到，作者那种哲人的才智、诗人的气质和政治活动家的坚定信念，在这篇文章里的完美融合。

曾全同志是哲学家，他对人生的描述也有哲理的提炼和思想的升华。他说：“人生如同大海中的一叶小舟，要用两只桨来划行，左右各一只，缺一不可。一只是勤奋、刻苦，一只是正直、诚实。勤奋相对于学习而言，刻苦相对于工作而言。而正直是一个人应有的本性和品德。”他在人生的航程中，稳健而又精彩地划着智慧和品德两只大桨，劈波斩浪，自强不息，奋力向前！我相信，郁曾全同志今后的人生航程必将更加光明灿烂、威武辉煌！

发表于美国《天下华人》

人到无求品自高

——祝贺吕聪敏《外交人生》出版

吕聪敏同志出书了，书名《外交人生》，名副其实，可喜可贺可敬。

聪敏和我，有着一些奇特的、相同相近的经历。我们是内蒙古土默川同乡，还是小学同学，还是同龄，甚至秉性、长相、体重、身高、家庭亲友、生活习惯，等等，也都有相同相近之处。最难得的是，在分别四十二年之后，在20世纪90年代初我们居然都调到国务院机关工作。于是，我们俩的经历又多了几个相同。聪敏和我，特别珍惜这样的天赐奇缘，特别珍惜这样的感情。我们相处得如同亲兄弟，同乐同忧，同喜同悲。聪敏出书，如同我自己出书一样，我是非常高兴的。

聪敏对我国的外交事业做出了独特的贡献。他亲历、亲见了那么多的外交大事、那么多的风云人物；他做工作总是激情饱满，朝气蓬勃，特别认真，又有那么多的感悟。他如果不把这些写下来，不仅终生遗憾，甚至是一种损失。聪敏出书，是顺理成章的，更是一种贡献。

聪敏做人、做事、做学问，一直是我的榜样，他的特点是，非常朴实，非常严谨，非常勤奋。在同聪敏的交往中，可以让人们懂得，什么叫忠厚善良，什么叫表里如一，什么叫大仁大义，什么叫大静大悟。他没有人为包装的那种生硬的外壳，没有矫揉造作的那种逢场作戏，没有言不由衷的对什么人的那种曲意逢迎。一是一，二是二，丁是丁，卯是卯；在他那里，一切都是实实在在的。现如今，这样的人实在是越来越少了。我们从《外交人生》那些真切生动的篇章中，会实实在在地感受到一位真正共产党人的品格和风采。

聪敏出书，写几句一直想说的话，作为祝贺，作为纪念。

2009年2月13日于无锡

盛世修史

——关于开展《政协委员一日》征文活动的发言

人民政协有一项独具特色的工作，叫文史工作。这项工作，是四十七年前时任全国政协主席周恩来倡导创建的。

1959年4月29日，周恩来在招待六十岁以上全国政协委员的茶话会上指出："戊戌以来是中国社会变动极大的时期，有关这个时期的历史资料要从各方面记载下来，作为对社会的贡献。"他要求全国政协专门成立收集历史资料的工作机构。他还指出："政协是联系各方面的，要注意组织这项工作。"于是就有了政协文史工作，就有了政协文史资料委员会。

这是伟人的创见。周恩来的这一远见卓识的倡议，得到了广大政协委员、社会各界人士的热烈响应和热情支持，政协工作从此开创了一项大的事业，路子越走越宽广。

四十多年来，全国和地方各级政协文史工作部门一个最突出的成果是，征集了40多亿字的史料，编辑出版了20多亿字的文史资料选辑和专题史料图书。文史资料以其鲜明的"三亲"（亲历、亲见、亲闻）和统战特色，为巩固和发展最广泛的爱国统一战线，为建设社会主义物质文明、政治文明和精神文明，发挥了独特的作用，做出了自己的贡献。

征集史料，是文史资料工作的基础，其形式是多种多样的。全国政协常委、全国政协文史和学习委员会主任王蒙同志有个很好的创意，他提出在全国政协委员中开展《政协委员一日》征文活动，全国政协文史和学习委员会已把这项工作列入2006年文史资料的征集计划。具体办法已有征稿函呈送各位委员，不再详述。我们郑重地邀请各位委员参加这一有着重大意义的征文活动。

我国文坛早在20世纪30年代、40年代、50年代就曾多次组织过以“一日”为主题的征文活动。在这类征文的基础上集文成书，成为群众性地记录一个时代、报告某一重大事件非常珍贵的史料，“一日征文”也就成为文史兼备的一种独特的体裁。

早在1936年，邹韬奋从高尔基在苏联发起和主编《世界的一日》受到启发，倡导和发起了《中国的一日》征文活动。这次征文活动是为纪念震惊世界的“马日事变”，以1927年5月21日（马日）为中心时点，全国各界人士用各种体裁、从不同侧面，记录了这一天的所见所闻、所做所想，来稿达3000多篇，600多万字，最后选定490篇，80万字成书。《中国的一日》由茅盾主编，蔡元培作总序，还收入上百帧照片、漫画，卷首以拉页刊出长幅木刻《全国大事记》。广大的作者中，有陈独秀、黄炎培，也有小店员、小商人、士兵、警察、公务员等，可谓浩浩荡荡，洋洋大观。茅盾在他的回忆录中对此有详尽的描述，称之为“奇瑰的交响乐”。鲁迅为《中国的一日》提建议，选木刻，非常热情地参与了这一活动。

以后又有1938年反映“八一三”淞沪抗战后一年间上海社会风貌的《上海一日》；有1941年反映冀中人民抗日斗争史实的《冀中一日》；有1949年的《渡江一日》；有1953年的《志愿军一日》。其中的《志愿军一日》，是由志愿军政治部组织编写，分上下两卷，收入400多篇文章，100多万字，真实而又生动地记录了那三年艰苦卓绝、威武雄壮又让中华儿女扬眉吐气的伟大的抗美援朝战争的史实。

这些以平凡、具体而又具有典型意义的某一日为载体的文史纪实，生动地反映了当年多姿多彩的社会生活，讴歌了英雄的人民大众，记录了让世界为之震撼的那个伟大的时代。

当今，我们又逢盛世，又处在一个伟大的时代，这又是一个“中国社会变动极大的时期”。盛世修史，伟大的时代必定产生伟大的作品。

自古以来，历朝历代一般都是后人写前人的历史，是史官、史学工作者写史书。政协的文史工作不同，突破了历史上后人写前人、少数人修史的格局，这是前所未有的。

《政协委员一日》就是各位委员参与书写当今历史的一种很好形式。各位委员都是各界别、各阶层、各方面的代表人物，有着独特的阅历、丰富的经验，同人民大众有着极为广泛的联系。大家既是历史的参与者、创造者、见证者，也必定是书写这一段波澜壮阔的历史的主人。希望各位委员从自己独具特色的工作和丰富多彩的生活中，截取最典型、最生动、最有意义的一日，把您在那一天的所见所闻、所感所做，记录下来，整理成文，整理成为最珍贵最生动的史料，传之后人，借鉴永远，也成为人民政协的一份宝贵记录和历史见证，作为对社会、对历史、对我们这个伟大时代的贡献。

这样的征文，内容不限，体裁随意，总之要同委员自己的工作、生活相结合，同委员的参政议政、履行职能相结合，从各个不同的侧面反映我们这个时代的伟大变革。

抚历史于须臾，摄时代于一瞬。我们热切地期待着各位委员有精彩的文史纪实，贡献给社会。

2006年3月在全国政协十届四次会议上的书面发言

喜看异军突起

——《农民的创举》发表前后的一些史料和思考

一

乡村企业的兴起和壮大，是我国农民千百年来最具有划时代意义的伟大创举。这样的奇迹，首先是在江苏的无锡、苏州突破的，叫作“异军突起”。无锡是乡村企业的重要发源地。

改革开放初期，即20世纪80年代初，我在农牧渔业部工作期间，第一次到苏州、无锡农村做调查研究，看到那里的农民不仅种好粮食，不仅发展林、牧、副、渔等多种经营，还办了相当规模的、乡村集体所有的工业企业，甚至还办了旅游业。那里的大多数农民摆脱了贫困，解决了温饱，开始走上了共同富裕的道路。那里的农村，有越来越多的剩余劳动力开始从农业领域向工业、服务业、旅游业等非农领域转移。

当年在苏南地区蓬勃兴起的乡村工业，其基本特征是以乡村公有制经济为主体。那样的工业企业是农民共有，当时叫乡村集体经济。

由于农民办了工业，乡村集体经济有了资金积累，农民世世代代想办而无力办的经济社会事业、各种公益事业、文化事业等等，有能力、有资金兴办了。

由于农民办了工业，农村干部、广大农民的思想文化素质、科学观念、文明程度，也都在发生着非常可喜的变化。

由于农民办了工业，许多见所未见、闻所未闻，甚至在过去想都未曾想过的新奇事、好事，开始在农村出现了。

由于农民办了工业，广大农村的各个方面正在发生各种各样的深刻变化。

乡村企业的兴起，在我国广大农村开风气之先，为农村引入了现代文明。当时，越来越多的农村剩余劳动力向非农领域的转移，虽然还是离土不离乡的“半转移”，已经在预示着这种悄然出现的变化，对于推进我国农村的现代化大业意义极其重大，影响特别深远。

那次的苏南调查之后，我预感到，以公有制为基本特征的乡村企业的迅速兴起和壮大，必将发展成为从根本上改变我国广大农民命运的伟大事业，我非常兴奋，非常激动，下决心要研究乡村企业，甚至萌生了到苏南农村工作的想法。当然不是想到那里当个什么官，也不是带职镀金，只是想到那里的哪个乡镇实实在在地为农民做点事，为乡村企业做点事；把家搬去，把关系转去，长期在那里工作，有更多的更充裕的时间，研究乡村企业，研究农村的现代化建设，也许对全国农村起点作用。

经过几年的艰苦努力，1986年初如愿到江苏省苏州市工作，江苏省委安排我任苏州市委副书记，分管农村工作。农牧渔业部安排范照兵等十位年轻干部，随我到苏州，由我带队。1987年初，国务院办公厅秘书局也安排吴相仁等四位年轻干部到苏州，由我代为管理。这十四位青年同志，都是“带职锻炼”，期限分别为两年、一年，在苏州市所属的吴县、常熟、张家港三个县（市）的农村工作部或乡镇工业公司任副职。这十四位青年干部在基层的实践，不仅为他们的成长积累了宝贵经验，也为我研究乡村企业提供了更多、更鲜活、更生动、更实在、更直接、更有说服力的知识。这十四位青年同志于1988年初回北京原单位工作。

1988年8月江苏省委调我任无锡市委副书记，仍然分管农村工作。1989年6月任无锡市委书记。1993年8月调离无锡。

1986年至1993年，我在苏州、无锡工作七年多，不论做什么工作，都是把调查研究乡村企业作为我的工作重点之一。1993年调国务院机关工作后，我依然联系农村、扶贫、乡村企业等方面的工作，有更充裕的时间、在更广阔的范围调查研究全国各地不同类型的乡村企业。

在多年调查研究的基础上，我一直想写一篇有关乡村企业的文章。

写这样一篇文章，大体上有这样一些考虑：一是责任，这是主要的。我多年分管或联系农村工作、乡村企业工作，有责任写这样一篇文章，回顾以往，总结当前，展望未来，探索长远。二是情结。在苏南工作的那些年，不管做什么工作，我接触最多的是农业、农村，是农民和农村干部，是乡村企业。苏南乡村企业那些曲折艰难的历史，那些很不寻常的业绩，农村干部为了创办乡村企业所表现的那种百折不挠、排除万难的精神，非常感人，使我深受教育，深受震撼。总是有一种力量，有一种感情，甚至有一种激情，在鞭策我，在激励我，在呼唤我，一定要把这篇文章写出来，尽可能写好。

二

我写这篇文章是很慎重的。

从80年代到90年代初，在党内，在社会上，特别是在高层领导干部中，对乡村企业一直有不同意见。有人认为，乡村企业是“以小挤大、以弱挤强”，是“资本主义”；还有人认为，乡村企业“五毒俱全”，是“不正之风的风源”，等等。我认为，创造这样伟大的事业，有不同认识是正常的。我没有那个水平，没有那种权威，去统一人们的认识。我可以讲我自己的观点，供人们参考。在这样的大背景下，写这样一篇文章，必将引起人们的关注，也必然要涉及一些敏感的、尖锐的问题。我意识到，写这篇文章，不可以生硬，不可以简单化，不可以有任何的随意性。一定要有很强的针对性，要有充足的论据，要有说服力。由于这样一些慎重的考虑，这篇文章酝酿、思考的时间比较久。从20世纪80年代初，到90年代中期，可以说调查研究了十多年，思考、积累了十多年，讲了十多年，直到1995年才动笔。

这篇文章是1995年我在中央党校学习时写成的。那年上半年，国务院机关安排我到中央党校学习三个月。学习期间，没有公务，也摆脱了其他杂务；党校环境好，很安静，可以静下心来读书，翻阅资料，集中精力思考一些问题。党校要求每个学员结业时写一篇论文。有的学员在来党校前就把论文写好了。我决定在党校学习期间写好这篇论文。当然是写乡村企业，当然是自己动笔写。文章的题目是《农民的创举——关于促进乡镇企业发展和壮大的几个问题》。

这篇文章是调查研究的成果。我曾在农业部政策研究室工作，当时接触较多的就是乡村（社队）企业。以后到苏南工作，仍然花了很多精力研究乡村企业。苏州、无锡的近三百个乡镇和许多村（队），我都去做过调查研究。特别是一些独特的、有代表性的典型（尤其是华西村），我曾反复调查，跟踪研究，更为熟悉。90年代，我在国务院机关工作，则有更多的机会对乡村企业做了更为广泛的调查研究。没有调查就没有发言权，我有这个发言权。

我对这篇文章的发表极为谨慎。文章写成较快，出手较慢。作为论文，当时先交给中央党校（《中共中央党校报告选》于1995年9月10日发表）。在党校学习期间，有关方面安排我在中央党校办的省部级领导干部培训班上，就乡村企业问题讲过一次。以后，又在中央党校办的全国乡镇企业干部培训班上讲过一次。讲了这两次，反映较好，没有听到不同意见。我在中央党校学习结束后，原来打算先在南方一个比较熟悉的地方刊物上发表这篇文章，以投石问路，进一步听听反映，听取不同意见，继续修改。完全出乎预料，那个刊物当时的负责人不愿意发表这篇文章。这就引起我更清醒、更实际、更谨慎、更周密的警觉，鞭策我用了更充裕的时间反复思考这篇文章还有什么问题，以做更深入的修改。我是非常感谢那位负责人的。

三

1995年下半年，我决定将文稿呈送国务院领导同志审阅，听取意见，同时送有关部门的领导同志和几位专家、学者征求意见，拟反复修改后，再考虑发表的问题。当然是想送《人民日报》发表。

主要呈送了国务院总理和各位副总理、国务委员、秘书长，以及各位副秘书长，还呈送了当时中央政治局分管农村工作的温家宝同志，送了中央宣传部刘云山同志、国务院研究室副主任杨雍哲同志和财政部副部长李延龄同志等。

使我非常感动的是，我的这篇文章，引起了李鹏总理、姜春云副总理、温家宝同志和国务委员宋健、陈俊生等多位领导同志的关注，有的领导同志还有批示。

1995年6月30日送李鹏总理，总理于7月2日批示："看了一遍。写得很有深度，稿我已留下。党的基层组织、政权与乡镇企业的关系似应补充一段。"

1995年6月9日送家宝同志，家宝6月18日批示："论文写得很好，基本观点我都赞成。乡镇企业要深化改革，优化结构，提高发展的质量和效益；要重视技术改造和产品开发，提高市场竞争能力，这两方面似可作些补充。加了几个字，供参考。"

1995年6月9日送宋健同志。宋健同志于6月12日批示："我很赞成济民同志文章中对乡镇企业的评价、分析和今后发展的意见。建议印出，让更多同志研究参考。"

我这篇文章有四个部分，其中第四部分是写"发展乡镇企业要处理好几个关系"。最初写第四部分时，分别写了乡镇企业同农业、国有企业、第三产业、小城镇建设、农村基层组织的关系。写好后反复修改，觉得如何处理乡镇企业同农村基层组织的关系这一段，没有写好，没有写清楚，干脆不写了，觉得多写一个关系或少写一个关系问题不大，在送审稿中就没有写乡镇企业同农村基层组织的关系。使我特别感动的是，李鹏总理并不知道我的原稿是如何写的，居然发现还应该补充写上正确处理乡镇企业同农村基层组织的关系，这样就全面了，该讲的关系都讲到了。这说明李鹏总理看这篇文章时，非常认真，非常仔细。更说明李鹏总理当时也在思考乡村企业的一些重大问题。看到总理的批示后，我认真地、负责任地对这个问题做了思考，做了研究。当时，再到农村就这个问题做专题调查，一时没有机会，也没有时间。要把这个问题写好，又没有“文件”“讲话”作依据，也没有资料可供参考。我只好给无锡、苏州、北京几位熟悉农村工作的同志打电话，同他们商讨这个问题，请他们帮助我提供一些思路和素材。这几位同志很快都回了电话，为我写这个问题提供了很好的意见。我遵照李鹏总理的批示，认真地补充了“正确处理乡镇企业同农村基层组织的关系”一段（约六百字），再报李鹏总理。总理办公室的同志很快告诉我，总理看过了，没有不同意见，不再批示了。现在看来，最后修改写成的正确处理五个方面的关系，写得最好、最充分的，是乡镇企业同农村基层组织的关系这一段。

家宝同志关于乡镇企业要深化改革，要提高科学技术水平、提高发展质量和效益的批示，很重要。我同样是非常认真地在文章中补充了这方面的内容。

按照家宝同志的批示修改补充后，我于1995年8月2日再次将这篇文章送家宝审阅，家宝于8月3日做了又一次批示：“遵嘱，又拜读了一遍，觉得很好，越改越好。有一点建议：乡镇企业的发展主要靠改革、开放。党的十一届三中全会以来的方针、政策，给乡镇企业的发展注入了新的活力。这是最大的机遇。因此，关于把握机遇一段，似可重点谈十一届三中全会以来、小平同志南方谈话和十四大以来两个重要时期，而不宜将‘十年动乱’中后期和‘三年治理整顿’与之并列。（这两段的情况可简要叙述）。”家宝同志的这个批示完全符合实际，使我很受教益，似乎若有所悟。遵照家宝的这个批示，我再一次做了反复的、认真的思考，对文章的“把握机遇，加快发展，加快提高”这一部分做了大的删改，突出了党的十一届三中全会以来和小平同志1992年初南方谈话以及党的十四大以来两个重要历史时期，给乡镇企业的发展、提高提供了两次最为重要的机遇。特别强调了，乡镇企业能有当时的大好局面，实在是来之不易，确实是得力于、得益于改革开放和科学技术的进步，今后的发展、提高，依然要靠深化改革、扩大开放，依然要靠科学技术的进步。

家宝同志还曾亲自打电话给我，对文章中的另一处提法提出了删改意见，我同样按照家宝的提醒做了删改。

1995年下半年，遵照上述多位领导同志和几位专家、学者的意见，我又用了两三个月的时间，对文章做了反复的斟酌，做了多处删改和补充。这期间，还就乡镇企业的几个重大问题，同几位很熟悉的同志做了反复的研究和探讨。特别是中央宣传部刘云山同志和国务院研究室杨雍哲同志、财政部李延龄同志、农业部郭书田等同志，对我研究乡镇企业问题，对我着手写一篇有关乡镇企业的文章，非常关心，非常支持，始终给予极大的鼓励。我和他们几位，就乡镇企业一些重大问题，分别做过多次深入的交谈，使我受益匪浅，我是很感动的。

1994年7月间，刘云山同志建议，经党中央、国务院领导同志同意，以中央宣传部和国务院办公厅的名义，在河南省林州市召开了全国农村精神文明建设座谈会。国务院办公厅派我到会。云山同志在会上做了一个很精彩的主题报告，他让我做会议的总结讲话。我那个总结讲话中的一个重要内容，就是讲乡镇企业的发展和提高，讲乡镇企业的兴起、壮大对农村精神文明建设的强有力的促进作用。

《农民的创举》这篇文章，经反复修改后，刘云山同志推荐给《人民日报》，《人民日报》于1995年9月7日全文发表。使我特别感动的是，《人民日报》在发表这篇文章时，加了六百多字的“内容提要”，很到位，很有特点，又有新意。这样的“内容提要”，在《人民日报》是很少见的，也算是破例。文章发表前，《人民日报》的同志先送我看了“小样”，对原稿没有做任何修改，当时是排了一个整版。我觉得，按照《人民日报》的惯例，为我这样的小人物发表一个整版的文章，我是不够格的。我建议《人民日报》的同志，不要发一个整版，免得以后对类似的版面不好处理。《人民日报》采纳了我的意见。在正式发表那篇文章时，在那一版加了一则简短的消息。我觉得这样比较得体，我自己也踏实。

这篇文章发表后，有关方面反映较好，没有听到不同意见，有些报刊曾全文转载。以后，我曾在北京、成都、中国人民大学新闻学院，以及一些会议上，就乡村企业问题讲过多次，反映也是好的。

这篇文章，确实是在众多领导同志和中央宣传部、国务院研究室、财政部、农业部、人民日报社等有关同志的直接关心和精心指导下完成的，这无疑都是给予我的极大的支持、鼓励和鞭策。

四

萌生于50年代，大发展于改革开放初期的乡村（社队）企业，是我国广大农民的正确选择，也是我国经济和社会发展的必然选择，到1994年，全国以公有制为主体的乡村企业达2495个，已有1.2亿农村劳动力转移到乡村企业，总产值达42588亿元，创利润2572亿元，上交税金1591亿元，出口交货值3398亿元。当时，以公有制为主体的乡村企业，已发展成为我国农村经济的强大支柱，成为我国国民经济的重要组成部分。

以公有制为基本特征的乡村企业的壮大，体现了一种规律。我国是个农业大国，长期以来，我国广大农村一直有三大难题困扰着我们：一是人口太多，越来越多，农村大量的越来越多的剩余劳动力出路何在？二是耕地太少，越来越少，实现广大农民共同富裕的出路何在？三是农业现代化，农村的物质文明和精神文明建设，需要投入大量资金，出路何在？改革开放以来，人们清醒地看到，大力扶持以社会主义公有制为基本特征的乡村企业，是解决上述三大难题最为重要的途径。在无锡、苏州一些经济发达地区的农村，那里的生产建设、社会事业、生活福利，包括农业生产、多种经营、村镇建设、劳动就业、财政税收、文化教育、科学技术、医疗卫生、交通运输、社会治安、计划生育、征兵复员、人民武装、民政优抚、农民住宅、幼儿老年事业，以及其他一切社会公益事业等等，无不以集体所有（公有）的乡村企业为依托、为财源，解决了农村社会经济发展和广大农民生活中的许多难题。以公有制经济为基础的乡村企业，为乡村集体提供了日益增长的大量的资金积累。这部分最宝贵的积累，是乡（镇）政府、村委会可以拿得到的，用来投入乡村建设或调节村民的生活。“手里没有一把米，叫鸡鸡不应。”乡村集体有了这“一把米”，农村的许多公益事业就好办了，乡村基层党组织在农民的心目中，也就更有凝聚力了。正是由于有了经济实力日益壮大的、以社会主义公有制为基本特征的乡村企业，使广大农民真正看到了希望所在，才有可能更有力量、更加实实在在地吸引广大农民坚定不移地走中国特色的社会主义道路。广大农民把农民共有、集体所有的乡村企业看作是自己生死相依的命根子。可以毫不夸张地说，没有以公有制为基本特征的乡村企业，就没有农村经济的壮大，就没有农业的稳定和提高，就没有广大农民的共同富裕，就没有农村物质文明和精神文明建设的繁荣和兴旺，也就没有社会主义现代化新农村的美好前景。

中央一再强调、一再重申：“坚持和完善公有制为主体、多种所有制经济共同发展的基本经济制度，毫不动摇地巩固和发展公有制经济，毫不动摇地鼓励、支持、引导非公有制经济发展，坚持平等保护物权，形成多种所有制经济平等竞争、相互促进新格局。”（胡锦涛总书记在中国共产党第十七次全国代表大会上的报告）改革开放三十多年来，中央反复强调、一再重申要完善我国这样的基本经济制度，把“坚持和完善公有制为主体、多种所有制经济共同发展的基本经济制度”，写进了《中华人民共和国宪法》和《中国共产党章程》。党中央对于这样一个大政方针，这么认真、这么庄重、这么反复强调和重申，我总觉得是有着非常深刻、非常重大的意义的，是深谋远虑的。

非常遗憾的是，许多地方、许多方面对“坚持和完善公有制为主体”已经动摇了；尤其是对广大的乡村企业要不要坚持和完善公有制为主体、多种所有制经济共同发展的基本经济制度，早已动摇了！有人说："公有制落伍了，现在私有制是新事物。"这真是莫名其妙！新中国建立前几千年的旧社会都是私有制，也没有使中国广大农民摆脱那种极贫、极弱的悲惨境地，还需要再实践吗？

我写《农民的创举》那篇文章时，文稿中一直有一句话："切不可以改革之名，行私有化之实。"我当时确实是有一种预感。直到这篇文章送《人民日报》前，我自己把这句话删去了。一则是由于一位领导同志的提醒；再则还是想再看看。看了十七年，非常可喜的是，有些地方，确实是毫不动摇地一直在"坚持和完善公有制为主体、多种所有制经济共同发展的基本经济制度"（以华西村为代表），确实是把乡村集体所有的企业看作是维系广大农民根本利益和命运的命根子，那里的乡村企业依然生机勃勃，依然焕发着强大的生命力。非常可惜的是，许多地方，就是以"改革""改制"之名，把乡村集体所有的乡村企业变成个别有权有势者及其亲属们巧取豪夺的猎物，变成了极少数人的私有企业。

我国农村、我国的乡村企业，究竟走什么样的路子，即"中国特色社会主义"如何在广大农村、在乡村企业具体化，如何从实际出发，我认为这个问题还没有完全解决。特别是如何名副其实地实现"以公有制为主体、多种所有制经济共同发展"，尤其需要不断地探索。

我国的乡村企业，在改革开放之初那种大发展、大繁荣的局面，那种生机勃勃的局面，实在是来之不易呀！一些外国人曾经把我国的乡村企业比喻为"中国的秘密武器"。当年，我国乡村企业那种让中国人惊叹叫好、使外国人目瞪口呆的局面，确实是得力于、得益于改革开放和科学技术的进步。现在回过头来看看，当时遍布乡村各地的那些企业，其真正的"灵魂"、真正的"秘密"，无非是两条：一是各个企业都有共产党基层组织的领导；二是党中央一直强调的"公有制为主体、多种所有制经济共同发展"真正落实。今后，乡村企业要保持当年那种生机勃勃、充满活力的局面，要不断地提高水平、增进效益，要持续健康地、创造性地发展和提高，我看还是要继续深化改革、扩大开放，还是要靠科学技术的不断进步，尤其要坚定不移地、毫不动摇地真正实行“公有制为主体”。只有坚持“公有制为主体”，乡村企业才能真正办成广大农民自己的企业，才能真正成为广大农民自己的资产，也才能真正实现广大农民的共同富裕。

创建新中国六十多年来，特别是改革开放三十多年来，我国广大农村发生了巨大变化。大多数农民摆脱了贫困，解决了温饱，正在走向共同富裕。当前农村，确实还有许多难题亟待解决。我总觉得，我国农村有世界上人数最多的农民群体，他们实践市场经济有自身的特点，有自己的规律。我国农民不仅要实现共同富裕，不仅要建设现代化新农村，还要为城市提供越来越多的劳动力，还要为十三亿以上的人口提供更多的优质食品，还要为提高农民自身的素质、为营造我国良好的生态环境做出不懈努力，等等。我总是认为，我国农民要实现肩负的这样一些多重历史使命，只有靠中国共产党坚强有力的领导，只有走公有制经济为主体、多种所有制经济共同发展的路子。

五

我国农村，我国的乡村企业，我主张走华西村的路子。江苏省江阴市华西村是当今我国农村改革开放的圣地，是我国农村的一面旗帜，是中国共产党带领广大农民实现共同富裕、建设中国特色社会主义新农村的一盏明灯。

华西村是实行公有制为主体（股份合作制）、多种所有制经济共同发展，真正实现了共同富裕。没有贫困户，没有暴发户，家家都是富裕户。2011年，华西实现销售收入540亿元，集体可用资金超35亿元，人均纯收入达10万元，人均缴税56万元；家家都住欧式别墅，每户住房面积最少450平方米，最多600平方米；家家都有小汽车，有的农家有三辆车；每户资产少则100多万元，多则上千万元。

华西村曾经是一个特别贫穷的小村庄，为什么能由穷变富、由弱变强呢？我看是靠四条：一是有一个坚强有力的共产党基层组织的领导；二是有一个吴仁宝那样日日夜夜为全村农民操劳、奉献的好的带头人；三是有一个公有制为主体、多种所有制经济共同发展的经济体制；四是坚持实行物质文明和精神文明建设的完美结合、相互促进。

全国农村学华西，学吴仁宝，当然不是照搬照套华西的具体做法，不是华西做什么，别的地方的农村也去做什么，那样做肯定是要失败的。我是主张学华西的基本经验。上述四条，作为基本经验，总是应该学的吧？否则还算什么中国特色社会主义呢？

我国的广大农民要实现肩负的多重历史使命，要走中国特色的社会主义道路，我看最基本的路子，就是像华西村那样，在共产党领导下组织起来（实行股份合作制、多种形式的集体经济、组织各种形式的专业合作社，等等）进入广阔的市场。在广大农村的基层党组织中，培养和造就千万个像吴仁宝那样的带头人，组织、领导、带领农民，由穷变富，由弱变强，实现共同富裕，建设真正的社会主义现代化新农村。

当然不是不可以实行非公有制经营。党中央的精神是“两个毫不动摇”。现在的问题是，既然可以实行非公有制经营，为什么不可以实行公有制经营呢？党中央反复强调的“坚持和完善公有制为主体、多种所有制经济共同发展”，如何在全国广大农村全面体现、全面落实呢？

我认为，我国农村的基本方向，还是要走华西村那样的路子。华西村就是坚持党中央提出的“两个毫不动摇”的方针，既坚持公有制为主体，也积极支持和扶持非公有制经济的发展，对这两个方面从来没有动摇过。

只有像华西村那样，有一个好的带头人，有一个坚强有力的共产党基层组织，有强大的、不断增长的公有制为主体的经济实力，共产党才有能力、有办法、有底气足以解决我国农村的许多许多的难题，足以保护广大农民免于恐惧、饥饿和贫穷，足以保护广大农民的切身利益不受损害，足以使广大农民真正得到幸福、安康、体面和尊严，营造自己的乐土；也只有走华西村那样的路子，我国广大农民才能真正实现共同富裕，才能真正从根本上摆脱解放前那种贫富极度悬殊的局面，才能从根本上摆脱那种大多数贫穷农民为极少数富人扛活、打工的局面。

1992年5月24日，我陪李鹏总理视察华西村，李鹏总理为华西村题词："华西村，中国农村的希望所在。"2000年2月22日，李鹏同志再次来到华西村，又为华西村题词："华西村，真正有希望。"正如李鹏同志二十年前所指出的，华西之路确实是中国农村的希望之路。寄希望于公有制为主体的乡村企业，我国广大农民、我国广大农村就大有希望，就"真正有希望"。

2012年10月于无锡

做一个清醒的企业家

——在华源集团领导干部会议上的发言要点

到华源集团做监事会主席，是第三年了。如果说监事会的监督检查对企业的工作起到了积极的、促进的作用，那也是企业的各级领导同志、各部门的同志和全体员工同志们大力支持、密切配合的成果。

三年来，我没有在华源的任何会议上讲过“建议”“意见”之类的话。不是没有话说，想说的话是很多的。我们监事会有严格的纪律，叫“六要”“六不”行为规范。朱镕基总理要求我们“三缄其口”，我们是严格执行的。

这个“六要”“六不”行为规范好得很。如果派到企业的监事会主席可以随便对企业讲“意见”，提“建议”，甚至发号施令，做什么“重要指示”，发表什么“重要讲话”，等等，企业将不堪承受、无所适从，那就乱套了。

我今天也不是破戒。从去年到今年上半年，我到华源一些基层企业做了一些调查研究，听取了基层同志们的一些意见，觉得有话想说，叫建议也可以。当然是在深入实际调查研究、广泛听取各方面意见的基础上形成的建议，并不是道听途说，并不是凭空想出来的。绝对不是向企业提出经营管理方面的建议，绝对不是参与和干预企业的经营管理活动，并不违背“六要”“六不”行为规范。

初到华源时，我就讲过，企业依法自主经营，监事会依法监督检查，各尽其力，各负其责，大目标完全一致。

今年是华源创建十周年，我建议对十年历程做个回顾和总结。用回顾和总结的实际行动，作为对华源创建十周年的庆祝，我以为是适宜的。

为什么要总结？十年了，有辉煌的成就，有很好的经验，也确有一些深刻的教训，需要总结；近年先后并购六十四家企业，成败得失如何，也有必要总结；当前面临更激烈的竞争，今后的任务更重、更艰巨，更有必要总结过去。

总结什么？我建议对华源十年的改革、发展做个全面的、系统的、深刻的总结。

如何总结？我看应该坚持实事求是、实实在在、促进企业继续深化改革、持续有效发展的原则。那就不是少数人冷冷清清的总结，应该是全体员工、各级干部、各部门同志自下而上的大总结；也不是主观主义、教条主义、形式主义的“总结”，应该是从实际出发、遵循客观经济规律的总结；当然也不是局部的、片面的、星星点点的总结，应该是从全局出发，立足当前、着眼长远的全面总结。总之，应该是有战略眼光的、有大局意识的高水平的总结。

什么叫有战略眼光的总结？就是既要充分肯定成绩、总结经验，又要看到问题、触及教训；不仅看到已经暴露的问题，还要看到潜在的风险，触及到深层次的问题；不仅看到问题，看到风险，更要有胆识、有魄力、有能力解决问题，防范风险；不仅看到企业自身的利益，看到企业全体员工的根本利益，尤其要以人民的、国家的利益为最高利益，因为我们是国有企业。

通过总结，达到什么目的？就是要振奋精神，增进团结，发扬成绩，坚持成功的经验，解决好突出问题，下大力防范今后可能出现的风险，在更高水平上促进深化改革，实现持续有效的发展。凡实践证明是正确的，就坚持；凡实践证明是错误的，就要正确分析、郑重对待、坚决改正，还要举一反三，引以为戒。

我非常诚恳地希望华源的各级领导同志，要特别关注企业潜在的风险。须知，企业今后的命运，都是今日铺垫的。一个有战略眼光、有大局意识的企业家，必定是一个清醒的企业家，其聪明、高明之处，就在于能够敏锐地洞察若干年之后足以置企业于死地的那样的问题，并善于把问题解决在萌芽状态。

我自己有点体会：肯定成绩，是很高兴、很容易的；要清醒地看到自身的问题，就不那么高兴、不那么容易了；如果再进一步，能清醒地洞察若干年后可能出现的、甚至可能置企业于死地的问题，能及早防范，那就更难了。

我们共产党人，我们国有企业的领导干部，为了人民的、国家的利益，就是要做一个清醒的企业家，就是要做那种必须做、而常人又难以做到的事。

2002年5月28日

序言篇

此中自有真情在

凯雷的人生，只是刚刚起步。起步人生，仁德为先。十二年的起步人生，起点高，起点新，起点稳，是非常难得、非常可喜的起步。

起步毕竟是起步，序幕仅仅是序幕。山高路远，前程多险。凯雷以后的路子还很长、很长，还很远、很远。我不想祝愿凯雷一帆风顺。一帆风顺不好，平坦无垠不好，也不可能。他太年轻了。经历一些曲折、艰难是肯定的，遭遇险境、逆境的磨难也是可能的。这对任何人的成长都不是坏事。

通天绝地写真情

——赵杰《张学良：毁誉由人》序

2006年8月30日，在王蒙同志主持的一个座谈会上，中国文史出版社许水涛同志向我转达了远在沈阳的赵杰同志的问候，带来了赵杰在纪念西安事变七十周年之际即将出版的书稿《张学良：毁誉由人》，以及他前几年出版的三本书：《张学良去台之后》《留住张学良》和《起来》。赵杰嘱我为他的《张学良：毁誉由人》一书作序。

面对友人热情的问候、真诚的嘱托，我踌躇多时，不知为什么，对作序一事竟没有谢绝。

其实我从来没有为别人出书写过序。实在不明白这个序怎么写。

也许想到请别人为我的几本小书写序时的那种殷切期待、生怕谢绝的心情；也许想到赵杰是写张学良和研究张学良的久负盛名的专家，以他的大名请任何名家、贤达作序都是很容易的，嘱我作序，无疑是抬举我了；还想到两年前，赵杰到西北地区收集资料时中风"失语"，他在病中能完成这样一部大作，实在是太不容易了，我不能让他着急，不可以让他失望；尤其想到，我同赵杰虽然交往不多，印象却很好，交情很深。他生病后，我一直在惦记着他，盼望他早日康复。作序的事，就这样不置可否地算是从命领受了。

9月2日，赵杰从沈阳来电话，还在养病的他，说话还不利索，很费力地、断断续续地讲了许多客气话。又过了几天，收到他寄来的《情奉张学良》等几本书及其他资料。这样，对作序一事，我就更不好谢绝了。

关于赵杰，我的确有话要说。

这是一位奇人，是政协文史工作的一个品牌。

前几年，我初到全国政协文史委员会，就听办公室的同志和一些同行，时不时地议论到地方政协文史委几位卓有成就的同志，其中就有赵杰。以后又见到真人，每年开会都有机会见几次面。赵杰谈吐文雅，豪爽、幽默，说话直来直去，典型的东北人，是有大学问的。以后又读到他写张学良的几本书。我不只为张学良将军的伟大功绩、高尚人格、英雄气概肃然起敬，也为赵杰执着的追求、真挚的感情、质朴的文笔、勤奋不息的精神所感动。从那些书中，我感受到一种动人魂魄的、心灵的震撼。那是激情的迸发，那是心音的绝响，那是从作者心中流淌出来的篇章。

古人对史官有德、才、学、识四个方面的素质要求，一直沿用到近现代。这些年接触文史工作后，我总觉得，作为政协文史工作者，只有德、才、学、识这四个方面的素质还不够，还缺少一个很重要的方面，即感情，激情，精神，或者叫情结，可以叫史情。应该是德、才、学、识、情五个方面的素质要求就全面了。史情，应该是对政协文史工作者特殊的素质要求。

史情的形成，史情的提出，其实就是从赵杰那里受到启发，从青海、天津、安徽、江苏、北京、上海、河北、河南等各地政协从事文史工作的同志们那里得到启发，大家异口同声称之为文史情结。2004年在西安办了个政协文史干部培训班，办公室的同志嘱我讲点什么，我就着重地讲了德、才、学、识、情这五个字，尤其突出地讲了史情。讲史情，又着重讲了赵杰写张学良所表现出的那种激情，那种精神，那种情结。当时在会场上有热心人立即给远在沈阳养病的赵杰发去短信，说我在西安又讲到赵杰。赵杰同志直到现在还把几年前的那条短信保存在手机里，以为纪念。这说明我们的感情是相通的，说明政协文史工作者的情结是相通相连的。

国学大师钱穆先生说过，所谓对本国以往历史略有所知者，尤其必附随一种对本国历史之温情和敬意。赵杰就是这样的文史工作者。他写张学良，写“九一八”，他做文史工作，可以说是德才兼备、文史兼通、温情和学识并茂。

赵杰从事张学良和“九一八”的编写、研究工作，已达二十年之久。特别是近十几年来，他每年都要发表数十万字的专著。迄今为止已出版有关张学良的文史专集六本，散文集三本；有关“九一八”的专著五本。此外，他编著的有关张学良、“九一八”的专辑已难计其数。赵杰是名副其实的著作等身。他的治学态度非常严谨，他的工作作风特别勤奋。他为了写真、写活、写好张学良，不辞辛劳，忘我工作，全力以赴，多次赴台湾，去香港，渡日本，飞美国，走访大陆各地，专访张学良将军及有关人士。

在台湾，他曾三上阳明山，沿着将军当年在台湾生活、居住过的地方走访。1999年在美国，他陪伴将军一周，为将军推轮椅，他们朝夕相处，倾心交谈，能不感人！2000年6月，他率团到夏威夷为张学良百岁祝寿。二十多年来，为了写张学良，写“九一八”，他在海内外究竟采访多少人，已难计其数了。真正是“等身书卷初著成，通天绝地写真情”。我们称他是当今国内外最了解张学良将军的专家和知名学者之一，是名副其实、绝不为过的。

赵杰同志对我中华民族宝贵历史的这种温情和敬意，在他的《张学良：毁誉由人》这本书里，体现得更丰满，更充沛，更集中，甚至可以说有了一种新的升华，达到了一种新的境界。

张学良这样一位民族英雄、千古功臣、顶天立地的少帅将军，他的奇特的经历，他的非凡的壮举，堪称中华第一人。人们至今谈起七十年前的那桩往事，依然为之动情，为之称颂，为之惊叹不已！非常可贵的是，赵杰的这本书，不仅继续用浓墨重彩写了将军的大德大智、大勇大谋，更是细致入微地、多侧面地写了他的大情大义、大彻大悟。我们从这本书里看到的不仅是张将军的金戈铁马、叱咤风云，还领略了将军的另一面，领略了他的真性情，他的凡人真趣。将军既是伟人，也是凡人，同普通人一样，是有血性、有个性的人。我们既看到了他的“横眉冷对千夫指”，也看到了他的“俯首甘为孺子牛”。作者把将军冷观世事、优游清逸、毁誉由人、褒贬自适的一面写得鲜活淋漓，非常感人。那些文字，有干有华，有骨有肉，有情有趣，有声有韵，有曲有直，有灵有性；赵杰把一个独一无二的张学良展现在读者面前，真切可信，可爱可敬，可触可摸，可晤可谈，一个活脱脱的张将军呼之欲出。

赵杰写张学良的那些文章，是可以反复诵读的。读那样的文章是一种享受，是一种心灵的净化，甚至是一种圣洁的洗礼。

赵杰把他的智慧、激情、心血、辛劳，把他的创造精神，融入了他所热爱的文史事业。他的道德文章，他的辉煌的业绩，使我非常敬佩。

2006年中秋写于无锡

唯贤唯德　能服于人

——《庄启程画传》序

一

庄启程先生出版画传，又恰逢先生创办维德集团五十年、创建苏州维德工业城二十年，可喜可贺可敬！

我同庄先生相识于20世纪90年代初，交往二十多年了，许多方面都投缘，成为至交。

先生给我最突出的印象是：儒雅，谦和，远见卓识，善解人意。他总是满腔热情地关注着祖国的前程、命运，关注着我中华民族的复兴大业。

20世纪70年代末，庄先生面对我国大陆扑面而来的改革开放大潮，非常惊喜，特别激动。1978年底，他作为港商第一次到江苏考察，重点到了苏南，毅然决定在无锡投资4000万美元，创办中国江海木业有限公司。只因当时还是改革开放初期，还在“摸着石头过河”，对外商投资依然有诸多政策障碍，庄先生不得不把投资额降到298万美元。经几年的艰苦努力，1981年4月15日，江苏省进出口管理委员会批准合资经营中国江海木业有限公司。1981年5月，工商行政管理总局为江海木业直接颁发编号为“10001”号的营业执照，标志着江苏第一个合资企业的诞生。江海木业成为我国第一批较大型的中外合资企业之一。

我于1988年8月从苏州调无锡工作，1989年6月任中共无锡市委书记。1992年秋，我怀着一种崇敬的心情，慕名到位于锡澄（江阴）公路边的“江海木业”看望庄启程先生，向先生请教。

当时的江海木业初具规模，已拥有各式现代化生产设备。以后历经多次扩建，一度形成年产八万多立方米胶合板和木材加工产品的生产规模，产品营销国内各地，多年被评为江苏省最佳合资企业。20世纪90年代初，中共无锡市委在深入调查江海木业等一批最早进入无锡投资的外资企业后，确立了“高起点，跨越式，外向型”的方针，实施外向带动战略，带动全市城乡经济在更高水平上加速开放、加速发展。庄先生所创建的江海木业，对无锡、对江苏大规模发展高水平外向型经济，起到了领航的作用。

二

庄启程先生办企业，不单纯为了赚钱。他是爱国爱港爱人民，他有着强烈的使命感、责任感，有着鲜明的民族自尊心，成为一种宏图大略，成为实实在在的行动。他说：“我有一个心愿，在中国办一个同十三亿人口大国相称的企业，留给后人，也给外国人看看。”其代表作是在苏州创建的维德工业城。

位于苏州浒墅关经济开发区的维德工业城，规模宏伟，蔚为大观。二十年前启动时，计划开发两平方公里，投资8亿美元，分四期建成。现已投资3亿多美元，进入第三期，已形成日产600立方米木材单板、300万平方米木材切片的生产能力，雄踞世界木材业榜首。尤其难得的是，维德工业城在1994年5月8日第一批生产的5000立方米单板，全部出口美国。

我国历来缺乏木材及其加工品，从来都是别国向我国出口。庄先生向美国出口我国的木材产品，揭开了我国木材工业出口史上的崭新一页，真正使国人扬眉吐气，大开眼界。

三

庄启程先生认为：“外国人有的，我们中国人不但应该有，还应该比他们做得更好才是。”为我中华民族争强争胜的那种豪情壮志溢于言表。

最可服人者，是他所创造发明的“科技木”。

科技木源于“重组美化木”。1965年在意大利和英国相继研制成功，先后在意大利、日本实现了工业化生产。

毕业于厦门大学物理系的庄启程先生，充分发挥他的专业特长，运用最为先进的科学技术手段，创新木材产品的工艺流程，优化重组木材的纤维结构，极大地提高了木材产品的科技含量，提高了木材产品的质量和价值。

庄先生研制的科技木，已获得三十多项国家专利。苏州维德工业城生产的科技木，营销八十多个国家和地区。维德集团研发的科技木新品占全世界的百分之八十。庄先生理所当然被尊称为“木材大王”“中国的科技木之父”。

我们在维德集团看到了强大雄厚的资本同本行业最先进的科学技术的完美结合。

企业的创新是多方面的，其中最为重要的是科技创新。维德集团一直以先进的科学技术为先导，那里所生产的木材产品，赢得了高质量、高效率、高效益，有动力、有活力、有着强大的生命力。当全世界众多的木材企业面临风雨飘摇，纷纷倒闭转型之时，庄先生的木材业居然在更高水平上稳步发展，越做越大，越做越强，使我们看到了先进科学技术的植入，对于企业的发展壮大有着多么强大的威力。

四

庄启程先生是侨商、侨领，是中国侨商联合会名誉会长。他对祖国的改革开放、经济发展大业做出了重大贡献，也为世界上的一些国家和人民做出了特殊的贡献。

70年代初，庄先生的房地产业在香港启动。以后，他的木材业和房地产业做到了美国、加拿大。维德集团已发展到非洲的加蓬、加纳、喀麦隆、中非共和国、赤道几内亚、刚果（布）等国。非洲一些国家给庄先生很高的礼遇，他同这些国家的总统、政要结下了深厚的友谊。加蓬总统邦戈曾经非常深情地对中国使馆的官员说："还是中国人好，庄启程对加蓬做的事，法国人从来没有做过。"如今，维德集团的生产经营、慈善事业及其机构，已遍布北美、欧洲、西非、东南亚各国，以及我国大陆和港、澳、台地区。庄先生依托自己的企业，同一些国家缔结友好往来，在经济、政治、文化等诸多方面开展民间外交，发挥了独特的作用，成为名副其实的民间大使。

盛迹所至，名亦随焉。几十年来，凡庄启程先生业迹所到之处，世界各国，国内各地，都给予充分的肯定，所得各种荣誉桂冠、职衔达三百种之多。如菲律宾棉兰老岛苏丹，M.B.E.，香港太平绅士，香港保良局庚午年主席，第九、十、十一届全国政协委员，香港特区政府首届推委会委员，美国荣誉公民，赤道几内亚总统顾问，苏州荣誉市民，等等。他是善行天下，恩泽天下，名满天下，誉满天下，实至而名归！

五

庄启程先生把他的事业，同祖国的命运、人民的福祉、民族的尊严，紧密相连，尽可能做到最好，做到精致，做到完美。在同庄先生的交往中，听不到激昂慷慨、高谈阔论，更没有故弄玄虚、哗众取宠。他总是寡言少语，总是轻声慢语，总是很低调。人们只有从他那些实实在在的事业中，真正感受到在他胸中涌动着的那种对祖国、对人民、对我中华民族的深情和挚爱。

"唯贤唯德，能服于人"（刘备语）。庄启程先生是大贤大德。

他是人见人喜，人见人敬，人见人服。

祝愿庄启程先生家族兴旺，事业大成！

发表于香港《文汇报》

春色满园忆当年

——王锡录《荆棘坦途峥嵘岁月》序

王锡录同志要出书，书名《荆棘坦途峥嵘岁月》，书如其人，名副其实。书稿九大章六十三节，洋洋洒洒二十多万字，每个字都用工工整整的毛笔行书写成，字如其人，感人至深。

我同锡录有缘。20世纪80年代初，我们曾在黑龙江垦区的八五三农场共事一年多，他是我的直接领导。在以后的三十年中，南北相望，山水阻隔，很少见面，我们一直保持联系，心灵相通，常有问候，成为至交。

锡录给我最突出的印象是：堂堂正正，坦坦荡荡，清清白白，实实在在；他真诚正直，朴实无华，清廉奉公，疾恶如仇。如今七十多岁了，早已退休，依然刻苦学习、勤奋写作，依然充满活力、朝气蓬勃。仔细看他书中的那些文字：好看的行书，感人的故事，端端正正的人品，无私无畏的抗争，等等。他有才气，有骨气，有锐气，永葆共产党人的政治本色，是一位真正的共产党员。

看锡录的手稿，很自然地想到南宋著名诗人张孝祥（1132—1169）的诗句："表里俱澄澈""肝胆皆冰雪"。读锡录的那些文字，不仅可喜，尤其可敬。

锡录在黑龙江农垦工作三十多年。他所经历的那些曲折艰难的往事，我都熟悉，都有同感。那些文字牵动着我同锡录之间许多相通的情感，同哀同怨，同忧同乐，同悲同喜。最是刻骨铭心、最为悲壮激烈的，是20世纪90年代中期黑龙江农垦在危急存亡关头、面临生死抉择的那段往事。

在那场风波中，王锡录同志旗帜鲜明，坚持原则，不计较个人得失，不顾个人安危，为维护国家和人民的长远利益，对当时中共黑龙江省委主要领导同志的错误决策，进行了坚决的抵制和抗争。我作为当时调查那场风波的当事人，非常敬佩锡录的大无畏气概和铁骨铮铮的实际行动。

锡录在手稿第五章以《无限风光在险峰》为题，写了他亲见亲历的那段难忘的史实和他当时的遭遇。

穿越时光隧道，掩卷沉思，心潮激荡，很难平静。

1996年的春夏之交，北大荒乍暖还凉。黑龙江省委主要领导同志没有深入调查研究，没有广泛听取不同意见，以改革改制为名，执意要改变“中央和地方双重领导、省管为主”的农垦领导管理体制，要把黑龙江垦区的一百多个大型国有农场下放到县管，先行试点，再全面推开。农垦体制变动的这股风，还波及黑龙江省大型森工企业领导管理体制的稳定。

当时，我在国务院机关工作，从一位机关干部的闲谈中和从北大荒战友的反映中了解到上述动向，其中就有王锡录同志打电话给我的详细诉说。锡录非常焦急地说，现行农垦体制很好，千万不要折腾了；稍有不慎，将酿成大祸。

我预感到事关重大，立即以“特急件”向国务院领导同志报告，建议尽快组成有关部门领导同志参加的国务院调查组，急赴黑龙江省调查农垦和森工企业的领导管理体制问题。

这件大事引起了李鹏总理的重视，很快召集总理办公会议研究，决定组成国务院调查组，由我带队，立即赴黑龙江省。考虑到当时黑龙江省正在安排试点，调查组离京前即以国务院办公厅名义通知黑龙江省人民政府：国务院调查组即日到达，在国务院做出决策前，农垦和森工企业的领导管理体制不得变动。

国务院调查组，由国务院办公厅、农业部、林业部、中央编制委员会办公室、国家体改委、公安部、国有资产管理局等七个部门的十三位部级、司局级、处级干部组成，于1996年6月17日至27

日在黑龙江省进行了为期十天的深入调查。

为确保调查组堂堂正正、清清白白、实事求是、无可挑剔地完成调查任务，我给调查组成员约法几章：一、不带任何框框，一切从实际出发，充分听取各方面意见。二、食宿安排从简，谢绝宴请陪餐，不收以任何名义送的土特产等礼品、纪念品，不接受任何名义安排的参观、游览，不参加任何娱乐活动。三、对调查组不做任何宣传报道，调查组不接受采访。我非常严肃地要求调查组的同志：切不可因小失大，切不可自找麻烦，切不可有丝毫的变通。除带走必要的材料外，不带走黑龙江省的一针一线。

这次调查非常紧张，遇到干扰和阻力是必然的，甚至防不胜防。调查组途经哈尔滨，住花园村宾馆。有几位老同志、老战友到宾馆看我，却被有关方面拒之门外，其中就有王锡录同志。锡录是在调查组即将离开哈尔滨返回北京前夕，又想了其他办法，我们才见了一面。锡录详细叙述了当时省委的主要领导同志执意改变现行农垦领导管理体制的错误做法，以及他个人的不同意见。

调查组全体同志，排除干扰，冲开阻力，不辱使命，谨慎应对。大家夜以继日地工作，走访老农垦、老领导、老职工，走访各方面的代表人物。共召开31个各种类型的调查座谈会，走访和参加座谈的有454人，充分听取了地方和农垦多方面的意见。

调查结束后，调查组向国务院提交了报告，提出了现行中央和地方双重领导、省管为主的体制只能加强、不能削弱的建议。李鹏总理亲自听取调查组汇报，国务院采纳了调查组的建议。

1998年，国务院批准组成黑龙江北大荒农垦集团，列入全国一百二十家大型企业集团，参与企业改革试点。黑龙江垦区的一百多个大型农场，在新形势下迎来了在更高水平上大发展大提高的机遇。

黑龙江垦区实行中央和地方双重领导、省管为主的领导管理体制，垦区内部实行党、政、军、企、政法、社会事业一体化管理。这个独特的体制，是1976年2月撤销黑龙江生产建设兵团、组建黑龙江省国营农场管理总局时确定的；是总结黑龙江农垦几十年来领导管理体制多次变动的经验教训的基础上，由中央做出的重大决策。几十年的实践证明，这是个有利于充分调动各方面的积极性、有利于促进垦区各项事业的发展、有利于集中各方力量成就大事业的好体制。

由于工作关系，黑龙江垦区的国有农场从20世纪50年代以来的几次大的体制变动，我都经历了。50年代后期到60年代初期刮“共产风”，实行局（农垦部直属牡丹江农垦局，驻虎林县）、县（虎林县、饶河县）合并，办共产主义大公社，熟悉情况的干部调走了，大型农业机械分散了，国有农场肢解了，人心涣散了，农场生产力遭到极大破坏，元气大伤，以后又恢复，损失极为惨重。现在黑龙江垦区的这些农场，都是机械化现代化大型农业企业，体量大，贡献大，举足轻重，非同一般。国家手上能掌握和调动黑龙江农垦提供的几百亿斤商品粮，对于抗灾救灾、应对突发事件、稳定社会大局、惠及广大人民群众，都是非常重要、无可替代的。

可以毫不夸张地说，黑龙江农垦是确保国家粮食安全的国家队、主力军，是镇守边关的预备队、后备军，是世界一流的农业现代化大样板、示范区。这些大型农场的战略地位是不能动摇的。没有独特的领导管理体制做保证，绝不可能完成上述特殊的使命。

在那次调查中，我非常诚恳地对黑龙江省委主要领导同志说：“实践早已证明，把这些大型国有农场下放到县管是失败的；如果执意要放下去，必将导致生产力的又一次大破坏，必将造成多方面的巨大损失；那不是改革，那是倒退。没有必要付出巨大代价再去重复历史上的错误了，千万不要再折腾了。”

用军垦的办法开发黑龙江垦区，是中央决策，是国家战略，是世界奇迹。

为了解决我国日益增长的对于商品粮食的需要，早在1947年，中共东北局就按照党中央的决策部署，组织转业复员军人和伤残军人，在黑龙江省的松嫩平原试办公营农场。到20世纪50年代、60年代，中央又一再做出重大部署，发起了大规模开发建设黑龙江垦区的伟大进军。几十年来，先后有14万转业复员官兵，

54万城市知识青年，20万支边青年，5万大专院校毕业生，以及各类科学技术人员、众多的文化艺术工作者、当地干部群众，等等，从全国各地会集成前所未有的、极其浩大的、百万之众的垦荒大军，叫作“得南北东西之精华、聚四海五湖之灵气”，历经几代人艰苦卓绝、前赴后继的奋斗，战胜了人间见所未见、闻所未闻的艰难险阻，使亘古荒原发生了翻天覆地的变化。黑龙江农垦人用自己的青春、血泪和生命谱写了人类拓荒史上最为威武雄壮、最为灿烂辉煌的史诗，创造了世界奇迹！创造了丰功伟绩！如同一座顶天立地的丰碑耸立在祖国的东北边疆。特别是改革开放三十年来，黑龙江垦区各农场坚持改革开放，坚持科学发展，生产建设和各项社会事业都发生了非常明显的变化，真正发挥了各方面的示范作用。那里已初步建成现代化机械化的大型国有农场群，初步建成国家最大的商品粮基地、最为可靠的商品粮战略储备基地、最有特色的大型无公害食品生产基地。

党的十八大以来，黑龙江垦区又迎来了一个全面深化改革、扩大开放的新的历史机遇期。黑龙江农垦人在这样非常难得的历史机遇期，一定会有更大的作为，必定做出更大贡献。2015年黑龙江垦区生产粮食441.3亿斤，上缴商品粮410.4亿斤，商品率93%。他们每生产10斤粮食，其中有9.3斤是贡献给国家、贡献给社会的。目前，黑龙江垦区的粮食供给能力，足以保障京津沪渝四大直辖市、人民解放军陆海空三军、港澳地区和藏青甘宁四省区的全部口粮供给。

任何国家的粮食安全都不是单纯的农业问题、食品问题，都是全局性、战略性、政治性的大问题。1996年6月30至7月5日，李鹏总理视察黑龙江省，他对当时的黑龙江省委主要领导同志说：“手里没有一把米，叫鸡鸡不应。你就给我这个总理手里留一把米吧！”李鹏总理完全是从全局的、战略的、政治的高度看待粮食安全问题和黑龙江农垦的重要地位的。

在那次急赴黑龙江省的调查中，我所接触的每一个农垦人，包括各级领导同志、离退休老同志、众多的一般干部、普通员工和各行各业各界代表人物，他们都异口同声地主张稳定现行的农垦领导管理体制。许多老同志忧心忡忡，有的同志不禁失声痛哭，非常沉痛地哭诉他们亲身经历的由于体制变动不当给农场造成的惨重损失。一些老同志告诉我们，究竟是稳定、维护和推动黑龙江农垦事业的发展，还是又一次折腾、瓜分、肢解、拆散这些已经做出重大贡献还将做出更大贡献的大型国有农场，这种争论从90年代初一直延续到1996年，很尖锐，很激烈，农垦的同志们很担心，很着急。

在那场风波期间，王锡录同志正是担任省农垦总局党委书记。他因为抵制省委主要领导同志的错误决定，面临“不换思想就换人”的威逼，面临以种种欲加之罪被查处的厄运。1995年6月，锡录被免去农垦总局党委书记，调任省政府副秘书长。在那样的险境和磨难中，他一直不退让，不妥协，不低头，他一直坚守正直，坚守清白，坚守共产党人的党性原则。在危急关头，他正气凛然，风骨自现，敢于挺身而出、据理力争。今天看到锡录书中讲述的那些惊心动魄的往事，我仍然要为他拍案叫好！

黑龙江农垦的几代人，历经冬秋夏春，饱尝苦乐酸甜，如今的各农场到处生机盎然，已是春色满园。锡录面对黑龙江农垦春光明媚的景象，喜形于色，激情满怀，欣欣然用一年时光完成了这部纪实性的作品。书中所叙述的那些曲折艰难、多姿多彩的人生经历和他的体验、感悟，尤其是那种精神，那种品质，那种境界，必定给人们带来难得的启迪和教益。

我衷心祝愿锡录同志晚年幸福、长寿安康！

写于2013年5月

修改于2016年9月

根正苗壮一小兵

——邹正新《风雨八十载》序

曾任无锡军分区政委的邹正新同志要出书，书名《风雨八十载》，嘱我作序。这是老友的重托，更是我向正新同志学习的好机会，我没有推辞，很高兴地答应了。

我同正新同志在无锡相处近三十年。我们是部队战友，现在又是书友、文友，“三友”之交，这样的友情，能不厚重？

《风雨八十载》是一部约十五万字的作品，实在是可喜可贺！我非常认真地反复地精读了书中的每一个字，掩卷沉思，伏案落笔，确实有许多话想说。

正新是湖北人，说一口清脆、响亮的湖北普通话。我有几位湖北籍好友，他们也说那样的湖北普通话，听着很熟悉，很亲切。

湖北多水，有“千湖”之称，还有长江、汉江。“仁者乐山，智者乐水”。湖北人的特点是聪明，特别聪明。我在无锡市委任副书记、书记期间，注意到正新同志在常委会上的发言都很认真，常有新意，对我有很大启发，也很有帮助。正新的一些发言，会使我想到清朝两代帝师翁同龢的一副对联：“每临大事有静气，不信今时无古贤”。

我同正新的经历有一些相似之处。我们都是家境贫寒，读书艰难，只念到高小毕业，凭着一股革命热情，在1951年抗美援朝的热潮中参加人民解放军，当了一名小兵。当时正新同志十四岁，我十三岁。我们所不同的，正新是真正赴朝鲜参战；我没有到朝鲜，而是在国内的后方医院护理参战的伤病员。

我们都还记得，1990年9月间，中共无锡市委召开第八次代表大会，我俩作为市委委员候选人，要接受代表们的审查。在审查我们的履历时，有代表提出质疑：邹正新和刘济民都是1951年参加人民解放军，邹正新十四岁，刘济民十三岁，都还是小孩，这么小的年龄怎么可能当兵呢？是不是搞错了？我记得正新同志在小组讨论中为我们俩的简历做了说明；大会秘书处向大会主席团介绍了当时特殊的历史背景，确实是由于抗美援朝战争的需要，招收了许多小兵，这样才消除了一些代表的质疑。在那次的党代会上，我知道正新同志也当过小兵，我们之间的关系更加亲密了。后来，我和正新在工作中就有了更多的接触，我对他的党性原则、道德人品、工作作风、为人处世、性格特点等等，也就有了更多的了解，我们之间的感情更加深厚了，这种难得的战友情谊与日俱增。

正新是一位党性原则很强的同志。他坚定信仰，坚持理想信念，他清清白白、堂堂正正，一直保持共产党人的优良品德，一直坚守共产党人的政治本色。他加入中国共产党六十年了，在部队长期从事党务工作、政治工作，做过副政治指导员、副政治教导员，师政治部的正副科长、正副主任和师级单位的政治委员。我同他接触中，总觉得在他举手投足之间、一言一行当中，有种强烈的气质，什么气质？部队政治工作者、部队政委的气质。他有着特别强的党性观念，历经数十年党的工作的锻炼和考验，在战场上、在和平建设年代和改革开放新的历史时期，他都恪守党性原则，忠诚党的事业，听从党的指挥，时时处处按照党的纪律、党的规矩办事，他是合格的中国共产党党员。

正新同志在部队六十五年了，一直保持着革命军人的本色。当年的邹正新，是一位英俊少年，热血青年。在抗美援朝战争中，他挺身而出，保家卫国；在抗美援越的战斗中和在浙江前线紧张的备战中，他都英勇顽强，不畏艰险。他是经历了“九死一生”的战场考验和艰苦环境磨炼的。在那样的考验和磨炼中，他都顾全大局，严守纪律，关心战友，不怕牺牲，不愧为真正的革命军人。从入伍到现在的六十五年中，他在部队经历过十二个团以上单位，担任过十七种不同的职务，不论是什么样的工作环境，不论是做什么工作，他都尽心尽力，恪尽职守，舍己为公，无私奉献。当兵，他是好战士；上军校，他是好学员；在机关，他是好干部；担任领导职务，他是好领导。不论工作如何调动，人们对他都是有口皆碑。我和正新在无锡市委共事的几年中，他尊重领导，团结同志，努力工作，平易近人，我们相处得极好。

正新同志还有个突出的特点，就是自强不息，勤奋好学。正新入伍时只有高小毕业，他不满足于这个文化水平。几十年来，他一直坚持自学，即使在烽火连天的朝鲜战场上，他也充分利用战斗的间隙，读书练字，自学文化。在“文化大革命”中，他不是随大流去“闹革命”，而是利用一切可以利用的时间，不知疲倦地向文化进军。组织上的培养教育，个人的刻苦努力，使他迅速成长为全团最年轻的军官，使他从宣传战线的一名新兵，成长为名副其实的宣传人才，成长为师政治部宣传科的领导人。

正新同志自1985年11月任无锡军分区政委，到1992年初退休，达七年之久。这期间，无锡市连续多年被评为全国双拥模范城市；其他方面，如军民共建、城市民兵工作、“以劳养武”工作、兵役工作“创三优”等等，也都创造了优异的成绩，走在全国全省的前列。正新作为无锡军分区的主要领导人，在这些方面是做出了突出贡献的。

正新同志退休后，曾有两家公司给他送去聘书，以优厚的物质待遇，请他担任顾问，他谢绝了。1992年6月，正新不再担任无锡市委常委，我觉得他还可以帮助市委做点其他的工作。当时无锡正在筹备组织关心下一代工作委员会（关工委），我请他担任常务副主任，他说可以做副主任，不做常务。我同意了他的选择。这是个只有辛苦、没有任何报酬的工作。他以一名老共产党员坚强的党性，以一名老兵的坚韧和执着的个性，非常愉快地、全身心地投入到关心下一代的工作中。他满腔热情地组织无锡驻军十一个干休所二百多名“五老”，即老红军、老八路、老新四军、老战士、老英雄模范，深入到各区、县，各个街道、社区，各个中小学校，以及监狱、少管所、看守所、戒毒所、网吧等多个角落，对广大青少年进行革命传统教育，开展校外辅导、校外帮教和捐资助学、网吧监督等多项有益活动；对失足、失管的青少年，进行多种形式的法制教育、道德教育，实行关爱和结对帮教等等。他任无锡关工委副主任十八年，从五十多岁做到七十多岁。他和他的同事们把关心下一代的工作做得有声有色，尽善尽美。这期间，无锡有两个部队干休所被评为全国关心下一代工作先进集体，三位老同志被评为全国关心下一代工作先进个人；正新同志个人被江苏省授予关心下一代工作突出贡献奖。

正新同志要出书了。这部作品亲切、感人，有思想，有文采，有故事，有情节，很值得一读。我相信，不同年龄、不同职业、不同阅历的读者，都会从这部书里得到启迪和教益。

2016年7月于北京

才智纵横一新星

——彭凯雷《政经领袖的细节与幕后》序

我同凯雷的相识、交往，纯属缘分。

我们都毕业于中国人民大学新闻系，是校友、文友、书友，三友之交。年龄相差三十八岁，并无交流障碍，彼此间意气相投，性格相近，又是忘年交。

凯雷要出书，嘱我作序，我没有推辞。不是有什么把握，只是觉得，就凯雷这个人，我有话要说的。

凯雷年轻，非常年轻，已小有成就，让人惊喜，我特别羡慕。

他很快寄来了书稿和一些资料，我迫不及待地几乎都读过了。对凯雷为人为文的感觉是八个字：可喜可贺，可敬可畏。

凯雷是西北人。他确有西北人那种谦和、善良、豪爽、勤劳的性格。他是诗人，十多年发表百余首诗歌，曾荣获多个全国奖项，还出过诗选集。他是记者，十二年间写了上万篇（条）新闻报道与手记，其中的许多新闻稿屡见奇效。

在凯雷那里，我们看到了诗人气质与记者本色的完美结合。

“桐花万里丹山路，雏凤清于老凤声”。西北人称青年人为“后生”，确实是后生可畏呀。

看了凯雷写那些新闻稿的幕后故事，最突出的印象是，他敢于独辟蹊径，他敢于突破，敢于创新，敢于立异，敢于言人所未言、写人所未写。他的采访和写作，有自己的个性，形成了特点，甚至正在形成独特的风格。我总觉得，一篇新闻报道，只要有新意，有特点，就一定有生气，有锐气，有灵性，有威力。

最具代表性的，是2010年“两会”期间，凯雷写的一篇《张春贤、陈竺获评最开放省委书记部长》。这篇视角独到、行文独特的报道，让人们领略了共产党、人民政府年轻一代的高官在新的历史时期的风采。记者没有一般地写两位领导人的正襟危坐、高谈阔论，没有写他们的指点江山、揄扬时政，却别出心裁地写了他们在众多记者的围堵、提问中所表现的沉着、冷静、清醒、从容，尤其写了他们情系人民大众疾苦的那种真诚、善良、坦率和无私。这样写，更本色，更真实，更有说服力。

陈竺部长、张春贤书记的开放不是作秀，不是表演，是对祖国和人民事业的一片赤诚。

当然，从中央到地方，到基层，像他们这样的官员，一定还会有很多、很多，要记者们去发现、发掘，去互动、去宣传。

这就是突破。以陈竺部长、张春贤书记为代表的一批官员，摆脱了人们早已厌倦的、对民间疾苦不关痛痒的那种官样、官腔、官话；凯雷和他的同事们，也突破了新闻报道中那种毫无新意的、不解决任何问题的一般化，尤其突破了人们司空见惯的教条味太浓、八股腔太重、引经据典莫名其妙的平庸化。

时下流行一种程式化的“好文章”“好报道”。好得尽善尽美、无可挑剔，好得四平八稳、循规蹈矩，好得千人一章、千篇一律。总之，好得很平庸。这样的文章，这样的报道，有什么用！

媒体拒绝平庸。媒体确有其独特的优势。记者总是在不间断地亲历、亲见、亲闻大量鲜活生动，甚至意义重大、影响深远的新闻。那些新闻本身并不枯燥，绝不平庸。

书中有一篇手记，题为《真诚的决斗——中国公关领军人物王晨与国际金融巨子索罗斯宴会幕后的秘密》。文章详尽地记述了2009年6月间隐于公众视线之外的一次高端交锋——国务院新闻办主任王晨同国际“金融大鳄”索罗斯就西藏问题的谈话。那是在北京的一座幽静的四合院里，在王晨为索罗斯安排的告别宴会上，轻松愉快地谈到了经济、金融、政治、气候等多方面的话题，其中集中地谈到了西藏问题。面对索罗斯对达赖、对西藏问题的不解、误解，甚至偏见，王晨以一种真诚、坦率、开放、平等的姿态，在涉及西藏问题的一些最敏感、最复杂、最尖锐的方面与索罗斯直接交锋。没有空话，没有官话，没有说教，王晨同志始终都是在讲实话，讲真话，都是摆事实，讲道理。事实是具体的事实，是铁的事实，是王晨亲历、亲见的事实；道理是用事实铸就的道理。王晨主任内通国情、外知世界，有着深厚的文化底蕴，他把涉及国家利益、民族大义的西藏问题，讲得旗帜鲜明，坚守不移，讲得有理、有力，入情入理。谈笑间，正气凛然、风骨自现，彰显了大国公关总领的智慧、胆识与风范。真诚、坦率赢得了尊重，取得了成功。

以固执己见著称的索罗斯，习惯于主导一切、掌控一切的索罗斯，从开始的不以为然、漫不经心，悄然转为凝神静听。索罗斯在不知不觉中，对王晨讲的那些闻所未闻的事实和那些同他截然相反的观点，产生了浓厚的兴趣。告别时，王晨真心实意地邀请："无论如何，您要做一件事，就是深入了解西藏的真相。"索罗斯也同样真诚地回应："我也希望到西藏，希望再次经历这样坦诚的交流。"

天底下难得有十全十美的事。我看，王晨与索罗斯的这次对话交锋，算得上是十全十美了。

当时获准在现场采访的媒体，只有香港《文汇报》一家，可谓一家独厚。那样精彩纷呈的场面，如果不留下点文字、史料，实在是太可惜了！非常可喜的是，凯雷忠实而又生动地记下了这次宴请中的气氛、对话和诸多细节，以及他自己的所感所悟。凯雷的手记，写得有理有情，有声有色，有滋有味，写得不拘一格，绝不枯燥，成为一篇散文式的、别具一格的新闻纪实。

每日里，世界各国、全国各地发生无数的新闻，有无数的记者去报道那些新闻。如何把众多记者一拥而上追逐的新闻，写得有情意、有深意、有新意，记者们各有高招，各有巧妙不同。凯雷的可贵之处，在于他敢于、善于去挑战平庸。他为了有所突破，有时候甚至要冒点"傻气"，冒点"憨气"，要想点"笨办法"，这又未尝不可呢?

对2001年3月在石家庄发生的连环爆炸案的报道，就是在诸多严密封堵的恶劣环境下，外国记者被劝走了，国内记者大多被清理了，凯雷却急中生智，巧妙隐身，多方周旋，硬是冲破阻力，穿过迷雾，揭开事实真相，居然在现场的十几天里天天发稿。更难得的是，当时在石家庄现场那么多抢新闻、挖新闻的记者中，只有香港《文汇报》的记者在持续发稿，甚至从此真正冲开了突发性事件新闻封锁的大门。

一个记者，究竟能飞多高、走多远，究竟有多么深厚的潜能，能创造什么样的奇迹，是估不透的。从凯雷和他的许多同行那里我们看到，只要心中有民众、肩上有责任，就有激情，有智慧，有办法，办法多得很，就必然创造奇迹。

有关国宴的报道，也是一种突破。凯雷写的那篇《中国国宴亲历记》就有新意，有深意，耐人寻味。

《中国国宴亲历记》，写了2000年国庆前夕的国宴，时任国务院总理的朱镕基请定居海外的老报人赵浩生赴宴，以及在宴会前相互致意、问候的细节；写了2000年、2004年国宴，香港首富李嘉诚之子李泽楷、首位“太空人”杨利伟两位年轻人现身时的情景；写了记者本人2000年第一次出席国宴丢了手机、失而复得的趣事；还写了近年国宴缩减、节俭的细微变化，等等。不是就事论事，不是琐事罗列，而是以小见大；从诸多细微处，生动地见证了共和国、共产党领导人的亲民平和，中华文明的传统风范，政务体制改革的清晰成果，以及节约型政府的实实在在的展现，等等。

凯雷说，他每次参加国宴的请柬、菜单都精心保存着，不是猎奇，不是收藏，不是为了炫耀，只是为了研究，为了比较，为了出新闻。他在不知不觉中发现，国庆前夕的三次不同范围的国宴缩减为两次，被邀赴宴人员也在减少；近年的国宴菜单少了“鲍鱼”，仅“四菜一汤一主食”。总之，国宴越来越简约自然，菜肴清淡可口，处处蕴涵崇尚自然、保护生态、倡导节俭的深意。

这样一些细节的静心观察，巧妙构思，精心写作，何止是突破，那简直是一种境界，当然是大境界。

凯雷为什么敢于突破、善于突破？我看他是有着强烈的使命感、责任感的。他不是凭个人兴趣追新闻、抢新闻、写新闻。他总是意识到他肩负的重任，总是在想着国家和人民的各种各样的实际问题、重大问题。他爱国爱港爱人民，有仁爱之心，总是激情满怀，总是蓄势待发，总能触摸到民众的脉搏。

我反复读了书稿中那一篇《孤儿救助情牵中南海》。近年来，凯雷和他的同事们有关孤儿救助的一系列报道，引起了胡锦涛总书记、温家宝总理的重视，引起了包括香港人在内的中华大地上许多人们的关注。民政部、财政部等有关部门在已有工作的基础上，正在继续完善全国性的孤儿救助制度，港人称之为“恤孤新政”。更为可喜的是，抚育孤儿的每人每月生活费可望提高到600~1000元，由中央财政拨专款解决，形成长期的福利保障制度。据说全国至少有七十万孤儿。有共产党、人民政府和各界人士的关心疼爱，孤儿不孤将成为现实。

书中长篇手记《“当代和氏璧”〈海国记〉传奇》，生动地记述了清人沈复《浮生六记》佚文《海国记》的前世今生。从收藏家彭令2006年秋在南京朝天宫淘宝，到以后的北京上访献宝，历经诸多曲折艰难，到海内外众多专家、学者、仁人志士慧眼识珠，仗义执言，力挺小人物彭令的善举，那些幕后故事惊心动魄，感人至深。人们从那些传奇故事中，再一次领略了香港《文汇报》的身手。彭令在无奈之下，求助香港《文汇报》，时任总编辑王伯遥收到素不相识的彭令的投稿后，一周内即拍板刊发，不惜拿出大幅版面，2008年6月的五天内连载彭令写的《沈复〈浮生六记〉卷五佚文的发现及初步研究》，海内外为之震惊。凯雷和他的同事江鑫娴又反复求证《海国记》中沈复曾以五十五个字记述钓鱼岛领域祭海的关键线索，2009年12月3日香港《文汇报》以整版独家报道《清著佚文手迹面世，比日本文献早76年——铁证钓鱼岛属中国》，一时间，海内外转载报道的媒体达近百家之多。《海国记》的拨云见日，使我们再一次看到了作为有良知的新闻工作者，他们那种对国家、对民族，对人民高度负责的精神，有着多么强大的力量！

从凯雷和他的同事们采写的许多新闻报道中，人们不难体会到，作为人民的新闻工作者，他们的事业，同样是牵动民心的大事业。“无冕之王”绝不是外表光鲜的装饰，那是一种实实在在的使命，是一种沉甸甸的责任。我看，有了使命感，有了责任感，有了仁爱之心，必然站得高，看得远，想得深，问得准，写得好；必然面对现实，真诚真实；必然言之有物，精辟独到；必然深得民心民意，屡见奇效。

由熊蕾和朱迪·波罗鲍姆（美）新近出版的《变脸——中国新一代职业媒体人口述实录》一书，收入了《真诚的决斗——凯雷》；有香港著名报章社长向其编委会推荐凯雷所写张春贤、陈竺的那篇报道，要求认真研究，有所借鉴。对凯雷和他的同事们写的一些新闻报道，还有众多的好评。这都是对他们的肯定、鼓励。

凯雷选择了香港《文汇报》，这是个聪明的选择。他的天赋、才华，他的性格、家境，甚至他的潜在的实力，等等，都很适合在全球华人媒体独树一帜的香港《文汇报》。十二年的热身小试，他才华横溢，锐意驰骋，渐入佳境。我相信，凯雷在香港《文汇报》一定会有更大作为的。

凯雷的人生，只是刚刚起步。起步人生，仁德为先。十二年的起步人生，起点高，起点新，起点稳，是非常难得、非常可喜的起步。

起步毕竟是起步，序幕仅仅是序幕。山高路远，前程多险。凯雷以后的路子还很长、很长，还很远、很远。我不想祝愿凯雷一帆风顺。一帆风顺不好，平坦无垠不好，也不可能。他太年轻了。经历一些曲折、艰难是肯定的，遭遇险境、逆境的磨难也是可能的。这对任何人的成长都不是坏事。

非常勤奋，是凯雷的一个突出的优势。不要吝惜自己的勤奋。须知，成功总是为辛勤劳作的人们准备的盛宴。

凯雷坚守真诚，名副其实。“真诚的决斗”，对凯雷来说，真诚是无疑的，是肯定的；至于“决斗”，我看，真正的决斗还没有到来。

我祝愿凯雷，集聚毕生的聪明才智，倾注百倍于别人的勤奋与艰辛，去迎接更加生机蓬勃、更加灿烂辉煌的未来。

震撼天地的大事业

——《海南天然橡胶事业》序

我们这个党，我们这个民族，在创建共和国之后，办过几项天地为之感动、世界为之震惊的大事业，开创和发展天然橡胶是其中的一件。

我国天然橡胶在海南岛、雷州半岛和西双版纳等地区大面积种植成功和大规模发展，是一个奇迹。那是用几代人的心血凝聚成的一部气壮山河的壮丽诗篇。

1950年6月，美帝国主义发动侵略朝鲜的战争后，不久就对我国实施经济封锁和全面禁运，其中就有对天然橡胶的封锁和禁运。

橡胶和钢铁、煤炭、石油，是现代经济社会的四大工业原料，现代经济社会的发展和现代国防的建设，绝对不可以缺少橡胶，更不能没有。合成橡胶也不可能取代天然橡胶。

解放初期，我国所需天然橡胶都要从地处热带的东南亚产胶国进口。美国政府在1950年12月颁布了对我国实行经济封锁和全面禁运的法令，不仅断了我国进口天然橡胶的渠道，甚至一块胶片、一截橡胶芽条，都不允许带到中国，如有违犯，将被逮捕、监禁，以至处死。东南亚的一些产胶国，在美、英两国的控制下，也颁布了特别严苛的“封关”法令。美国的第七舰队在西太平洋和南中国海巡航，从远东的日本本土向南延伸，穿过台湾海峡，跨越南中国海，折向东南亚，形成了一条半月形的严密的封锁线。

面对这样严峻的形势，这样严重的国际斗争，我们怎么办？

中国共产党是个不信邪的党，是个从不屈服于任何压力的党，是个天塌下来都能顶得住的党，是个敢于创造奇迹、善于创造奇迹的党！

天下的难事都难不倒中国共产党人，因为他们是特殊材料制成的。

中共中央和中央人民政府当机立断，毅然决定在华南地区自主开发建设我国自己的天然橡胶基地。连无孔不入的美国中央情报局都一无所知。中国共产党人这一惊天地、泣鬼神的壮举，从决策到最初实施，都是在绝对秘密的情况下进行的。

突如其来的朝鲜战争没有摧垮我们，严酷的封锁、禁运没有使我们屈服和退却，西方政客们的小伎俩敌不过中华民族伟人们的大智慧。在侵略者的一逼一压之下，中国共产党人被逼上了一条自主发展天然橡胶的宽广大道，又一次创造了奇迹。

叱咤风云的毛泽东和思维缜密的周恩来，决定由叶剑英和陈云一武一文两位开国元勋共同承担这一历史性的重任。

1951年11月初，中共中央决定成立华南垦殖局，由时任中共中央华南分局第一书记的叶剑英兼任局长。

紧接着就是在全国、全军范围内争分夺秒地调兵遣将、神速运筹。

1952年7月，中央决定由人民解放军组成两个林业工程师和一个团，全力投入天然橡胶的垦殖。

从1951年12月开始，只用了八九个月，就从全国各地动员、调集和征集了以人民解放军为主体的，包括各大专院校的大批在校学生，从事林学、农学等各种学科的专家、技术人员，以及各类干部、社会青年、土改后的翻身农民、归国华侨，等等，达四五十万人的垦殖大军，日夜兼程、浩浩荡荡开赴雷州半岛和海南岛，展开了中华民族有史以来、也是人类有史以来从未有过的声势最为浩大的垦殖天然橡胶的大会战。

这是一场艰苦卓绝、威武雄壮的大战役。

这支几十万之众的拓荒者大军，穿林莽，斗猛兽，斩棘丛，战蛇蟒，避雷电，忍饥渴，战胜了常人难以想象的种种艰难险阻，攻克了一个又一个技术难关，终于成功了。

我国天然橡胶的大面积种植成功，是世界橡胶种植史上的一个奇迹。

曾几何时，西方生物界判定中国没有一寸土地能成活橡胶，世界植胶界也公认巴西三叶橡胶树只适宜在北半球北纬17度线以南生长。

如今，我国不仅使天然橡胶的种植突破了北纬17度线，大面积北移种植成功，而且最高种植纬度到达北纬24度。

1982年10月16日，当中华人民共和国农牧渔业部向中外新闻界宣布上述消息并由新华社播发电讯后，全世界为之震惊！

不久，全世界四十一个产胶国的科学家们在北京举行国际橡胶科学会议。会后，代表们对我国南方的胶林做了实地考察，进行了最为严格的科学测试和检验。在胜于雄辩的事实面前，这些国际橡胶界的权威们不得不发出由衷的赞叹！

1984年7月，广东省农垦总局高级工程师徐广泽走上在法国巴黎举行的世界橡胶育种、采胶生理科学会议的讲坛，他扬眉吐气地宣读了关于我国橡胶树在高纬度培育生长的科学论文，回应这位中国橡胶科研事业奠基者、开拓者的是响彻会场的热烈的掌声。

是啊，事物的辩证法往往就是这样，天无绝人之路。须知，在一定条件下，精神可以变物质，坏事可以变好事。中国共产党人对于天然橡胶这件事，就把压力变成了动力，把困难变成了机遇。

任何人不可能一手遮天，任何大国都不可能一手遮天。五十年前，曾对我国实施打压、封锁、禁运的那个国家的政客们，在事实面前目瞪口呆，无可奈何！“小小寰球，有几个苍蝇碰壁。”让那些政客们去哭泣吧！

实际上，早在20世纪50年代后期，当我国华南地区大面积新生代的橡胶树陆续进入开割期的时候，就已经表明我国高纬度种植橡胶的成功。以后又经历了二十多年的实践检验和探索提高，我国政府才正式向世界宣布这一重大成就，这样就更实在，更稳妥，更可靠，也就让世人更信服。

这样的史实，是应该大书特书的。

从20世纪60年代中期到80年代初，我曾有幸断断续续地接触到我国的天然橡胶事业。所见所闻，心灵为之震撼，耳目为之一新，使我深受教育，深受感动。

2005年9月，全国政协文史委在研究征集“三亲”（亲历、亲见、亲闻）史料的选题时，我建议把天然橡胶史料的征集列入选题，由海南省政协文史委负责。2007年11月，海南省政协文史委专职副主任李朱全同志送我一本三十九万字的《海南天然橡胶事业（选编）》书稿。嘱我为之作序，我没有推辞。我觉得人们不应该忘记那段历史。我们今天重温那段历史，依然是很有意义的。

我很快读完了那本书稿，觉得意犹未尽，情犹未尽。我又请海南省农垦总局罗坤金同志提供一些过去未曾看到的有关天然橡胶的史书史料，其中有一本三十五万字的文史纪实《突破北纬17度》，很生动，很感人，很难得，我又很快读完了。

回首往事，我国天然橡胶事业的开拓发展，给我们提供了什么样的启示呢？

一种信念。对党、对国家、对民族的无限忠诚。为了人民的事业，可以赴汤蹈火，可以奉献自己的一切，叫作“献了青春献终身，献了终身献子孙”。

一种精神。壮志冲天，气吞山河，什么样的苦都可以承受，什么样的艰难都可以攻克。有了这种精神，什么样的人间奇迹都可以创造出来的。

一种科学态度。那样的认真负责，那样的全力以赴；那样的细致入微，那样的一丝不苟；那样的脚踏实地，那样的勇于进取。那洁白的胶乳，是科学技术的结晶。

我看，这就足够我们学习和传承的了。

让我们和我们的后人永远记着吧，永远记着书中写到的和没有写到的天然橡胶事业的决策者、开拓者、先行者、创业者们的名字吧：一代伟人，开国将帅，科学巨子，知识精英，复转军人，归国华侨，各级干部，翻身农民，知识青年，劳动模范，各路英雄，等等，等等。

他们的丰功伟绩，如山岳一样耸立在那里，为后人树起了一座丰碑！

祖国不会忘记他们，人民不会忘记他们，永远不会忘记他们！

须知，当今世界并不太平。我们这个民族的复兴大业也只是刚刚起步，我国现代化经济建设和现代化国防建设的路子还很长很长，任务还非常艰巨。包括天然橡胶和粮食在内的重大战略物资，还是应该尽可能地建立在我们自己力量的基点上，这样比较稳妥，比较可靠，比较主动，使我们永远立于不败之地。

写于2008年

思往篇

当时只道是寻常

那是一个永远诉说不完的刻骨铭心的故事，那是一幅永远描绘不完的长长的画卷，那是一首永远吟唱不完的动人魂魄的诗歌，那是我们这些“老北大荒”永远怀念的家乡。

遥想当年的北大荒，是很艰苦的。

那刺人心骨的漫长又漫长的寒冬，那铺天盖地、咆哮怒吼的暴风雪，那些穷凶极恶、疯狂地叮人肉吸人血的蚊子、小咬儿、牛虻组成的无孔不入的罪恶群体，以及其他吃、住、行等恶劣的生活环境，都不是一般的苦，是常人难以忍受的那种苦，是奇苦，是绝苦，苦到了极致。

其实仔细想来，北大荒留给我们这些人的，主要不是苦境的回忆。留给我们最为宝贵的是一种思想，一种境界，一种精神，集中到一点，就是人们几十年来一直传颂、赞美着的那种北大荒精神。

永远的丰碑

——北大荒随想

稻浪滚滚、浓绿遍野的盛夏时节，我又回到了北大荒。

2008年是人民解放军十万转业复员官兵开发建设北大荒五十周年，黑龙江省农垦总局邀请我参加纪念活动。我应邀提前几天从江苏无锡到了北大荒垦区，寻访故地，拜访老同志，看大型机械化耕作的商品粮基地，看现代化农业科技园区、环境幽美的居民住宅小区、场县共建示范区等等。那些日子，一直沉浸在极度欢乐、兴奋之中，深受教育，深受感动，深受震撼。那是一种寻访圣地、行施朝拜的感觉。

我同北大荒有缘

我是1958年4月随成都军区第四预备师（0597部队），集体转业到黑龙江省八五五农场（后改名为五九七农场）的。

1958年8月间，农场保送我到密山裴德的八一农垦大学上学。1959年初，组织上又从学校调我到牡丹江农垦局组织处工作（在虎林县）。1960年8月，我作为调干生考取了中国人民大学新闻系，离开了北大荒。

1965年大学毕业后，我被分配到农垦部工作。以后，国务院所属农垦、农业部门的机构多次调整，实际上到20世纪80年代初，我一直没有离开农垦部门，也就有更多的机会接触到北大荒垦区。

1975年10月至1976年9月，我带领农林部派到黑龙江生产建设兵团3师21团（八五三农场）学大寨工作组，帮助那里建设大寨场，在北大荒工作、劳动了一年。

1980年至1982年，我作为新恢复的农垦部的干部，又到黑龙江省八五三农场带职任党委副书记、副场长两年。

这样，我在北大荒工作、劳动一年以上的经历有三次，前后五年多，算是“三进三出”北大荒。

1993年，我调国务院机关，负责联系农业、农垦方面的工作，又有更多的机会接触北大荒，到黑龙江垦区调查研究，参加会议，出席庆典，等等。其中最为重要的一次调查研究，是1996年6月间受国务院李鹏总理委派，带领国务院调查组到黑龙江省调查研究农垦和森工企业的领导管理体制问题。

看来，我同北大荒不仅有缘，似乎还有某种约定，往往不期而至，实在是妙不可言。

从1958年随部队进发北大荒算起，整整五十年过去了。五十年来，我同北大荒在思想感情上、工作上直接的或间接的联系，一直没有中断。有很熟悉的同志问我：“你为什么总想到北大荒啊?”我说：“到北大荒就是回家。回家，是不需要理由的。”就是这样，无论何时何地，北大荒对我来说，总是魂牵梦绕，难以忘怀，总想着那个地方，总想回去看看。这是一种非常奇妙的感情，以至成为一种挥之不去的情结。

北大荒是个神奇的地方

那是一个永远诉说不完的刻骨铭心的故事，那是一幅永远描绘不完的长长的画卷，那是一首永远吟唱不完的动人魂魄的诗歌，那是我们这些“老北大荒”永远怀念的家乡。

遥想当年的北大荒，是很艰苦的。

那刺人心骨的漫长又漫长的寒冬，那铺天盖地、咆哮怒吼的暴风雪，那些穷凶极恶、疯狂地叮人肉吸人血的蚊子、小咬儿、牛虻组成的无孔不入的罪恶群体，以及其他吃、住、行等恶劣的生活环境，都不是一般的苦，是常人难以忍受的那种苦，是奇苦，是绝苦，苦到了极致。那样的苦，更不是一年两年可以过去，而是几年、十几年，许多老铁兵、老军垦、老职工、老知青、老支边、老知识分子，在北大荒生活、劳动、工作了几十年、一辈子，甚至是几代人，叫作“献了青春献终身，献了终身献子孙”。那种辛苦、艰难，可想而知。

其实仔细想来，北大荒留给我们这些人的，主要不是苦境的回忆。留给我们最为宝贵的是一种思想，一种境界，一种精神，集中到一点，就是人们几十年来一直传颂、赞美着的那种北大荒精神。

君不见，我们这些有着北大荒经历的战友们、荒友们相聚的时刻，不论是熟悉的还是陌生的，不论是年长的还是年轻的，不论是平民百姓还是大官大款，也不论是在国内还是在国外，甚至不论你在北大荒的那段经历是愉快还是倒霉，只要说一声“我也是北大荒人”，相似的经历，相同的感情，把我们这些人连接在一起，就会蓦然产生无比的亲切和自豪，就有滔滔不绝的欢声笑语，就有嬉笑打闹的童趣，就有诉说不完的往事、表述不尽的情怀。我们仿佛都在北大荒接受过圣洁的洗礼，任何时候讲述起北大荒那些故事，都是要动感情的，都会为之神往，为之神采飞扬，为之心潮激荡。我觉得，联结这种感情的，赋予我们一种巨大力量的，总是有一种精神在起作用，那就是北大荒精神。

北大荒精神，是北大荒之魂。在一定意义上说，那也是军魂，是国魂。

北大荒人创造了奇迹

我党我军，我们这个伟大的民族，在创建共和国之后，办过几件震撼天地的大事，当年开发建设北大荒是其中的一件。

位于黑龙江省松嫩平原、三江平原、完达山麓的那块五万多平方公里的黑土地，是千百年来未曾开垦的、人迹罕至的亘古荒原，史称北大荒。

过去，人们总觉得北大荒那个地方很神秘。其实，北大荒是块宝地，北大荒的资源是富有的、是诱人的，那是我国最为肥沃的一块黑土地。

可以上溯到秦汉王朝，直到公元1945年东北解放前，历朝历代的统治者都曾试图开拓北大荒，都想征服这块沃土。当年的日本侵略者，还在北大荒组建开拓团、拓殖公司，以武力驱使中国劳工修筑铁路、公路、水利工程，甚至制定了二十年内向我北大荒移民五百万人的侵略计划，妄图实行移民垦殖。在中国共产党之前，历史上所有的开拓者，立足未稳就被北大荒的风雪和严寒吞没了！

俱往矣！历朝历代的统治者和日本侵略者，都没有实现征服北大荒的梦想，都以失败告终了！

人们断言：没有天神下界、巨星临凡，没有天精地力、鬼斧神工，孰能稍改北大荒的容颜！

只有在中国共产党领导下，天神终于下界，巨星居然临凡，鬼斧神工横空出世，天精地力大显神威，开拓北大荒真正从梦想变成了现实。

实际上，早在1945年东北解放后，我党就采取军垦的办法，揭开了开发北大荒的序幕。当时的中共东北局按照党中央的决策部署，从1947年开始组织转业复员军人，包括战争中因伤致残的军人，“试办公营农场”。到1949年全国解放前夕，当时北大荒的松嫩平原就有了通北、赵光、宁安、兴凯、八一五、九三等一批机械化公营农场。这批农场以“培养干部、积累经验、创造典型、示范农民”为宗旨，成为以后大规模开发建设北大荒最早的基础。

1954年，中央军委决定中国人民解放军农建二师八千多官兵集体转业复员，在松花江两岸的绥滨县和集贤县境内新建二九〇农场、二九一农场，扩建铁力农场。

1954年至1956年，经中央军委批准，王震将军率人民解放军铁道兵二、三、四、五、六、九、十一师近两万转业复员官兵挺进北大荒，在密山、虎林、宝清、饶河一带展开了初具规模的开垦，新建了“中国人民解放军铁道兵八五〇部队农场”等七个“八”字头的大型国营农场。

北大荒大规模的、全面的开发建设，是从1958年展开的。

1958年3月，党中央召开成都会议，为了解决我国日益增长的对于商品粮食的需要，通过了《关于发展军垦农场的意见》，决定大规模开发建设北大荒。按照党中央这一历史性的决议，从1958年3月至5月短短的三个月，就有成建制的七个预备师和四个部队医院，以及陆、海、空各军兵种、各军事院校的十万转业复员官兵，组成浩浩荡荡的开拓者大军，在王震将军的直接指挥下，开赴北大荒，披荆斩棘，挺进荒原，在前十年开垦的基础上，发起了大规模开发建设北大荒的伟大进军。

60年代以后，又有五十四万城市知识青年加入到了开发北大荒的行列。

整整半个多世纪过去了，由人民解放军官兵、知识青年、支边青年、大专学校毕业生、各类科学技术人员、众多的文化工作者，以及当地干部、群众，从全国各地会集成百万之众、前所未有的、极为浩大的垦荒队伍，叫作“得南北东西之精华，聚四海五湖之灵气”，历经几代人艰苦卓绝的奋斗，战胜了人间见所未见、闻所未闻的艰难险阻，使亘古荒原发生了翻天覆地的变化。

北大荒人，用自己的青春、血泪和生命，谱写了人类拓荒史上从未有过的最为灿烂辉煌的史诗。

如今的北大荒，已初步建成现代化、机械化的大型国营农场群，初步建成了国家最大的商品粮基地、最为可靠的商品粮战略储备基地、最有特色的大型无公害食品生产基地，成为名副其实的北大仓。

北大荒，曾经是恐怖、荒漠、饥饿、死亡的代名词；如今的北大荒，已成为生命、活力、阳光、绿色、蓬勃向上、希望所在的象征。

北大荒，已经告别了荒芜，告别了贫穷，人们正在建设更富裕、更幸福、更美好的生活。

北大荒人创造的奇迹，感动了中国，震惊了世界。

北大荒精神就是奉献精神

回首往事，北大荒大规模的开发建设，给我们和我们的后人提供了什么样的启示呢？

一种信念。对党、对国家、对民族的无限忠诚。岂止是无私奉献！那是忘我，是无我。为了党和人民的事业，为了北大荒的事业，可以赴汤蹈火，可以奉献自己的一切，甚至献出自己的生命。

一种境界。什么样的天灾人祸都遭遇了，什么样的苦难都经历了，什么样的险境都发生了，生活水平曾经降到最低、最低。靠的是什么？靠的是一种崇高的思想境界，靠的是一种气吞山河、排除万难的英雄气概。有了这样的境界、这样的精神，什么样的苦都挺得住、扛得住，什么样的人间奇迹都可以创造出来的。

一种文化。那是同北大荒的开发建设相生相伴、同步孕育的一种先进文化。北大荒文化，是战鼓，是号角，是响箭，是漫天风雪中的火炬，是茫茫荒原上的明灯。北大荒文化独树一帜，非常奇特，足以动人魂魄、催人奋进，引领人们蓬勃向上、勇往直前，不断地创造美好的生活，不断地创造新的业绩。

一种信念，一种境界，一种文化，汇集成强大的力量，铸造成惊天地、泣鬼神的精神，那就叫北大荒精神。这种精神，就是奉献精神。当年的北大荒人，就是靠着这种奉献精神创造了奇迹，今后依然要靠这种精神传承奉献，继续创造奇迹。

当今社会，物欲横流，精神贫弱，道德缺失；一些人摆脱了物质的贫困，却又陷入了精神的、文化的贫困。看来，奉献精神是离人们越来越远了！在这样的情势下，我们千呼万唤北大荒精神，我们宣扬和传承北大荒人几十年铸造成的那种奉献精神，我看，是有着重要的现实意义的。

北大荒是一座丰碑

我这次回北大荒，见到了许多熟悉的、不熟悉的老战友、老荒友，我们共同回忆当年挺进北大荒那一幕幕喜悲交集的往事。老一代北大荒人，依然是那样的爽朗、乐观，依然是那样的坚毅、执着。对当年所做出的奉献、所付出的艰辛，无怨无悔。

这次回北大荒，又结识了许多朝气蓬勃的、似曾相识的青年人，领略了新一代北大荒人的风采。这是比他们的父辈们知识层次更高、眼界更为开阔的新一代，是在他们身上闪烁着改革开放时代之光的新一代。他们同老一辈北大荒人一样，也是那样的憨厚，那样的朴实、豪爽，那样的热情奔放，同他们的父辈一样，这也是为了事业可以献身的一代新人。

历经半个多世纪的开发建设，特别是经过三十年的改革开放，北大荒各个国有农场在黑龙江省委、省政府的正确领导下，认真贯彻落实党中央、国务院的各项重大决策，坚持改革开放，坚持科学发展，生产建设、职工生活和各项社会事业，都发生了非常明显的变化。那是质变，是突变，是巨变，实在让人高兴。

2007年，黑龙江省农垦总局所属各农场共生产粮食250亿斤，比三十年前1978年的粮食总产50亿斤，增加200亿斤；上交商品粮达230亿斤，商品率92%。就是说，北大荒人每生产10斤粮食，其中有9.2斤是贡献给国家、贡献给社会的。这种贡献是稳定的、可靠的，是掌握在国家手上的。只要人们还靠粮食和粮食所转化的肉、奶、蛋、禽、鱼等食品生活、生存，我看，北大荒人的这种贡献就是非常重要的，其重要地位是不可动摇的。

当然，北大荒人对国家、对社会、对人类的贡献，不只是商品粮。还有其他优质食品，还有出口产品，还有税收，等等。至于北大荒人在科学技术、思想文化、精神生活等方面的贡献，更是难以用数字表达了。

北大荒也是培育英才的沃土。这是一所大学校，是藏龙卧虎之地。经北大荒锻炼、培养的许多青年人，早已成长为各方面的优秀人才，走向全国，走向世界。他们当中的科学精英、工商巨子、知名作家、文艺明星、体育健将、驻外使节，以及专家、学者、教授，各路英雄模范，各级领导干部，各行各业骨干，等等，是人们有目共睹的。

让我们和我们的后人永远记着吧，永远记着那些不知名的、知名的北大荒人的名字吧。人们不会忘记北大荒事业的决策者、先行者、开拓者、志愿者、创业者们！共和国不会忘记，人民不会忘记，永远不会忘记。

我们更不能忘记长眠在这块黑土地上的五万多北大荒人。他们当年都很年轻。他们响应祖国的召唤，挺身而出，奔赴北大荒，为北大荒事业奉献了自己的一生，献出了自己最为宝贵的青春年华。

几代北大荒人的丰功伟绩，如同山岳一样耸立在我国的东北边疆。那是黑龙江省人民的骄傲，是中华儿女的壮举，那是一座顶天立地、直插云端的丰碑，永远的丰碑！

北大荒千变万变，唯有代代相传的北大荒精神没有变。北大荒精神早已长到北大荒人的骨脉里了，甚至成为一种性格，一种气质，一种魂魄。岁月流逝，世代传承，精神不倒，魂魄永驻。

新一代北大荒人就是靠着那种比金子还要宝贵的北大荒精神，正在创造着更加光明灿烂、更加威武雄壮、更为美好的未来。

新一代北大荒人，正在建造一座新的丰碑！

2008年12月29日摘要发表于《人民日报》

题目为《精神的丰碑——北大荒50年》

关于北大荒农垦的新体验

从50年代到80年代初，我在北大荒垦区工作、劳动一年以上的经历有三次，是“三进三出”北大荒，前后五年多。

2016年7月，为兑现十年前的一个承诺，我又回到黑龙江省北大荒垦区，看望老战友、老同志，学习北大荒精神，体验北大荒精神，感恩北大荒垦区对我的培养教育，在垦区走访十天。

这是我自2006年以来的十年中第四次回到北大荒。所见所闻，所感所悟，深受教育，深受感动。那是一种心灵的震撼，甚至是一种美的享受。

我党我军，我们这个伟大的民族，创建共和国之后办过几件非常成功的、震撼天地震惊世界的大事，开发建设北大荒是其中的一件。

一、军垦七十年

用军垦的办法开发建设北大荒，是中央决策，是国家战略，是世界奇迹。

为解决我国日益增长的对于商品粮食的需要，早在1947年，中共东北局就按照党中央的决策部署，组织转业复员军人和伤残军人，在黑龙江省的松嫩平原试办公营农场。到20世纪50年代、60年代，中央又一再做出重大部署，发起了大规模开发建设北大荒的伟大进军。

几十年来，先后有14万转业复员官兵，54万城市知识青年，20万支边青年，5万大专院校毕业生，以及各类科学技术人员、众多的文化艺术工作者、当地干部群众等等，从全国各地汇集成前所未有的、极其浩大的百万之众垦荒大军，叫做“得南北东西之精华，聚四海五湖之灵气”。历经几代人艰苦卓绝、前赴后继的奋斗，战胜人间见所未见、闻所未闻的艰难险阻，使亘古荒原发生了翻天覆地的变化。北大荒人用自己的青春、血泪和生命谱写了人类拓荒史上最为威武雄壮、最为壮丽辉煌的史诗，创造了丰功伟绩，创造了世界奇迹。

二、北大荒精神的铸造和传承

北大荒精神的经典概括是十六个字：“艰苦奋斗、勇于开拓、顾全大局、无私奉献”。核心是什么？我看，核心是奉献；北大荒精神就是奉献精神。当年北大荒农垦人，是献了青春献终身，献了终身献子孙；就是靠着这样的奉献精神，创造了世界奇迹。

北大荒精神最重要的内涵是什么呢？

一种信念。对党、对国家、对民族无限忠诚。岂止是无私奉献，那是忘我，是无我。为了党和人民的事业，为了开发建设北大荒的事业，可以赴汤蹈火，可以献出自己的一切，甚至献出自己的生命。

一种境界。什么样的天灾人祸都遭遇了，什么样的苦难都经历了，什么样的险境都发生了，生活水平曾经降到最低、最低。靠的是什么？靠的是崇高的思想境界，靠的是气吞山河、排除万难的英雄气概。有了这样的境界，什么样的苦难都挺得住、扛得住，什么样的人间奇迹都可以创造出来。

一种文化。那是同北大荒的开发建设相生相伴、同步孕育的一种先进文化。北大荒文化是战鼓，是号角，是响箭，是漫天风雪中的火炬，是茫茫荒原上的明灯。北大荒文化独树一帜，非常奇特，足以动人魂魄、催人奋进，引领人们蓬勃向上、勇往直前，不断地创造美好的生活，不断地创造新的业绩。

一种信念，一种境界，一种文化，汇聚成强大的力量，铸造成惊天地、泣鬼神的精神，那就叫北大荒精神。

七十年了！北大荒千变万变，唯有代代相传的北大荒精神没有变。北大荒精神早已生长在北大荒人的骨脉里了，成为一种性格，一种气质，一种魂魄，铸造成一个英雄的群体。岁月流逝，精神不倒，世代相传，魂魄永驻。新一代北大荒农垦人，就是靠着这种宝贵的北大荒精神，不断地创造着更加光明灿烂、更加幸福美好的未来。

三、国家最大的商品粮基地

北大荒垦区是确保国家粮食安全的国家队、主力军。

这里已初步建成国家最大的商品粮基地，国家最为可靠的商品粮战略储备基地，最有特色的大型无公害食品生产基地。

2015年北大荒垦区为国家提供商品粮410.4亿斤，商品率达93%。这四百多亿斤商品粮，大体上相当于京津沪渝四个直辖市、人民解放军陆海空三军、青藏甘宁四省区，以及港澳地区，一年所需全部商品粮。

任何国家的粮食问题都不只是农业问题、食品问题，不只是经济问题。一个国家的粮食安全问题，实质上是政治问题，是全局性、战略性的大问题。

北大荒垦区每年所提供的几百亿斤商品粮，以及那里的商品粮战略储备基地，是真正掌握在国家手上的，是绝对可靠、绝对稳定的。这对国家安全、社会安定，对于抗灾救灾、应对突发事件，惠及广大人民群众，都是非常重要的。北大荒农垦人的这个重大贡献无可替代，其战略地位是不可以动摇的。

四、农业现代化的一面旗帜

北大荒垦区是全国农业现代化的大样板、示范区。

垦区引进当今世界最先进的农业机械设备，在农业机械化、农业现代化各个领域自主创新，都有重大突破。那里创造了全国最高的农业劳动生产率，基本实现了大规模的农业现代化，大步跨入世界现代农业的行列。

北大荒垦区几十年积累的农业现代化宝贵经验，所走出的农业现代化路子，对全国农垦、全国农村，有着普遍的示范意义。

五、初步实现了农场城镇化

那里是就地城镇化，是一步到位。其特点是文明、和谐、绿色、宜居，比较成功地解决了农场员工就业、住房、医疗、教育、养老等问题，广大普通劳动者过上了有足够体面、尊严和初步富裕的幸福生活。正如北大荒的一首歌里唱的那样，“耕耘在广袤的原野上，居住在现代化的城镇里”，已经成为现实。

六、场县共建初见成效

场县共建意义重大，影响深远，已上升为国家决策。

场县共建将为农村发挥多方面的示范作用，还将为消除城乡二元经济社会结构，实现城乡一体化，创造宝贵经验。场县共建的潜力很大，还有许多更紧迫的工作要做，应该是垦区当前和今后全面深化改革的一个重要领域。

七、屯垦戍边形成新格局

北大荒垦区是镇守边关的预备队、后备军。

屯垦戍边，是当年毛主席、党中央的重要战略决策。当前和今后，仍应居安思危、从长计议，切不可掉以轻心、放松警惕。

在新的历史时期，北大荒垦区屯垦戍边的部署没有削弱，又赋予新的内涵，形成了新的格局，叫作“军事固边，农业稳边，产业兴边，城镇富边”。这样的新格局，更具体，更有效，更符合实际。在全面深化改革中，还需不断地创造新的经验。

八、稳步实施“走出去”战略

北大荒垦区是“走出去”的先行军、排头兵。

早在50年代后期、60年代初期，垦区就开始实施“走出去”战略，当时叫“援外”。

目前，垦区已在周边二十多个国家布点，投资办农场，办工业企业。这是改革开放以来的新举措，开局良好。

垦区“走出去”有需要，有能力，有很大的潜力，前景极好。

“走出去”战略的稳步实施，同国家“一带一路”战略对接，具有政治、经济、外交、文化等多方面的重大意义，是当前和今后全面深化改革、扩大开放的一个重要领域。

六十年前，苏联帮助我国在北大荒垦区援建中苏友谊农场。现在，北大荒农垦人在俄罗斯滨海边疆区成功援建新友谊农场，当地民众高呼：“中国人，哈拉少！”

九、正在打造一支新型的农业产业工人大军

造就新型的农业产业工人大军，意义重大，影响深远。

国有农场培养和造就的新型农业产业工人，不同于过去农场的员工，也不同于现在农村的农民，这是在机械化、信息化、产业化、现代化的新的历史时期，我党培养造就的极其广大的、思想觉悟、文化素养、技术水平更高的社会主义新一代农业产业工人。

十、科学技术领域有多方面的重大突破

这主要是改革开放以来的重大成果，重大创新，包括农业机械化、水利化、信息化、农作物稳产高产，以及电子技术、智能技术在农业、水利、农业机械等方面的广泛应用，等等。尤其是水稻的大面积种植成功，大面积稳产高产，变水害为水利，变梦想为现实，达到了世界领先水平，其意义特别重大。

北大荒垦区这块五万多平方公里的高寒黑土地，经过几十年的开垦建设，不仅成功了，更是初步实现了现代化的生产经营和管理，不断地创造着巨大的物质财富，不断地创造着新鲜的经验。这是科学技术综合突破的重大成果，是人类拓荒史上的一座丰碑！人们应该充分估量它的科学价值和造福人类的伟大意义。

十一、培育英才的沃土

北大荒垦区是大学校、大熔炉。

经北大荒培养和锻炼的大批青年人，早已成为各方面的优秀人才，走向全国，走向世界。他们当中的科学精英、工商巨子、政坛高官、企业高管、知名作家、文艺明星、体育健将、驻外使节，以及专家、学者、教授，各路英雄模范，各级领导干部，各行各业骨干，等等，是人们有目共睹的。

十二、生态文明的样板

到了北大荒垦区，总觉得环境特别优美，空气特别清新，心情特别舒畅。到处蓝天碧水，林木青翠，鲜花盛开，绿色无处不在，扑面而来。那里是绿色的农业，绿色的食品；那里是广大普通劳动者幸福的乐园、绿色的家园。

十三、农场内部实行新型经营机制

垦区深化改革的一个重要成果，是在农场内部形成了以国有经济为主体、辅之以集体合作制和家庭承包制共存互补、充满活力的新型经营机制。

十四、坚持实行中央和地方双重领导、省管为主的领导管理体制

黑龙江垦区实行中央和地方双重领导、省管为主的领导管理体制。垦区内部实行党、政、军、企、政法、社会事业一体化管理。

现在这个独特的领导管理体制，是1976年2月撤销黑龙江生产建设兵团，组建黑龙江省国营农场管理总局时确定的，是总结黑龙江垦区几十年来领导管理体制多次变动的经验教训的基础上，由中央做出的重大决策。

四十年的实践证明，现行的领导管理体制，是个有利于充分调动多方面的积极性、有利于强有力地促进垦区各项事业的发展、有利于集中各方力量成就大事业的好体制。

没有独特的领导管理体制做保证，绝不可能完成中央赋予垦区的特殊而又重大的使命，绝不可能做出现在这样的重大贡献。

十五、前景辉煌，大有作为

北大荒，曾经是恐怖、荒芜、饥饿、死亡的代名词；如今的北大荒，已成为生命、活力、阳光、绿色、蓬勃向上、希望所在的象征。

北大荒，已经告别了荒芜，告别了贫穷，人们正在建设更富裕、更幸福、更美好的生活。

“北大荒”“北大荒精神”，几十年来，人们叫习惯了。没有谁发号施令，也没有谁去统一提法，人们一直都在发自内心地天天呼唤着“北大荒”这个已经名不副实、千古不变的名字。我看，那就是人们在自觉地告诫自己：千万不可忘记过去，千万不可忘记北大荒人舍命奉献、攻克万难的奋斗历史，千万不可忘记高扬理想主义大旗的北大荒精神！

最可欣慰的是，党的十八大以来，又展现了一个前所未有的、全面深化改革的新的历史机遇期。我深信，北大荒人在这样难得的历史机遇期，一定会大有作为，北大荒的前景必定更加辉煌。

写于2016年8月

修改于2016年11月

千里来寻故地

金秋时节的北大荒，风和日丽，豆黄果红，稻谷飘香，到处生机盎然，一派丰收景象。

为出席黑龙江省八五三农场建场五十周年庆典活动，我提前从江苏无锡到了远在完达山下、三江平原腹地的八五三农场。2006年9月16日，从清晨到深夜，用了一整天的时间，寻访故地，拜访老同志，一直沉浸在极度兴奋中，深受感动，深受教育。

北大荒的晨光特别灿烂。早晨5点钟还不到，我就离开住宿的雁窝岛大厦，走上场部的大街，寻找20世纪70年代、80年代我曾两次在这里工作时办公的地方和住过的宿舍。一点痕迹都找不到了。沥青路、水泥路取代了当年的土路、沙石路；一排排整齐的楼群、商铺和一幢幢新颖的民居，取代了当年破旧的平房。到处悬挂着大红灯笼，张贴着大幅标语，红花绿树，彩旗飘动，人们像操办喜事一样，把农场的各个角落装扮一新，迎接五十周年庆典。

上午，我先看望了已故老场长陆德同志的老伴和孩子们。回农场前我还不知道陆德同志已经去世。从无锡到哈尔滨的一路上，一直在念叨着几位熟悉的老同志，其中就有陆德，我期待着这次难得的见面。听说陆德同志也一直在盼望着这次的庆典，盼望着老同志们的欢聚。未曾料到，离农场庆典只差二十天了，老陆竟带着这样的终生遗憾走了。陪同我从无锡回农场的蒋守刚同志，是黑龙江省农场总局建在江苏宜兴的太湖疗养院院长，是1968年到八五三农场的上海知青，还是陆德同志的女婿。一路上，守刚看我很兴奋，不忍心把老陆已经去世的消息告诉我，一直到哈尔滨，他才不得不对我说，老场长在不久前已经去世了。我为失去一位老战友同样动情，不禁怆然！

上午，来到掩映在小青山浓绿深处的农场公墓，凭吊陆德同志和农场其他两位老领导马继常、陈欣成同志的墓地。欣成是1963年到八五三农场的北京知青，在农场工作近三十年，担任过农业技术员、总农艺师、场长等。1990年调回北京，先后在北京市北郊农场、东北旺农场、中国农垦（集团）总公司做领导工作多年，直到1999年早逝。我同欣成夫妇及他们的两个儿子交往二十多年，成为知己。他朝气蓬勃，充满活力，一直在全力以赴地、忘我地工作，一个年富力强的、高大的汉子，硬是累病了，倒下了，累死了。他去世时只有五十五岁，生前一个愿望，就是死后葬在农场。我经常想到欣成，想到他热情奔放、满面笑容的身影，想到他在上海、在北京治病和从病危到去世的情景。欣成把他宝贵的青春年华贡献给了农垦事业，我对他是非常敬重的。欣成的大儿子大伟，听说我要回农场，从北京专程赶回来。那天，大伟来到他父亲的墓地同我见面，我同他谈起诸多往事，依然悲痛不已！

中午时分，到了雁窝岛上的四分场七队。1975年至1976年我曾在七队工作一年。十年前我回去一次，熟人很少了。这次回去，只见到曾在七队多年任队长的老卢同志和他的家属。老卢是1956年转业到八五三农场的老铁兵。他一直住在那个低矮、破旧的小屋里，不求名，不求利，不争功，默默无闻，在农场工作、劳动了五十年。那天，他不知道我去看他，因为双眼接近失明，看不清我是谁，直到我说了几句问候的话，他听出一个熟悉的声音，非常高兴地拉着我的手说："是刘局长回来了！"（1975年到七队，我当时在农林部农垦局任副局长）只见老卢胸前戴着在农场工作五十年的纪念章，特别精神。他讲到十年前我回七队看他的情景，讲到我熟悉的几位老队长、老知青的情况，老卢和我共同回忆着当年那种艰苦而快乐的生活。老卢是那些献了青春献终身、献了终身献子孙的老铁兵、老军垦中最为普通的一员。我怀着非常敬重的心情，告别了老卢和他的家人，告别了七队，依依惜别，无限感慨。

下午，参观了场部正在建设的住宅小区，参观了场史展览，同农场的领导同志见面并座谈。在座谈会上，我向农场赠一副贺联：

五十年风雨沧桑气吞山河丰碑耸立云天外

几代人薪火传承功昭日月奉献尽在不言中

晚上看望从北京、上海、天津、哈尔滨、双鸭山、温州等各地回农场参加庆典的知青。据说这次回农场的知青有五六百人之多，场部的各个饭店、旅店，甚至浴室，都住满了回场的知青。他们当中，有的是抱病来的，有些是带着子女来的，在国家机关工作的北京知青耿一青是拄着双拐来的。许多老知青为这次庆典带来了锦旗、字画、书刊等各种礼物。连日来，他们回到各自的连队，寻访故地，拜访老职工，已经很累了，我们那天晚上见面很晚了，大家依然非常兴奋，特别激动。相似的经历，相同的感情，把我们这些老军垦同农场的老知青、老职工联结在一起，如同久别重逢的亲人，诉说不完的往事，表述不尽的激情，在滔滔不绝的欢声笑语中，一直畅谈到深夜。

人们不辞辛劳，越过千山万水，从全国各地回到了农场。许多老同志回来了；几位七八十岁高龄的老场长老书记也回来了；几位去世的老同志的孩子们也回来了；不能出席庆典的一些老知青、老同志发来了贺电、贺信，他们的心到了，意到了，情到了。

在这次的庆典活动中，我所看到的感受到的那样的场面，那样的景象，我所接触到的农场各个角落弥漫着的那种特别淳朴、特别清新的气息，使身临其境的每一个人都心潮激荡。山河为之欢呼，草木为之动情，铁石也为之落泪啊！

北大荒就是这样一个神奇的地方。我们这些人离开那里几十年了，对那里总是魂牵梦绕，难以忘怀，总想回去看看，一直成为一种挥之不去的情结。

我们曾经在北大荒接受过圣洁的洗礼，如今，我们又回到北大荒，行施最为神圣的朝拜。

遥想当年的北大荒，是很艰苦的。那是常人难以忍受的那种苦，可以说是奇苦，是绝苦，苦到了极致，更不是一年两年可以过去，而是几年、十几年。许多老军垦、老知青、老职工、老支边、老知识分子，在北大荒生活、劳动、工作了几十年、一辈子，甚至是几代人。个中辛苦、艰难，可想而知。

其实仔细想来，北大荒留给我们的，主要不是苦境的回忆。留给我们最为宝贵的是一种思想，一种境界，一种精神，无疑还是一种独树一帜、非常特殊、足以动人魂魄的文化。集中到一点，就是人们几十年来一直传颂、赞美着的北大荒精神。有了这样的精神，什么样的苦都可以承受，什么样的艰难险阻都可以攻克，什么样的人间奇迹都可以创造出来。

八五三农场这次别开生面的庆典不仅是对五十年成就的检阅，不仅是对更为美好未来的展示，更是对北大荒精神的一次考核、凝聚和弘扬。

我党我军我们这个伟大的民族，在建国后办过几件震撼天地的大事，当年开发建设北大荒就是其中的一件。

千百年来，历朝历代的统治者，包括日本侵略者，都想征服北大荒这块沃土。俱往矣！都以失败告终了！只有在中国共产党的领导下，天神下界，巨星临凡，鬼斧神工横空出世，天精地力大显神威。以人民解放军为主体，组成了浩浩荡荡百万之众的开拓者大军，发起了大规模开发建设北大荒的气壮山河的伟大进军。

北大荒的几代人，用自己的青春、血泪和生命谱写了人类拓荒史上最为壮丽、最为威武辉煌的史诗。

北大荒曾经是恐怖、荒漠、饥饿、死亡的代名词；如今的北大荒，已是生命、活力、绿色、阳光、蓬勃向上、希望所在的象征。

北大荒的开发建设，是黑龙江人民的骄傲，是中华儿女的伟大创举，是人类拓荒史上顶天立地的一座丰碑。

北大荒人的丰功伟绩，使天地为之感动，使世界为之震惊！

“千里来寻故地，旧貌变新颜”。经过五六十年的开发建设，特别是近几年来，北大荒各个农场的面貌发生了突破性的、非常明显的变化，实在让人高兴。

北大荒千变万变，我看唯有代代相传的北大荒精神没有变。

几十年开发建设北大荒的辉煌业绩，如同山岳一样屹立在那里。那是根基，那是前进的阵地，我看，那也是序幕，是新的起点。

新一代北大荒人靠着那种比金子还要宝贵的北大荒精神，正在创造着更加光明灿烂、更加威武雄壮、更为美好的未来。

发表于2007年2月15日《人民政协报》

传承奉献

——祝贺高跃辉《老兵1958北大荒记忆》出版

2008年5月17日下午，高跃辉同志送给我一本又厚又重的画册，书名为《老兵1958北大荒记忆》，书中浓缩了1958年北大荒农垦十万转业复员官兵中一百位不同类型人物的影像和传记。我迫不及待地、反复地翻阅这部图文并茂的画册，北大荒战友们那些相似的经历、相通的感情，那些真切生动的故事，那些催人奋进的感言，牵动着我回忆非常熟悉的北大荒那些如诗如歌的往事，历历在目，熠熠生辉，呼之欲出。

我向跃辉同志表示敬意，表示祝贺！

当年，为了解决我国日益增长的对于商品粮食的需要，党中央、国务院在1958年初做出了一个重大的战略决策，就是在1947年以来“试办公营农场”初步开发的基础上，继续实行军垦的办法，大规模开发建设黑龙江省松嫩平原、三江平原、完达山麓那块史称北大荒的肥沃而又辽阔的黑土地。

历经半个多世纪的艰苦卓绝的开发建设，北大荒农垦的几代人，用自己的青春、血泪和生命，谱写了人类拓荒史上最为壮丽辉煌的史诗。如今，那里已初步建成机械化现代化的大型农场群，初步建成全国最大的商品粮基地、最有特色的大型无公害食品生产基地。

北大荒农垦人创造的世界奇迹，如同一座顶天立地的丰碑，屹立在我国的东北边疆！

当年开发北大荒，确实很艰苦。那是奇苦，是绝苦，苦到了极致！如今，北大荒农垦人依然在艰苦奋斗。

我总觉得，北大荒的开发建设留给我们这些人的，并不完全是苦境的回忆，更重要的，是一种崇高的信念，是一种伟大的精神。

北大荒农垦人为了党和人民的事业，为了开发建设北大荒，无私无畏，排除万难，可以赴汤蹈火，可以献出自己的一切，直至献出自己的生命。叫作“献了青春献终身，献了终身献子孙”！这种精神，就是人们一直传颂和赞誉的北大荒精神。

几十年来，北大荒精神传承不衰，历久弥新！

北大荒精神的核心是什么呢？我无数遍地抚摸、翻阅跃辉同志主编的这部画册，强烈地感受到，北大荒精神的核心就是奉献精神。有了这样的精神，什么样的苦都可以承受，什么样的艰难都可以攻克，什么样的险境都可以摧毁，什么样的人间奇迹都可以创造出来！

让我们和我们的后人永远记着他们吧！永远记着那些为开发建设北大荒做出了无私奉献的老铁兵、老军垦、老知青、老支边、老知识分子们吧！永远记着那些开发建设北大荒的决策者、先行者、开拓者、志愿者、创业者们吧！共和国不会忘记，人民不会忘记，永远不会忘记！

人们更不会忘记长眠在这块黑土地上的五万多农垦人。他们当年还年轻，他们在那样的艰苦岁月，响应祖国的召唤，豪情满怀，挺身而出，开发荒原，保卫边疆，为开发建设北大荒的事业，奉献了自己的一生，献出了自己最为宝贵的青春年华。

高跃辉同志是一位青年人，是北大荒的第二代，他的父亲就是十万转业复员官兵中的一员。这位青年人，为了编好这部画册，不辞辛劳，南北奔波，精心筹划，精心摄制，其精神非常感人。跃辉同志是以北大荒精神讴歌和颂扬北大荒精神，是以无私奉献的实际行动传承奉献。他做了一件非常有意义的大好事。人们从这部画册里，必定感受到北大荒这块黑土地蕴藏着的巨大的潜力、蓬勃的活力和充满生机的创造力。

从跃辉同志这位青年身上，我领略了新一代北大荒农垦人的风采。这是比他们的父辈们的知识层次更高、眼界更为开阔的新一代，是在他们身上闪烁着改革开放的时代之光的新一代。他们同老一代北大荒人一样，也是那样的憨厚，那样的朴实、豪爽，那样的热情奔放；同他们的父辈一样，这也是为了党和人民的事业可以无私奉献的一代新人。

北大荒精神后继有人。

直挂云帆济沧海

——纪念改革开放三十周年访谈录

“湖山信是东南美”。无锡，地灵人杰，显瑞呈祥，聚山水之灵气，得天地之精华。这是个湖光山色秀丽、人文底蕴丰厚的江南名城，也是我们国家改革开放的一处前沿阵地。

我是1988年8月从苏州调到无锡工作的，在这里工作了五年。那感觉是全神贯注、全力以赴，那经历是百科大全，五味杂陈。那是心情特别舒畅、工作特别充实的五年。那是可以让人反复回味、永远难忘的一段经历。

1989年6月初，正是全国政治动荡的高潮中，我接任无锡市委书记，直到1993年离开无锡调国务院机关工作。这期间，年年有大事，政治风波、经济大调整、特大洪涝灾害、小平谈话后城乡经济大发展，可以说是惊心动魄，刻骨铭心。担任市委书记期间，我和市委领导班子的同志们风雨同舟，患难与共，在历届老领导为无锡打下的非常好的工作基础之上，尽职尽责地做了一些工作，参与领导了无锡那几年改革开放和经济发展的一些大事。如果说自己有什么长进，首先是党的领导，党的培养，同志们的帮助，全市人民的支持，我个人是微不足道的。这些大事，现在回想起来，依然历历在目，心潮激荡。

一、探索农业专业化、商品化、现代化发展新路

无锡地理条件优越，经济比较发达，这是它的优势。有一个难题，是人多地少。耕地本来就少，越来越少；人口本来就多，越来越多。从根本上解决农业问题（特别是粮食问题）的难度很大。为了解决这个大难题，我的几届前任围绕中央关于农业的“两个转化”（由自给半自给农业向商品农业转化、由传统农业向现代农业转化）要求，做了大量工作，到我接任的时候，第一个转化基本上实现了，可以说是商品农业了。第二个转化刚刚起步，当然有各种各样的原因。我认为，要从根本上解决无锡的农业问题，拿出新思路新对策，必须从实际出发，认真分析无锡进入20世纪80年代、90年代（以下简称80年代、90年代）后农业所面临的新问题、新矛盾。

经过深入农村调查研究，我觉得无锡农业出现的新问题集中表现为“五个转移”，也就是劳动力转移、干部精力转移、投资重点转移、农民收入的主要来源转移和农田转移。这五个转移，有利也有弊。从好的方面来说，反映了农村商品经济和城乡建设大发展，反映了农民的商品意识和农民的富裕程度的明显提高，我看这是最主要的。从不利的方面看，就是在商品经济大潮滚滚而来的时候，稳定和提高农业是越来越难了。这也是我当时很担忧的一个问题。

这五个方面的转移，当时给无锡农业带来了“五大矛盾”：第一是大规模发展商品经济同农产品价格没有完全放开的矛盾；第二是推进农业现代化同土地经营规模狭小的矛盾：第三是现代农业高投入、高产出、高效益的要求同农业基础设施脆弱的矛盾；第四是现代农业要求高素质的劳动力结构同现有务农队伍素质不高的矛盾；第五是现代农业要求先进的技术装备同农用工业薄弱的矛盾。我认为，这些新矛盾是客观存在的，我们不能回避，也回避不了。经过冷静分析，市委、市政府提出了要用现代科学技术改造传统农业、加快农业现代化步伐的新思路。

这个新思路提出来之后，市委、市政府确定了无锡农业的发展目标，就是要把农业建设成为富有自身活力、富有自我调节机能和相对独立的产业，实现农业的专业化、商品化和现代化。

为了实现这个目标，市委在1990年召开的无锡市第八次党代会上，以及后来几年的工作中，采取了一些新的对策。

一是解决了认识问题，真正确立了以农业为基础的思想，确立了主要依靠自己的力量解决农业问题的思想。特别是靠自己的力量这一点，我认为太重要了，这样比较实际，比较主动，比较可靠，容易把各方面的力量组织起来办大事。当然，我不是说不要国家和省里的支持，而是主要立足于我们自己。为此，我们在1990年4月提出转变农村经济发展战略的问题，在第八次党代会上进一步明确了农业的基础地位不能动摇，出台了“四增三自给”（增粮食、增副食、增效益、增后劲；口粮自给、主要副食品自给、主要农用生产资料自给）的措施。为了发动全社会关心农业、支援农业，建立了城乡结合，农工结合，国家、集体、个人相结合的农业积累保障体系。还充分发挥乡镇工业的经济实力，在乡（镇）、村普遍建立了农业发展基金制度。从乡镇企业提取的这项基金，没有乱用，全都用于兴修农田水利、购买农业机械、推广农业技术等等。无锡的农业得到快速发展，乡镇企业功不可没。当然，农业不能永久依附于乡镇企业，它必须成为独立的发达产业。

二是依靠科学技术进步，强化了农业社会化服务体系。1989年市委、市政府较早提出了“科教兴市”的战略，其中就包括“科技兴农”的考虑。从1989—1993年的情况来看，科学技术在农业生产过程中得到了积极推广。我印象最深刻的有两件事：一件是从1989年开始引进水稻抛秧新技术后，经过五年的试验、示范，到1993年，推广面积达到5万亩左右，是1989年的4倍。当时全市有108个种粮乡（镇），运用水稻抛秧新技术的就有98个。另一件事情是，1993年实施“双优”（优化调控技术、优化群体质量）栽培技术，尽管受到水灾的影响，水稻种植面积减少几万亩，仍然获得了好收成，总产量达到110多万吨，比1992年增产6%，实现了亩产超千斤、超历史的“双超”目标。当时，为了推广新技术，根据农民的愿望，依靠集体经济的支持，强化了农业社会化服务体系。这个体系，以县市为中心，以乡镇为骨干，以村级为基础，主要任务是推广农技、供应农资和加强经营管理。为了增强服务体系的“造血”功能，成功地实施了“服务组织办实体、办好实体促服务”的发展方针，为生产、经营单位提供了产前、产中、产后服务。这是实现无锡农业产业化的一个显著标志。

三是加快了农机化规模经营的试点。试点工作实际上是从1991年开始的，试点单位主要在无锡县的一些乡（镇）、村。这些单位不是随便挑的，要有比较好的经济条件，集体经济要有实力，剩余劳力要有出路，机械化要有基础，领导班子要有一定水平。在我的印象中，我们当时主要想通过试点解决四个问题：第一是适当扩大经营规模；第二是强化服务体系；第三是提高农业机械化水平；第四是健全农业积累机制。我们吸取以往的教训，要求试点量力而行，不一哄而上，不急于求成，坚持少而精，少而高。点上的步子大一些，要求高一些；点上出经验，面上出效果。通过几年试点，到1993年底，无锡县规模经营的面积超过11万亩。全市有9个乡镇、243个村的商品粮田实行了规模经营。

四是强化了领导管理体系。就是要发挥政治优势，加强党的领导。这是各项农业对策中最重要的一条。实行市管县后，市委、市政府每年都要集中几次讨论农业问题，不管是市里，还是县（市）、乡（镇）、村，各级领导都拿出很大精力调查研究农村工作和农业生产。加强党的领导，可以确保农业发展的正确方向，还可以把广大农民组织起来进入广阔的市场，培养出更多的像华西村吴仁宝同志那样的带头人。新时期的无锡农民，亦工亦农，有双重身份，乡（镇）、村对他们实行了双重管理和双重考核，效果很好。

农业问题，主要是粮食问题，是当今全人类最为关注的一大难题。一个国家、一个地区的粮食状况和农业生产经营水平，总是同那个国家或地区的经济发展水平相关的。农业是发达型产业，不是落后的、愚昧的产业。无锡是发达地区，无锡的农业应该也完全可能有更高的水平。

二、从实际出发处置阶段性、突发性大事

在我任职期间，遭遇了三件阶段性、突发性的大事。一是1989年的政治风波；二是80年代末的治理整顿、经济大调整；三是1991年的特大洪涝灾害。这三件大事，在市委、市政府的强有力的领导下，都解决得比较稳妥，比较符合实际，各方面都是满意的。要说有什么体会，无非是一句话：一切从实际出发。

1989年春夏之交，全国突发政治风波。无锡也同全国的局势一样，每天都有很多学生上街游行，高校基本上都停课了，学生占据了市区的五爱广场，有几万人集中在那里，猝不及防，非常复杂。在市委的领导下，我具体负责掌握这方面的情况，处理这方面的问题。我同市委常委、公安局长孙荣根等同志，差不多每天都在现场，面对面地听取学生们的意见，耐心地、善意地劝说他们坚持上课，实事求是地做他们的思想说服工作。在五爱广场静坐的几万学生，就是靠这样面对面地做工作解决的。在“六四”北京天安门广场戒严前一两天，在无锡市区五爱广场等处静坐的数万名学生和围观的群众，全都离开了。这样就避免了许多麻烦。当时，工农业生产和市场供应基本上没有受到影响。我和市委、市政府其他领导同志到工厂、商场和一些学校，看望和慰问坚持生产、营业、上课的员工和师生，那里一如既往，依然平静，同一些高校的学生上街游行、静坐，形成鲜明的对照。工人在专心致志地劳动，营业员在满腔热情地营业，一些学校的师生们在集中精力上课，广大干部、工人、师生克服困难，坚持上班、上课的事迹非常感人。大家都在履行一种庄严、神圣的职责。我感觉到一种伟大的力量，那是共产党的力量，是全国人民的力量，是一种所向无敌的力量。我感到震撼，我深受教育。我们的社会主义事业大有希望，我们应该扬眉吐气。在那次的政治风波中，由于市委的正确领导，处理得当，没有处分一个人，没有抓一个人，比较稳妥地过去了，没有留下任何后

遗症。

80年代后期，全国的经济发展出现了比较严峻的形势，主要问题是经济过热、市场疲软。党中央提出要用三年或更多一点时间治理整顿，集中解决经济发展中多年积累下来的一些大问题。当时无锡的经济发展也面临严重困难，企业的产销率、利润都明显下降，产成品库存积压，企业的亏损面和亏损额明显增加，资金严重紧缺。面对这样的形势，我们怎么办？市委领导同志在深入调查研究的基础上，做了认真的分析、反复的研究，一致认为，我们要把这次治理整顿看作是一次深层次的经济调整。要以非常冷静的态度看待治理整顿，既要看到我们的成绩、我们的优势，更要看到我们的困难和问题，宁肯把困难估计得重一些，把困难持续的时间估计得长一些，把克服困难的办法想得更多一些，使我们的工作更主动，更实在，更能收到实际的效果。要以非常积极的态度看待这次治理整顿，充分发挥各级干部的主观能动性，要变守势为攻势，变被动为主动，变困难为机遇。要把这次的治理整顿看作是解决企业的产品结构、产业结构、企业经营管理、员工素质等深层次问题的最好机遇。我在一些会议上反复地介绍了小天鹅洗衣机厂舍得拿出精兵强将上销售第一线的经验，介绍了菊花电扇厂有预见地超前进入国际市场的经验，以及宜兴太华乡高起点、跨越式发展外向型经济的经验，等等。也正是在治理整顿期间，市委、市政府从无锡实际出发，明确提出了“科教兴市”的方针，形成了“高起点、跨越式、外向型”的经济发展战略和“外向带动”战略。

在1989年至1991年的三年中，我们虽然遭遇了市场疲软、政治风波，1991年国民生产总值仍然增长15%，1989年至1991年国民生产总值年平均递增10%以上。这是积极地实行治理整顿和经济调整的成果。这次的治理整顿和调整，也为我们1992年以后在更高水平上的大发展做好了必要的准备。

无锡在1991年夏季遭遇特大洪涝灾害。说是百年不遇，实际上是几百年不遇，自无锡有气象记录以来所未曾有过的洪涝灾害。短短的两三个月中降雨900多毫米，几乎相当常年一年的降雨量。

其特点是来势凶猛，非常集中，洪水和内涝并发。仅7月初一个星期降雨就达300多毫米，其中7月2日一天的降雨超过100毫米。无锡城乡大地一片汪洋，叫灭顶之灾。市委、市政府对抗灾救灾、恢复重建工作实施了强有力的领导，确立了“抗大洪、抗大灾、长期抗灾”的指导思想。早在6月30日就做出了“全党动员，全民参战，全力以赴，团结抗灾”的部署，反复地明确了“第一是救人，第二是救人，第三还是救人”的方针。领导班子各同志明确分工，各负其责。市委10位常委，人大2位主要领导，政府5位副市长，政协2位主要领导，共计19位领导同志，分别按照块块、条条明确分工，责任到人。市委一位副书记专门带领一个小班子，策划制定一旦遭受毁灭性灾害如何组织指挥疏散转移群众的预案。抗洪抢险近100个日日夜夜，从水中救出36万人，全部安全转移。除在抢险救人中牺牲了4位党员干部和工人外，上至九十二岁的老人，下至刚出生的婴儿，全市城乡400多万人，无一人因洪水丧生，也没有一家一人因灾害流落街头、无家可归、出外谋生。在这场特大洪涝灾害面前，保障了人民的生命安全，保住了城镇，保住了江、河、湖、库的重点设施和重点圩堤，保住了重点企业、重要工程和关系国计民生的重要设施，比较早、比较快、比较好地恢复了工农业生产，恢复了市场供应，恢复了正常的生活秩序。全市党政军民万众一心、众志成城，不等待、不犹豫、不畏难、不向上伸手要钱，士气不减、精神不倒，凝聚了“十二级台风吹不倒”的英雄气概，夺取了抗灾、救灾、恢复生产的全面胜利。人们说，还是共产党好，还是社会主义好，还是人民解放军好，还是乡镇企业好。我自己的体会是：人民群众自有回天力，是无锡军民创造了奇迹！

三、依靠科学技术进步，推进经济发展

无锡的经济基础很好。改革开放以来，经济发展较快，水平较高，积累了很好的经验。1984年至1988年，无锡的国民生产总值年平均递增23.7%，远远超过亚洲“四小龙”起步阶段的速度，总

的来说效益是好的。80年代后期、90年代初期，市委、市政府领导同志一直在思考一个大问题：进入90年代怎么办？

大家认为，90年代的经济发展是80年代的延续，但不是80年代的简单重复。90年代要有新思路、大思路、大战略。

党中央已经明确提出，要把经济工作的重点转移到依靠科学技术进步和全面提高劳动者素质的轨道上来。我们认真地研究了我们自己的典型经验，认真地学习和研究了深圳、珠海特区高起点发展经济的经验，以及一些发达国家和地区以先进的科学技术为先导、加速发展经济的经验。历史上世界经济中心曾经历过六次大的转移，每次转移都得益于先进的科学技术的推动。依靠科学技术进步，是无锡经济加速发展、提高水平的根本出路。

正值我们思考如何开创90年代新局面的关键时刻，党中央在1992年3月初发出了小平同志南方重要谈话的全文。小平同志谈话的发表，在全国引起了极大反响，在无锡产生了极大的爆发力和推动力。

市委对学习贯彻小平同志的重要谈话非常重视。3、4月间，连续召开了市委常委会、全委会、全委扩大会、领导干部联席会和市委工作会议，先务虚，后务实，集中地解决提高思想认识、统一思想认识的问题，集中地解决改革开放、科学技术面临的一些重大问题。在小平同志重要谈话的指引下，大家的思想认识高度一致。在统一思想认识的基础上，形成了市委贯彻落实小平同志重要谈话的十一条意见，形成了市委、市政府的三十项政策措施。这些政策措施，就是当时无锡改革开放和经济发展的大思路。

究竟如何加快发展、如何提高水平呢？当时大体上解决了以下几个大问题。

第一，正确认识自己。这个问题实际上在80年代末、90年代初就提出来了。在1991年11月5日结束的市委全委扩大会议上，我集中地讲了不进则退、无功即过——正确认识自己的问题。在学习小平同志重要谈话时，又联系实际，进一步解决了这个问题，效果很好。

正确认识自己，首先要肯定成绩。成绩很大，不容置疑。当时比较紧迫的、更为重要的是保持清醒头脑，要非常冷静地看到我们自身存在的问题，看到我们同一些地区相比存在的差距。我们当时面临一种不进则退的形势："纵向看，成绩大；横向看，差距大；向前看，责任大；向下看，潜力大。"1991年11月间，当时的国务院副总理朱镕基同志在无锡考察工作时，非常尖锐地指出了我们的问题。他说，如果比别人高出一大截还可以，现在就高出那么一点点，人家只要给一点"回扣"，就有可能把你们打倒。他的提醒，给我极大的震惊。我们切不可坐井观天，切不可沾沾自喜于已经取得的那点成绩，切不可关起门来称"老大"，千万不可以满足于那些个所谓"领先""第一""名列前茅"等等。那些桂冠，只能说明过去，不能说明今后。

正确认识自己，就要进一步解放思想。当时的解放思想有鲜明的针对性，就是要破"三小"。一破小步渐进，二破小富即安，三破谨小慎微。"三小"也有积极的一面。"迈小步，不停步，年年有进步"，迈小步总比不迈步好，不停步总比停滞不前好，年年有进步总比年年没有进步好。我们不是批评"三小"的积极方面，而是要破除"三小"的消极方面。当时的问题是，条件具备，机遇降临，完全可以迈大步、迈快步，应该放胆放手大发展的时候，如果我们还是拘泥于迈小步，满足于小富，依然谨小慎微，那就成为一种思想障碍了。

那次的解放思想，因为有鲜明的针对性，比较实际，比较实在，看得见，摸得着，解决得比较好。通过破"三小"，一是确立了高起点跨越式发展、提高的思想。只要是讲效益、讲质量，注重发展外向型经济，这样的速度越快越好，一定要千方百计地争取，叫作"使劲一跳摘桃子"。二是确立了不进则退、无功即过、永不满足、再创新业的紧迫感和责任感，谨防盲目自满，要以更大的魄力、更高的目标、更强烈的竞争意识，开创90年代的新局面。三是确立了敢于突破、敢于创新、敢于打破常规、不怕担风险的精神。只要有利于发展社会主义生产力，有利于增强综合实力，有利于改善和提高人民群众的生活水平，就要大胆地试验，大胆地探索。总之，以思想的大解放，促进了生产力的大解放、大发展。

第二，调整发展目标。我们原来有个五年计划、十年规划目标，在1992年初的人代会上刚刚通过，国民生产总值年平均增长6%～8%。当时大家认为，这是个积极的、留有很大余地的目标。后来学习邓小平的谈话，解决了破“三小”的问题，进一步解放思想，大家不满足了，觉得原来定的那个目标保守了，“还可以快一点嘛！”市委、市政府在深入调查研究的基础上，经过自下而上、自上而下反复的科学预测、科学论证，调整了十年规划目标，提出力争五年计划三年完成，十年规划五年完成，到20世纪末国民生产总值年平均递增15%。无锡1980年的国民生产总值是35亿元，1990年是160亿元，当时计划调整为2000年国民生产总值达到600亿元，这是个确保完成的目标。以1980年的35亿元为基数，二十年大体上翻四番。当时如果实现了这样一个目标，也是很大的成绩了。

实际上还有一本账，内部掌握，不对外公布。就是力争1995年提前五年实现国民生产总值600亿元，力争到2000年实现国民生产总值1000亿元。这是个拼力争取实现的目标。在正常情况下，到2000年实现1000亿元，或者实现600亿元，难度都是很大的。现在是机遇来临，条件具备，现在是有小平同志的谈话，提前实现600亿元就有把握了，2000年实现1000亿元也有可能了。这个速度好有一比，叫作“使劲一跳摘桃子”。

第三，调整指导思想。这个指导思想叫“三靠三提高”。就是一靠加大改革力度，二靠加快开放步伐，三靠加速科技进步和优化结构；提高科技进步份额，提高外向型经济在经济总量中的比重，提高第三产业在国民生产总值中的比重。其实这个指导思想的基调在1990年9月召开的党代会上就形成了。市委当时就明确，进入90年代，无锡的经济要腾飞，要发展得更快一些，水平更高一些，从根本上来讲，还是要依靠科技进步。那次的党代会，就明确地提出了要把经济工作的重点转移到依靠科技进步和全面提高劳动者素质的轨道上来。1991年遭灾前后，我们到苏州、上海和深圳、珠海特区学习。经过深入调查研究，特别是深入研究我们自己的典型经验，使我们认识到，如果说80年代无锡经济的快速发展是以量的扩大为主带动质的提高，90年代则要以质的提高为主，带动量的扩大。这个质的提高，就是要靠先进科学技术的推动。外向带动，最重要的也是带动科学技术水平和劳动者素质的提高。学习了小平同志的谈话，这样的指导思想就更明确了。

如何提高科技进步的份额？80年代的无锡经济，是以加工工业为主，大多是劳动密集型产品，大量消耗能源、原材料。90年代则要加大高科技的投入，以技术密集型产品为主，提高技术含量，特别是提高高科技含量，提高技术附加值，提高劳动生产率。我们设想，把科技进步在经济增长中的份额，从当时的不到三分之一，力争1995年提高到50%以上，这是个很大的进步。

至于发展外向型经济，我们特别强调贵在带动，叫作外向带动战略。这个问题是在大量调查研究的基础上，在深入研究亚洲“四小龙”经济腾飞经验的基础上，在1990年提出来的。要实现超常规、跨越式发展，绝不能跟在别人后头爬行，那样我们就永远落后，而是要把我们的企业推向国际市场，用当今世界先进的科学技术和先进的管理经验改造我们的企业，提高我们企业的水平。外向带动作为一项大战略，绝对不只是为了办多少“三资”企业，引进多少外资，换取多少外汇，当然这些也是重要的目标，但最重要的是要通过在更高水平上发展外向型经济，来带动我们的科学技术水平的提高，带动更高层次上的经济结构的调整，带动企业管理水平和产品质量的提高，带动企业机制的转换和员工素质的提高，甚至带动城市和农村建设、管理水平的提高。一句话，带动全市经济整体素质的提高和速度、效益、后劲的同步增长。以后的实践证明，外向型经济高水平、大规模的发展，确实是带动了全市城乡经济在更高水平上的快速发展。

当时我们的第三产业是一条短腿，相对滞后。90年代，我们要在更高水平上实现一、二、三产业的协调发展，就要极大地提高第三产业在整个国民生产总值中的比重。据联合国对121个国家的分析，第三产业在国民生产总值中的比重，大体上低收入国家及发展中国家不到30%，中等收入国家占到50%左右，发达国家则占到70%左右。我们无锡当时只占23%，显然是太落后了。现在看来，我们在90年代初开始重视解决这个问题，这个思路是对的，效果也是好的。

市委、市政府按照上述调整后的战略目标和指导思想，在1992年初相应地调整了一系列的政策措施，对一些企业、一些部门的领导力量也做了必要的调整，形成了“高起点、跨越式、外向型”的格局，迅速进入了打大仗、打硬仗、“使劲一跳摘桃子”的临战状态。在市委、市政府强有力的领导下，不失时机地、创造性地组织指挥了这一场在更高水平上加快发展无锡经济的大战役。

非常可喜的是，无锡人民在1992年就摘到了一个“大桃子”。全市国民生产总值从1991年的184.82亿元，猛增到288亿元，一年增幅达55.8%。在常规条件下，全市国民生产总值每年增长20亿~30亿元，就相当不错了，1992年居然增加103亿元，这就是超常规，这就是跨越式，这就是把握机遇，这就是最实际的破“三小”。当然，这首先是贯彻小平同志谈话精神的最为实际的成果。

原来计划1995年实现国民生产总值600亿元的目标，在1994年就实现了，达到607亿多元。第三产业增加值在国民生产总值中的比重，从1989年的23%提高到了1994年的32.7%。

原来计划2000年力争实现国民生产总值1000亿元的目标，后来也超额完成了，达到1200.2亿元。据我了解，无锡在1998年国民生产总值就超过了1000亿元，达到1052亿元。1992年至2000年，实现了年平均净增国民生产总值100亿元的预期目标。

四、把握机遇，敢于突破

我在无锡工作的几年，有个非常突出的体会是：无锡城乡经济的迅猛发展，人民生活的显著改善，经济实力的明显增强，都是得力于改革开放，得益于改革开放。经济大发展的动力、活力来自改革开放；人民群众的实惠、利益来自改革开放；90年代要加速发展、提高水平，仍然要靠深化改革、扩大开放。

第一，当时，主要是国有大中型企业的改革亟待突破。不是快慢的问题，是强度不够。好比中医的针灸，找准穴位，针刺还要到位，就是深度要够，才会出奇效。大中型企业的改革，也有个到位不到位的问题。国有企业为什么有的活，有的不活，有些企业改来改去几年没有解决问题，我看就是改革不到位。要加大改革力度，不要等待，不要左顾右盼，要当机立断。

我们当时也没有什么现成的、成熟的思路，只能靠实践，发现和总结我们自己的典型经验，用我们自己的典型经验解决我们自己的问题。

当时的市委秘书长肖国兴同志在无锡县调查研究时，发现了三个典型：无锡县电化厂、无锡县柴油机厂和无锡市东亭毛条厂。前两个厂都是著名的国有企业，后一个是市县联营的大集体企业。这三个企业的共同特点是生产、技术、设备基础和职工素质都比较好。以后由于国内外市场的急剧变化，企业的经营机制、产品结构、领导水平等都不适应了，又没有及时地改造、调整，尤其是没有适时地转换经营机制，以致陷入困境，产品产量、质量下降，甚至连年亏损，发不出工资。后来三个企业的突破性变化，都是由于引进乡镇企业的干部或引进了熟悉乡镇企业经营的领导干部，引进了乡镇企业灵活的经营机制，又同国有或大集体企业基础较好、素质较高的优势相结合，使企业绝处逢生，一年两年发生巨变。

市委高度重视这三个企业的巨大变化及其典型经验。无锡的国有大中型企业和乡镇企业的优势都比较突出，城乡企业的优势互补，相互结合，特别是引导国有大中型企业移植乡镇企业的灵活有效的经营机制、投入机制、用人机制和分配激励机制，居然可以爆发一种生机勃勃的更加强大的经营活力，这使我们大开眼界，大开思路。优势杂交，杂交又形成了新的更加强大的优势。植物、动物有杂交优势，经济领域也有杂交优势。这真是太奇妙了！

市委、市政府大力推广了无锡县三个企业的经验，以及其他一些城乡企业互学、互动、优势互补的经验。市政府和有关方面出台一系列的政策措施，允许和鼓励城乡企业通过产权市场，实行跨地区、跨行业、跨所有制的联合、兼并、承包、租赁、拍卖、转让或互相参股，推进企业资产存量的优化组合，积极打造水平更高的企业集团，促进一些城乡企业走出了困境，焕发了生机。我认为，这是无锡企业改革的一个突破。

当时，国有大中型企业的改革，最重要的突破是企业经营机制的转换。坚决把企业推向国内外市场，使企业真正成为“自主经营、自负盈亏、自我发展、自我约束”的商品生产者和经营者。开始有七家企业进行综合改革试点。1992年初，学习小平谈话后，把这种综合改革的试点扩大到二十八家工商企业。综合改革试点，实际上是着重探索转换企业经营机制的新路子。当时根据这二十八家企业的不同情况，分别摸索投入产出总承包、股份制、仿“三资”企业、集团化经营、“三制”配套、高新技术型企业、金融与实业合作经营等七种转换企业经营机制的模式，还鼓励企业探索和创造更为有效的、其他转换企业经营机制的路子。学习小平谈话后，加快了企业综合改革试点的步伐。点上的经验，逐步在面上推开，积极稳妥地推进了国有大中型企业的改革步伐。

国有企业的改革，有许多生动感人的典型，其中无锡柴油机厂被一汽集团无偿兼并，对我的教育、触动最为深刻。无锡柴油机厂是个大厂、老厂，生产多缸柴油机，是全国八大柴油机生产厂之一，有着辉煌的过去。进入90年代，由于市场竞争激烈等多种原因，这个厂一度陷入产品滞销、严重亏损的困境，1991年亏损一千二百多万元。“锡柴”党委书记、厂长蒋彬洪同志提出采取被无偿兼并的方式加入中国一汽集团的建议，当时一汽集团也有这个意向。这个建议提出后，由于各方面认识不一致，又不能等待，就把问题提到市委常委会讨论。常委认识也不一致，也有种种担心和疑虑。我最后表态，同意中国一汽集团无偿兼并无锡柴油机厂，挂中国一汽集团公司无锡柴油机厂的牌子，作为市委的决定。以后的事实证明，这个决定是正确的。1992年初正式挂牌，当年，柴油机产量就从上年的4000台猛增到10000台，当年扭转亏损。到20世纪末，“一汽锡柴”已成为无锡市的利税大户之一，当时一个月的柴油机销售量就相当于1991年一年半的销售量。

“锡柴”在困境中迅速崛起的历程，给人们许多有益的启示。最重要的启示是要善于捕捉机遇，勇于面对风险，敢于果断决策。当时如果我们不敢决策，或者稍有迟疑，这个大好机遇就被常州柴油机厂或安徽全椒柴油机厂抢过去了。那样，我们就犯了一个历史性错误，甚至是一个无可挽回的错误，我这个市委书记在这个问题上就成了历史的罪人。

我们在改革开放中不断接触到把握机遇的问题。所谓机遇，就是在经济发展中的主客观条件出现某种有利时机的一种阶段性、规律性的表现。善于和敢于捕捉机遇，就是要敏锐地把握有利时机，根据市场的变化，调动各方面的积极因素，整合和形成更加强大的优势，组织陷入困境的企业解困、突围，或组织一个地区的经济发展实现阶段性的突破和新的跨越。把握机遇非常重要。

第二，对外开放，当时既有加快步伐的问题，也有加大力度的问题，还有扩大开放的问题，总之也都亟待突破。

无锡发展外向型经济的基础比较好，起步也早。大家都认识到了，发展外向型经济是无锡经济加快发展、提高水平的一个突破口，是个带动战略，当时又是极好的机会。

80年代后期和90年代初期，有两个实施外向带动的企业引起了我们的重视。

一个是小天鹅洗衣机厂，比较早地引进日本松下电器的先进技术，促使小天鹅全自动洗衣机实际上在1991年就达到了连续五千次（一次即一次洗衣程序）无故障运行的国际先进纪录，经国家质检部门随机抽样检验合格后，受到朱镕基同志的来电嘉奖。

一个是菊花电扇厂。正当80年代后期菊花电扇在国内市场畅销的顶峰阶段，他们预见到国内电扇大战即将到来，顶峰过后将是低谷，国内电扇市场很快会供过于求。他们居安思危，临机立断，很快打开了国外的销售市场。以内销促外销，以外销带动内销，实现了创利、创汇双得益。

还有一个典型是宜兴的太华乡，是我的工作联系点。他们1986年还没有出口产品，80年代后期加大了外向型经济的投入，1991年全乡外贸收购额猛增到1.02亿元，跃居宜兴第一。太华就是高起点、跨越式、外向型。

我们还特别学习和研究了昆山高起点、高水平发展外向型经济的经验，当时我给他们概括为“三为主、一鼓励。”昆山高新技术开发区，一是外资为主，外资占80%；二是高新技术为主，开发区的高新技术占到60%以上；三是大中型项目为主，开发区每个项目平均投资626万美元，一般都是1000万美元以上，大项目达到5000万~6000万美元、8000万美元；四是鼓励办外资独资企业。这是1992年、1993年的情况。当时我觉得大开眼界了。在无锡的一些会议上，我曾经反复地讲过昆山的经验和我们的差距。

80年代后期、90年代初期，市委、市政府对发展外向型经济的问题做了大量的、深入的调查研究，特别是认真地研究了上述几个典型，分析了当时国际国内、市内市外经济发展形势，适时做出了大力发展外向型经济、带动无锡经济加快发展、提高水平的决策。市政府制定了鼓励发展外向型经济的三十项政策。新加坡工业园、国家高新技术开发区、外商投资规划区相继开始建设。外向型经济在90年代初有了新的突破。有什么具体的体会呢?

一是要有大气魄，要有远见。发展外向型经济，引导得好，带动得好，确实在短期内可以使一个企业、一个地区发生质变，发生突变，立见奇效。但是，发展外向型经济不是权宜之计，我们绝不能满足于现得利、现得益，绝不可拘守于短期的行为，不单纯是为了解决眼前的困难，也不只是为了多做点外贸生意。切不可以小生产的眼光看待这样的大事业。我们是以远大的目光和宏伟的气魄来认识和组织实施这样一个事关全局、事关长远、事关无锡人民根本利益的重大决策的。这是一种内在的需求和动力，有了这样的需求和动力，就有了很高的自觉性，就有了顽强的生命力。

二是要从实际出发，走出我们自己的路子。可以学习、借鉴人家的经验，但是切不可照抄照搬。要创造我们自己的经验，走出一条符合我们自己实际情况的路子。

三是要注重实效。切忌盲目性，不能一哄而上，不追求表面的热热闹闹。要按经济规律办事，要有科学的态度，注重实际效果。要有数量，也要有规模，更要有水平。发展外向型经济也要艰苦创业、勤俭节约，不能大手大脚、挥霍浪费、滥铺摊子，否则把外商都给吓跑了。

四要主动出击。不能被动应付，不能等待上门，不能守株待兔。要主动地走出去，迎上去。各行各业各企业都要认清自己同国际水平的差距，选准国外同行业中水平最高的大公司、大财团，主动地靠上去，同它合资合作，引进它的最先进的技术，解决我们自己的问题。不要那么四平八稳、慢慢腾腾。要迎头赶上，力争在比较短的时间内赶上世界先进水平，超越世界先进水平。这就叫带动。

五是千万不要丢掉国内市场。不可以顾此失彼，不能突破了国际市场，却缩小了国内市场。我们许多企业还是以国内市场为主，要处理好国内国外两个市场的关系，要内外逢源、互为补充。“东方不亮西方亮，黑了南方有北方。”这样，我们的经济发展才有源头活水，才更有希望。

六是不可放松农业。不论是内向还是外向，也不论是大发展还是大突破，都要有饭吃，要越吃越好。我们千万不可以为了建开发区，为了引进外资而大面积圈地、占地、缩减农田面积。无锡是寸土寸金、寸土万金，土地、耕地比金子还贵重。金子再便宜也种不出粮食。土地、耕地是不可再生的最宝贵的资源。经济水平再高，出口创汇再多，外向带动再猛烈，千万不可以放松粮食生产，千万不可以放松副食品生产，千万不可放松农业。我看，这个方针一百年都不要动摇。

第三，乡镇企业要出新招。乡镇企业的兴起和壮大，是中国农民的伟大创举，是中国农村千百年来最具有重大意义的划时代的变化。可以毫不夸张地说，没有社会主义公有制为主体的乡镇企业，就没有农村综合经济实力的壮大，就没有农业的稳定和提高，就没有农民的共同富裕，就没有农村物质文明和精神文明的繁荣兴旺，也就没有社会主义现代化新农村的美好前景。无锡是中国乡镇企业的发祥地。无锡的乡镇企业，对无锡经济社会的发展，对无锡农村的建设、农业的稳定和农民的富裕做出了巨大贡献。我初到无锡工作的1988年，乡镇工业产值占到全市工业总产值的64%。80年代中期，无锡的乡镇工业是无锡经济的“半壁江山”，到80年代后期则是“三分天下有其二”。当时，乡镇企业存在的问题也暴露得比较充分了。市委提出，对乡镇企业存在的问题，不能护短，不可讳疾忌医，对乡镇企业面临的前所未有的困难不可低估。进入90年代，乡镇企业的发展和壮大要出新招。

当时，大多数乡镇企业技术装备水平较低，经营管理不善，产品质量较差，经济效益较低，确实存在大量浪费能源、原材料的问题，确实存在污染严重的问题，确实存在大面积圈占耕地的问题。出路何在呢？最重要的是提高乡镇企业的科学技术水平。管理也是科学。要用当代先进的科学技术改造传统的乡镇企业。市委、市政府对乡镇企业提出了“三高一优”的要求，即高效率的劳动生产率、高水平的技术装备、高素质的职工队伍；优化的产业结构和产品结构。农村也要建开发区建工业小区，乡镇企业要适当集中。90年代初，全市实施外向带动战略，实行“高起点、跨越式、外向型”的方针，对乡镇企业在更高水平上的发展壮大起到了很大的作用。

乡镇企业的兴起和壮大，还有一个容易被人们忽略的重大作用，就是使我们党丰富了建设有中国特色社会主义的理论和实践，其意义更为深远。

我特别看重华西村这个典型。华西村是当今我国农村的一面旗帜，是我们党组织带领广大农民建设中国特色社会主义现代化新农村的一盏明灯。华西村的今天，应该是我国农村的明天。

我国有广大的农村，有世界上人数最多的农民群体。他们实践市场经济，有自身的特点，有自身的规律。我国农民，不仅要实现共同富裕，不仅要建设现代化新农村，还要为城市提供越来越多的劳动力，还要为十三亿人口提供数量更多、质量更好的食品支持，还要为自身素质的提高做不懈努力，等等。我国农民要实现肩负的多重历史使命，我看只有靠党的坚强有力的领导。我主张，我国的广大农民要在共产党坚强有力的领导下，组织起来进入广阔的市场。我国农村的基层党组织，应该培养和造就千千万万个像吴仁宝那样的带头人，组织带领农民，脱贫致富，由弱变强，建设真正的社会主义现代化新农村。如果我国农村有更多的像吴仁宝那样的带头人，有更多像华西村党委那样强有力的共产党基层组织，有更多以社会主义公有制为主体的雄厚的村级经济，我国农村的许许多多难题就好解决了，我国农村就大有希望。华西村能办到的，我看我国有相当多的乡村也是办得到的，关键是要有一个像吴仁宝那样的共产党员，那样一个带头人。事在人为嘛。

华西村现在是实行股份合作制，实现了农民的共同富裕。华西村坚持以公有制为主体的经济体制，实行激励与约束并重的经营机制，有一个勇于创新、努力奉献、密切联系群众、年富力强的领导集体，物质文明建设和精神文明建设都有非常突出的业绩。1978年，华西的固定资产只有56万元，销售收入108.93万元，向国家缴税28.18万元，可用资金55.3万元。三十年后，固定资产达到98亿元，销售收入500亿元，向国家缴税11亿元，可用资金35亿元，分别增长了17500倍、45901倍、3903倍、6329倍。这是个奇迹！这是华西村的党员和群众在改革开放三十年中创造的感动全国、震惊世界的奇迹！他们还在不断地创造新的业绩，还要不断地创造奇迹。

我总觉得，华西村改革开放三十年历程给我们提供的基本经验，有极高的理论价值和极为重要的实践意义。从理论和实践相结合的高度，深入研究华西村走过的道路及其所提供的基本经验，对于我们探索中国特色社会主义在农村的实现，是非常重要的。这些年，各个领域组织了各种各样的“论坛”，我看很有必要组织一个“华西论坛”。

五、建设坚强有力的领导班子

领导班子的建设，任何时候都是一个非常重要的问题。我一向认为，能不能做好工作，最重要的取决于领导班子的水平。无锡在领导班子建设方面积累了许多经验。要把有中国特色社会主义事业推向前进，要真正为广大人民群众谋利益，最为重要的是建设一个团结的、坚强有力的、善于创造性工作的领导班子。

一是要团结。不要有内耗，和为贵，家和万事兴。一个领导班子一定要形成合力，形成整体的、坚强的战斗力。不是无原则的团结，是坚持民主集中制原则下的团结，是坚持党的大政方针前提下的团结，是坚持廉洁奉公原则下的团结。绝对不搞小圈子，不拉拢私人，不能个人许愿，否则这个班子就是一盘散沙，就形不成合力，就没有战斗力。要善于倾听不同意见。班子内部有不同意见是正常的，当“班长”的责任，就是要善于启发大家讲不同意见，耐心地、认真地听取不同意见，在充分发扬民主的基础上，采纳正确的意见，实行正确的集中，做出正确的决策。让人讲话，天塌不下来；不让人讲话，天要塌的。

二是要有预见。凡事预则立，不预则废。如果一个领导班子眼光短浅，胸无大计，走一步看一步，只考虑个人眼前所谓的“政绩”“形象”，我敢说，这种领导班子成就不了大事。在重大问题上要从长计议，要多看那么“几步棋”。

三是要注重实效。要求实、务实，实实在在地做工作，要把着力点放在解决改革开放、经济发展、人民生活、社会稳定方面的实际问题上。不搞“花架子”，不搞形式主义，不追求那种浮名虚利、华而不实的东西。我看只要没有私心，工作就实在。

四要坚持调查研究。善于调查研究，是领导干部最重要的基本功。在群众中、在实际工作中，有许多创造性的经验，只有深入下去调查研究，才能获得“真经”。我在无锡的那几年，实行了常委联系点制度，实践证明这是密切联系群众、深入实际调查研究的一个好办法。我每年大约有大半年的时间在基层调查研究。领导干部要密切联系群众，任何时候都把人民群众的利益、安危放在首位，我看一个是经常深入实际调查研究，一个是亲自处理群众来信、亲自接待群众来访，这是很重要的两个途径。处理群众来信、接待群众来访，也是调查研究。

当时市委领导集体的每个同志，都能团结共事，认真负责，全力以赴，勤奋工作。每个同志对我们的工作都给予极大的支持。大家都专心致力于经济发展、改革开放的大业，特别注重解决人民群众的各种实际问题，特别注重深入调查研究，特别注重从实际出发、创造性地工作。总之，每个同志都出色地完成了各自的工作任务。

无锡改革开放三十年来，是质变，是突变，是巨变。无锡年轻的领导同志成长很快，工作做得很好，我非常敬佩他们。在无锡市委的坚强有力领导下，无锡的城市和农村，一定发展更快，水平更高，建设得更加美好。

无锡市龚伟同志2008年10月整理

回乡纪事

2007年8月，我有幸回内蒙古老家，出席自治区成立六十周年庆典。那些日子，我一直沉浸在喜庆、欢乐、纯朴、温情的兴奋之中。如今几个月过去了，回想起那样的气氛，依然激动不已。

8月7日上午大约10点多钟，我在江苏无锡家中，突然接到老同学吕聪敏的电话，他说他从北京到了呼和浩特，参加自治区六十周年庆祝活动，希望我也来。聪敏还说，自治区党委组织部陈部长同他在一起，要和我通电话。电话里传来一位女同志的声音，说一口纯正的北京话。陈部长非常热情地邀请我出席自治区六十周年庆典；还说，明天（8日）召开庆祝大会，希望我尽可能赶过去。

我很高兴，很想回去，只是觉得太急促了。我当时在电话里对聪敏和陈部长说，时间太紧了，很可能来不及，不一定赶得回去，非常遗憾。

我特别感谢聪敏和陈部长的盛情。

聪敏和我，有着一些奇特的、相同相近的经历。我们不仅是同乡，都是内蒙古土默特左旗察素齐镇的；我们还是小学同学，20世纪40年代末50年代初，在一个小学读书。我们俩又是同龄，秉性、长相、生活习惯等也都有相同相近之处。我们俩现在的身高、体重也相同。两位老伴也是同龄。聪敏的妹妹和我的妹妹曾是中学同学，两位妹夫又都在一个机关工作。总之，聪敏和我，有若干个相同之处，这在一些同乡和熟人中传为趣闻。所不同者，聪敏命好，从小学到中学，到大学。大学毕业后分配到外交部，在几个国家的我驻外使馆做过外交官。我命苦，家境贫寒，小学毕业就参加人民解放军，当了小兵，以后务农、从政，走了一条与聪敏完全不同的路子。我当兵走的时候，聪敏还到火车站去送的，当时的情景至今记忆犹新。又过了几年，我还在部队，就听同学说，聪敏考上了大学，是著名的南开大学，而且是学英文专业，我非常羡慕。对我这个没有上过初中，也没有上过高中的小学生来说，以后居然突发奇想，敢于发奋自学，敢于考大学，聪敏对我起到了激励作用。

我和聪敏自1951年分别后，一直没有联系，我也不知道他在什么地方工作。非常有意思的是，四十多年后，到90年代初，聪敏和我又殊途同归，居然在北京的中南海碰头了。当时他从外交部调到国务院办公厅，任李鹏总理的外事秘书、国务院外事办公室副主任，我也从无锡调到国务院机关工作。于是，我们又有了几个相同：同在一个院子里办公，办公室仅一墙之隔；同在一个餐厅吃饭；连级别待遇都相同。看来，这就是人们说不清道不明的那个缘分。有我俩这种缘分的人，天下少有，很可能是独一无二。聪敏和我都非常珍惜这样的天赐奇缘，非常珍惜这样的感情。又是十多年过去了，我们处得像亲兄弟，一直保持密切联系。如今，聪敏和我都七十岁了，聪敏还在工作，依然朝气蓬勃地在国内外奔波不息。他为我国的外交事业做出了独特的贡献。聪敏的特点是非常朴实，非常严谨，非常勤奋；他没有人为包装的那种生硬的外壳，没有矫揉造作的那种逢场作戏，没有言不由衷的对什么人的那种曲意逢迎；同他的交往中，可以让人们懂得什么叫忠厚，什么叫善良，什么叫表里如一。聪敏的做人、做事、做学问，一直是我学习的榜样。他这次到了呼市就打听我到了没有，听说我没到，立马就打电话给我，我是很感动的。亲兄弟也不过如此吧！

陈部长也是熟人。她叫陈朋山，十多年前我在北京工作时就认识。她是从北京到内蒙古插队的知识青年，曾先后任内蒙古锡林郭勒盟盟长、党委书记，现在是内蒙古自治区党委常委、组织部部长。一位女同志，却起了很像男同志的名字，名字有特点，好记。

那天通电话时，我想起了她的名字。

那天同聪敏、陈部长通电话后，想到了家乡的许多往事，想到近几年交往较多的家乡的几位领导同志，尤其想到聪敏和陈部长的盛情，总觉得如果这次不回去，很可能成为终生遗憾。如果再等十年，到七十周年庆典，那时我都八十岁了，垂垂老矣、朽矣！估计很难回去了。想来想去，念旧心切，还是赶早不赶晚，当机立断，决定回去。于是，在非常紧张的查询、订票、购票之后，8月7日中午时分，拿到了当天下午5时40分从上海到呼和浩特的飞机票。我立即打电话告诉聪敏：我乘当晚的飞机回呼市。聪敏又转达陈部长，陈部长吩咐自治区老干部局的同志同我联系，安排接机事宜。老干部局的同志询问了航班情况后说，陈部长可能到机场迎接。我对老干部局的同志说，陈部长一定很忙，她千万不要到机场接我。

飞机于7日晚上8时零5分到呼和浩特。我出得机舱口，就望见陈朋山部长已等候在那里。组织部长亲自来接，我很感动。这位组织部长却并不像领导，很像早已熟悉的内蒙古老乡，没有什么客套话，她只是讲到十多年前我们在北京见面时的情景。乘车离开机场，一路上看车窗外夜色阑珊，张灯结彩，霓虹闪烁，好一派节日景象。

到了住宿的内蒙古饭店，已是晚间9点多钟。陈部长问我要不要吃点什么，我说不吃了，在飞机上吃过饭了。我对陈部长说："你事情很多，赶快去忙吧，我住下就没事了。"进得房间，她介绍一位叫杜卓然的小姑娘，是内蒙古农牧学院在校生，这次庆典活动的志愿者，专人负责对我的接待。这是我第一次亲历、亲见志愿者，觉得有点新鲜。小杜送我一份《刘济民接待手册》，只见手册上有关日程安排、作息时间、友情提示，以及包括陈朋山部长在内整个接待班子十多人的房间号、联系电话等，都详尽列出，很像出国考察那样的小册子。我这才知道，从北京等各地回来参加庆典的老同志数十人，都住内蒙古饭店，都由陈部长率领的自治区党委组织部和老干部局的同志负责接待。我觉得这样的分工，很有意思，好像又长了点见识。杜志愿者一再表示，有什么事，尽管打电话找她。还说，明早带我去吃早饭。我说，这里我熟悉，吃饭、乘车、参加活动，手册上都清楚，到时候我自己按时间按要求行动，我身体好，一切自理，你们就不必为我操心了。

志愿者走了，陈部长又明明白白地给我讲了整个庆典活动的安排。我说，我只参加明天（8日）上午的参观、下午的大会，看晚上的文艺演出，其他时间我走亲访友，自己安排，就不麻烦陈部长了。她突然问我，准备看看哪几位领导同志？我真没想到这位部长考虑得这么周全、这么具体。我对陈部长说，熟人太多，大家都忙，不好打搅，开会碰上，打个招呼就是了。她不管我怎么说，还是立即用手机拨通了两位非常熟悉的领导同志的电话，还让我同他们通了电话。我对二位领导说，聪敏和我都在内蒙古饭店，你们都忙，这里有陈部长安排，很周到，就不劳二位费神了。最后还是陈部长决定，第二天（8日）中午就在内蒙古饭店，同几位领导同志相聚。

陈部长把我这里安排好之后，放心地走了。晚上10点多钟，来了一位摄影师，也是陈部长安排的。她请这位摄影师为我的出席证拍照片，要求连夜制作，第二天给我。

8日中午，陈朋山部长专门安排聪敏和我在内蒙古饭店同自治区几位领导同志见面，还请了仕奇集团董事长葛健等。大家喜气洋溢，畅叙友情，共庆自治区成立六十年的辉煌成就，同贺家乡繁荣兴旺。

8日上午在呼市参观大召、五塔寺召。吃早饭时，陈部长特别关照我上二号车，全部活动都按指定车号乘车。她还提醒我，这个车队的车牌都是“京”字头，是专程从北京租来的车。我按时在饭店门口上了二号车。坐定后发现，车上没有一个熟人，这些人不说汉语，有的说蒙语，有的说俄语，我感觉到上错车了。又发现陈部长正在几辆车之间来回走动，很可能是在找我。我立即下车，见到陈部长，她不急不慌地说，我想你一定是上错车了，小杜也在找你。你上错的那个车是外宾车队的二号车，你应该上“领导干部代表团”的二号车。我这才发现上错的那辆车的车窗前确实有“外宾”的标志。陈部长带我上了我应该坐的二号车，我觉得很不好意思。由于我的粗心大意，给大家添了麻烦，也就特别佩服陈朋山同志的细心、周到、无微不至。

8日的重要活动结束后，我留出时间看望家人，回乡下扫墓，晚上仍住在内蒙古饭店，早出晚归，有时碰上陈部长，她都要问我如何安排，有什么问题随时告诉她。在我离开饭店前，请陈部长到我住的房间，向她告别，当面表示感谢。我用“尽善尽美，无可挑剔”八个字评价陈部长所负责的对老同志的接待工作。老同志们不是一般的满意，是非常满意。陈朋山同志只是淡然一笑，说了一句话：“这都是我们应该做的。”

离开呼市那天晚上，我正和家人一起吃晚饭，突然接到自治区人大副主任云秀梅的电话，她说，布赫同志在内蒙古饭店，问济民在什么地方，能不能过来一起吃晚饭。布赫同志是德高望重的国家领导人，是内蒙古的老领导，这么大的领导，还能想到我这个小老乡、小人物，我又是非常感动。我立即赶到内蒙古饭店，在座的还有布赫同志的夫人珠兰其其格，还有云秀梅和其他几位领导同志，陈朋山部长也在。布赫同志说，本来请吕聪敏也来的，他因为北京有公务，已经回去了。我一再向布赫夫妇、向各位领导表示感谢。我和布赫同志共同回忆起二十年前、即1987年我在苏州工作时接待布赫主席的往事，回忆起20世纪90年代我们在北京多次见面的情景。布赫老人家总是一身和气，一脸的喜气，总是那么热情，那么亲切，那么慈祥，我印象特别深刻。

离开呼市，还是陈部长送我。她送我到机场贵宾室后，发现来送我的家人，进不到贵宾室，她一定要亲自去带他们进来。我说，不好再麻烦陈部长，请别人去找一找就可以了。陈部长却说，机场的人认识我，我去方便。只见她不慌不忙地去了，又不慌不忙地带来了我的几位家人。一位身居要职的领导同志，还听说，她出身名门望族，实在是看不出。我总觉得她很像农牧民的女儿，不张扬，不摆谱，很低调，总是那样随和，那样平常，那样善解人意，甚至对普通人的一些琐事都关心备至，现如今少见了。

这次回内蒙古短短的几天当中，处处受教育、长见识，处处被感动，处处感受到一种乡情、真情、素朴之情的温暖。

我告别了陈朋山部长，告别了志愿者杜卓然，告别了自治区党委组织部和老干部局的同志，告别了我的家人，满载着盛情和温暖，离开家乡，回到了无锡。

这次回内蒙古，最为遗憾的是没有更多的时间同聪敏说说话。还是我到呼和浩特的当天晚上，本来说好我到他住的房间去看他的，结果没有等我去，他就到我的房间来了。我们之间都有许多话要说的，那天太晚了，未能尽意。在呼市的那几天，我们天天通电话，只因各自都有自己的安排，没有来得及再见面。我们相约，金秋时节在无锡相聚，我在期待着。

2008年3月记于无锡

赌书消得泼茶香

我很喜欢黄永玉的文章，他是个了不起的人物。他说："死，原来在生活中是件美事，一种令人怀念的告别，是后来的活人们将他弄得讨厌起来。"我是很同意他的这样的观点的。黄永玉大师还说："时候一到，像做一次不太远的旅行，提着小小的行囊，轻轻地双手关上自己的大门，微笑着向规定好的那个旅途走去。"这样的死，实在是太妙了！轻轻地关门，还是用自己的双手关门，微笑着走了，还提着行囊，这哪里是死啊！这是得道成仙、飘然而去。我是不可能成仙了。

黄永玉大师那样的心态，我是很羡慕的。他所描写的那样的死，当然是有点浪漫了。不管怎么说，我总觉得，死对于生而言，特别是对于那些健康长寿的老人而言，无疑是一件喜事。我会笑对死亡的。

总之，生老病死平常心，从容闲渡去如归。一切都顺其自然了。

当生命进入倒计时

——七十岁放言

虚和子谨按：人生智慧之大者，无逾乎勘破生死。生易勘破，而死难底窥，盖无人能既入乎阴，复出乎阳也。窥死于生，悟生于死，除此无他径也。

济民公长者，历仕显赫，遭际非常，而施施然似无所措意者。官声、学问、人品，为人所推重，皆不甚萦心。独于运动强身，从无懈怠；于修养内心，毕生所求。体魄强健，志气豪迈。今届不逾矩之年，神思于天人之际，出入于放达之境，无讳乎死，尤赞乎生，亦庄亦谐，挥麈笑谈，作《当生命进入倒计时》，以飨我辈，惠亦大矣！

余生也晚，不及早身追陪，亲见济民公盛时仪范。近年得幸，偶侍左右，窃瞻其一言一行，无不景仰。而于公之生死观，深所敬叹。

2007年9月13日，我从无锡到北京，晚上，众多好友为我过七十岁生日。他们事先没有告诉我，我到现场才知道。面对大家的盛情，我很感谢，我很激动。那感觉是，一则以喜，一则以惊。本来，我是不太在意自己的年龄的，总觉得还不算老。这次这个生日一过，可就不同了，七十岁说到就到，我着实为之一惊。不知不觉中已步入老年。

那天晚间，大家在一起，欢声笑语，纵情歌唱，亲如家人。有好友问我：“今天是生日吗？”我说：“不是生日胜似生日。”那天晚上的情景，至今仍在眼前回荡。

七十岁了，这是不可以开玩笑的年龄。现如今，虽说人生七十不稀奇，毕竟人生苦短，即使能活百岁，人过七十，生命也已过了大半，所剩无多了。

如真能活到百岁，最后这二三十年怎么个活法？是要认真对待的。

人类大进步了，生育都可以计划，人的生命可不可以预期呢？可不可以有个计划呢？

古今中外，人有旦夕祸福，生命不可预期，是尽人皆知的事实。如今喜逢盛世，可不可以出现个把特例，有个把另类，可不可以做点生命预期的探索呢？

在这个问题上，我也没有什么雄心壮志，估计活到一百岁还是有可能的。具体计划：爬山爬到八十岁，打拳打到九十岁，散步走路到百岁。您看，这样一分解，也简单。悠闲散步，走到生命的尽头，既长寿，又健康。从容闲度，平常心境；人生百年，就这么简单。我看，用不着那么多的忧虑，用不着想得那么复杂，更用不着惶惶然不可终日。千万不要把比较简单的事情搞得太复杂了。

可不可以倒计时？据说也没有先例。那不要紧，也可以来个创新，来个试验嘛！

总归是进入老年了，日子总是越过越少。我看，倒计时比较科学。

怎么个倒计？当然是先计年，再计月，再计天，如果能精确到几时几分几秒都可以倒计，那真正是创吉尼斯纪录了。

因为可以倒计，最后总要留出点时间来，邀集家人及亲朋好友，大家围坐在一起，总得听我说几句告别的话吧。我估计，再做长篇大论的“讲话”是不可能了，一定没有那个力量了。只能发表极为简短的告别辞，比如十秒钟，足够了。

讲什么呢？国际形势，国内形势，改革开放，科学发展，传统文化，文史工作，太极神功，养生之道，等等，还讲吗？讲也讲不清了，不讲了吧！

可否只讲三句话：

“老伴、孩子们、同志们、朋友们、乡亲们：我这就走了，咱们不必说再见！你们好自为之，多多保重，祝你们健康平安长寿！”

就这么三句话，就不必麻烦年轻人起草、打印了吧？

就那么三句话，四十多个字，还能记不住？就不必念稿子了。有一条总归要想到的，绝不可以拖到我连话都说不清了，再向大家告别。总得把最后这三句话说完了，我再走啊。这是要掌握好的。

十秒钟的告别辞，比较得体。“十、九、八、七、六、五、四、三、二、一”十秒倒计时读完，告别辞讲完。然后是鲜花，掌声，欢快的乐曲，在轻松愉快的气氛中送我上路。

我看，不必号啕大哭，不必悲恸欲绝，不必那么沉重，不必凄凄惨惨戚戚，也不必搞遗体告别。就像平日里召集小型座谈会那样，大家围坐在一起，有个简短的告别仪式，就足够了。

尤其不要印送那种尽说好话的“生平简介”。我看，给各位亲友们送上我当年写的这一份七十岁放言，就很好，请大家对照验证我当年的预言，如何？

都活到一百岁了，可以了！全中国十几亿人口，活到百岁，还能说几句告别的话，能有这个福分的，是极少极少的，理应高兴才是。大家就当我去月球上旅游去了，一时半会儿回不来，那该是多么高兴的事啊！应该把丧事办成喜事！

当然，不可能那么精确。一天不差地刚好活到一百岁走人！不可能。如同经济社会发展计划的实现，基本实现，大体完成，也就可以了。九十多岁，百岁左右，都叫实现预期，也就可以了。

还有一种情况，也是要估计到的。

到了那个时候，如果死不了怎么办？

这也是完全可能的。那也算超额实现计划。到时候，老伴和孩子们、亲友们千呼万唤，我一高兴，一感动，一激动，乖乖，没死，又活过来了，死而复生，甚至返老还童，也未可知。

那也不必惊慌失措。肯定不是回光返照，更不要以为是神鬼作乱。如果真的没死，也是预料之中的。本来就有个“保三争五”计划的，即到七十岁以后，确保再活三十年，到一百岁；争取再活五十年，到一百二十岁。看来，既要有个“保三”的计划，也要有个“争五”的预案。如果百岁不死，启动“争五”预案就是了。

不过，真要活到一百多岁，那也太辛苦了，那可真正是不可以开玩笑了，真是要复杂一些了。那时候，真是要给组织上添麻烦了，真是要给孩子们增加负担了。

一百岁以后，再活二十年如何？苟延十年，残喘十年，苟延残喘二十年。于是，又起身，更衣、洗漱、喝茶，再来个二十年倒计时。估计一百岁以后，爬山、打拳、带孩子、挤公共汽车、上超市上菜场，是不可能了。写文章、出书也不可能了。计划出四本书，其中的《春潮集》《秋韵集》《夏夜集》，在2006年以前已先后出版。最后一本《冬雪集》，是写人生的冬季的。我的人生的冬季比较漫长，《冬雪集》的出版是要晚一些的，那也应该在九十岁以前出版了。估计到九十岁以后没有力量写文章、出书了。

如果真能活到一百岁还不死，估计散步、走路也不可能了，只能卧床了。那时候，太湖早已治理好了，说不定还能坐着轮椅到太湖边，看蓝天碧水，感受柔风细雨，呼吸清新空气，我看还是可能的。

我们没有必要把人的死看得那么可怕，更没有必要回避那个“死”字。人的死，在一般情况下，是一种自然现象，不一定都是丧事。特别是对那些健康长寿的老人们来说，那样的死应该是喜事，是大喜事，至少是最后的一桩喜事。那是老年人的一种解脱，是一种了断，是一个人的最终归宿。从此无忧无虑，从此了无牵挂，从此尘埃落定，从此一切都可以放得下了！叫作如释重负！试想，那是多么愉快的事啊！活着的人们应该向那些高寿的死者祝福。

其实，人的生倒是相当可怕的。一个人出生后，从此祸福难料、喜忧难测，从此不知要经受多少曲折艰难，不知要吃多少苦。人生百年，受苦受难，苦多甜少，命运多舛，鬼知道你那人生的轨迹究竟如何，实在是很难预期、不可能规划设计的。

我很喜欢黄永玉的文章，他是个了不起的人物。他说：“死，原来在生活中是件美事，一种令人怀念的告别，是后来的活人们将他弄得讨厌起来。”我是很同意他的这样的观点的。黄永玉大师还说：“时候一到，像做一次不太远的旅行，提着小小的行囊，轻轻地双手关上自己的大门，微笑着向规定好的那个旅途走去。”这样的死，实在是太妙了！轻轻地关门，还是用自己的双手关门，微笑着走了，还提着行囊，这哪里是死啊！这是得道成仙、飘然而去。我是不可能成仙了。黄永玉大师那样的心态，我是很羡慕的。他所描写的那样的死，当然是有点浪漫了。不管怎么说，我总觉得，死对于生而言，特别是对于那些健康长寿的老人而言，无疑是一件喜事。我会笑对死亡的。

现如今，什么都兴“戏说”。闲来少事，同老年朋友们聊聊天，博君一笑，戏说而已。

总之，生老病死平常心，从容闲渡去如归。一切都顺其自然了。

2007年

刘氏健康箴言

一生追求健康，从不自觉到自觉，从感性到理性。不敢说大彻大悟，只是有所感悟。写了几篇健康随笔，从中提炼为若干短语，姑且叫做“刘氏健康箴言”，用以鞭策自己，警示家人，勉励亲友。完全是自己的体会，自己的语言文字，自己的表达方式，最大的特点是对自己管用。

一、每天做到“四好”

人生并不如戏。人生没有彩排，更不可能重来。人生最重要的是把握好当下，尽可能每天做到“四好”。

走好每一步，
活好每一天，
做好每件事，
过好每一关。
悠悠岁月平常心，
从容闲度跨百年。

二、科学安排一日三餐

一日三餐，对人的健康不是影响一天，是影响一生。尤其要重视早餐。

一些健康老人的长寿之道各有巧妙不同，却也有相同相似之处，诸如戒烟限酒，生活规律，饭菜清淡，喜动守静，乐观大度，心理平衡，等等，还有一条很容易被人忽视的经验，就是重视早餐，绝不马虎。

早餐是金，午餐是银，晚餐是铜。

早吃好，午吃饱（不可过饱），晚吃少。

早餐蛋白为主，午餐热量为主，晚餐维生素为主。

还要因人而异，不可照搬照套。

三、日行万步，寿高百年

少坐，多动，经常走路。久坐使人懒散，使人精神不振，甚至容易生病。

走路作为运动，年轻人要狂走，中年人要快走，老年人则应根据自身的健康状况，步伐适当放慢，不宜太快。

走路对老年人比较简便、适用，可作为老年健身的首选。

不要拒绝晒太阳。走路结合晒太阳，可尽收补充钙、转化钙、留住钙之奇效。

四、人生的主题

人生的主题，不是享受，是奉献；不是升官发财，是做人、做事（国家的事、人民的事）、做学问。

做人，德为先；诚实、善良，清清白白，堂堂正正。

做事，民为本；爱国、敬业，尽心尽力，实实在在。

做学问，乐为上；勤奋、执着，持之以恒，永无止境。

五、自我定位——做人九字真言

普通人，平常心，大觉悟。

不是退休后不得不做普通人；从来就是普通人，从来就是平常心。

所谓大觉悟，不是指政治思想觉悟，而是觉悟到自己是普通人，必定有平常心，是为本真，是为秉性。

六、健身三法

健身，贵在坚持，重在养心，难在从自己的实际出发。

贵在坚持。身体靠锻炼。不是坚持几年，也不是坚持十几年，是坚持几十年，坚持一辈子。生命不息，锻炼不止。要有特别坚强的毅力，要有很不寻常的意志力。

重在养心。心理靠修炼。生命不息，修炼不止。要有超越常人的功力，要有非凡的定力。荣辱得失莫存于心，喜怒哀乐不形于色。

难在从自己的实际出发。不必照搬照套，不要从书本出发，不要被人误导。要从自己的不同年龄段、不同的心理症状出发，甚至要考虑到自己不同的兴趣、爱好、习惯，等等。总之要对症，要真正见到实效，否则将适得其反。

七、养生是什么

养生是爱国，是慈善，是健康，甚至是一种独特的文化。

养生是个人行为，又不完全是个人行为。把养生放在国家、民族、社会层面衡量，其境界、意义、作用、感悟就全然不同了。

八、养生为什么

“没有全民健康，就没有全面小康”。全民健康已上升为国家战略。

养生是为了国家富强、民族振兴、人民幸福、社会和谐、家庭美满、个人健康。

九、健康是人生最重要的财富

人生最重要的追求，应该是身心健康。

人的富有不一定给人健康；太看重物质利益，甚至会损害人的健康。健康对任何人的一生绝对是最重要的财富。

人们事业的成功、知识的积累、家庭的美满、个人的幸福，都以健康为基石；失去健康，就失去一切。

人们不应该单纯追求长寿。我们追求的是既长寿又健康，叫作健康寿命。如果失去健康，长寿还有什么意思呢！

十、养生的最高境界

养生其实就是一动一静；动则健身，静则养心。锻炼身体为本，修炼心理为魂；本固则枝荣，魂安而体健。

身体健康和心理健康是一种辩证关系，互为依存，相互促进。养生的最高境界，正是健康体魄和良好心态的完美统一。

做人很难完美。只要我们既有健康的体魄，又有良好的心态，那就接近完美了。

十一、心理健康是什么

心理健康是一种素养，一种气质，一种精神，一种心境，一种活力，一种情怀，一种品德，还是一种慈善行为，甚至还是一种人际关系。

慈善，不完全是物质行为。帮助别人，快乐自己。慈善是一种心态，首先是一种精神境界。

人际关系如何，绝对可以考量一个人的心态、精神状态。

十二、关心别人

关心别人，乐于助人，是中华民族的传统美德。

那是根植于内心深处的一种清雅和圣洁。

那是总是为别人着想的高贵品德。

那是将心比心的一种善良。

那是在别人危难之际援手相救的一种大恩大德。

关心别人，就是大仁大义。

自古以来，仁者寿，善者寿，静者寿；集仁、善、静于一身者，必定大彻大悟，大福大寿。

十三、慈忍

慈忍，慈悲、能忍。“君子以慈养德，以忍养情”（明代藕益大师）。

慈忍，不只是忍让，不只是忍耐，不只是忍辱，也不只是宽容 、豁达、慈悲、大度。

慈忍，是仁者之忍，是智者之忍，是强者之忍；是意志坚强，信念坚定，是有信心，有智慧，有力量。

慈忍是大境界、大品德、大慈悲。

十四、自信

做人要有自信。自信源于真理在手、担当在肩、诚实在胸。

自信是一种智慧的力量，是一种强大的力量。

自信的最高境界是宽容、大度。

十五、自控力

有个新名词叫逆商，即人的摆脱困境、走出逆境的能力。

这种能力就叫自控力。有能力制忧、制悲、制怒。面对各种各样的难事、烂事、不公平不痛快的事，要从容、冷静，想办法排遣，想办法突围。

“泰山崩于前而不惊，无故加之而不怒”，只是“不惊”“不怒”，不解决问题，还要有智慧摆脱困境，有能力在逆境中突围。

自控力是一种境界，要有长期的，甚至是极其痛苦的修炼。

十六、讲真话

讲真话是心理健康的一个重要标志。

敢讲真话，才心情舒畅，心地坦然，心里踏实，睡觉也安稳。

讲真话是一种尊严，是一种责任；是对历史负责，对他人负责，也是对自己负责。

有人说：“讲假话早晚要倒霉，讲真话立马就倒霉。”立马倒霉也认了！还是要讲真话。

讲真话，才经得起历史的检验，才对得起自己的良心，才对得起那个大写的人字。

讲真话，是一种伟大的力量。

十七、养成良好的习惯

好的习惯，有益健康；不良习惯，危害健康。

人的一生，都是在各种各样的习惯中度过的。良好的习惯是一种自觉的、愉快的自我约束，不觉其苦，反以为乐；良好的习惯还是一种力量，一种强大的力量，给人以生机和活力。

人们的健康，往往都是被一些不良习惯吞蚀的；甚至人们的一些很好的潜能，往往也是被自身的一些恶习抵消的。这样的“吞蚀”和“抵消”，总是点点滴滴、日积月累，发生在不知不觉中，是潜移默化的。

把好的习惯融入生命，成为生命中不可缺少的一部分，必定得益终生。

自省，是个非常好的习惯。经常审视自己有什么不良习惯，痛下决心，断然改正。

十八、摒弃惰性

人们的不良习惯，可以列出很多，危害最大者是惰性。

惰性是健康的大敌。惰性对人的身心健康的危害，甚至对人的思想品德的危害，是显而易见的。

心思散乱，踌躇无主，没有定力，必然惰性缠身，事事无成。

摒弃惰性，追求健康，应立即行动。

十九、读书是一味药

把读书和健康养生相融合，其乐无穷，其妙无穷！

据说意大利一些药店的药盒里不完全装药，有的药盒里装诗歌。医生和诗人合作研制的诗药配方，可用以治疗多种疾病。

“书犹药也，善读之可以医愚。”（西汉·刘向）

“书中自有妙药。”（秦牧）

读好书，可以医愚健脑，祛病益心。

读好书，可以提振精神，愉悦情怀。

自撰读书联，以为鞭策：

追日追月追时光苦读天下经典，
乐山乐水乐清欢静养浩然正气。

二十、知止知足

知止，不属于自己的，绝不伸手；知足，属于自己的，容易满足，绝没有非分之想。

因为知足而常乐；因为知足而感恩；因为知足，总觉得是小材大用；因为知足，从来就习惯了过那种简单、素朴的生活；因为知足，从来没有升官发财的念想，只求平安、健康，能尽心尽力为老百姓做点实事就是天大的福分了。

要知止知足，还要自律。知止知足不易，自律更难。

自撰知律联，以为警示：

知止知足知荣知辱知冷暖，

自戒自律自省自牧自奋蹄。

2016年4月

且陶陶，乐尽天真

——乔乔和爷爷奶奶等的对话

小孙女恩乔，生于2009年6月19日，2010年11月间到爷爷奶奶家里来，同我们一起生活了两年多。

恩乔这个名字，是有大学问的张永杰同志给起的。据永杰介绍，恩乔二字分别出典《诗经》和《世说新语》。《诗经》中“北堂萱草”内含一个恩字，就是不忘恩德，永怀感恩、报恩之心；《世说新语》中“庭前玉树”暗含一个乔字，就是要正直挺拔，茁壮成长，成为优秀人才。我们对永杰给孩子起的名字很满意，在家里就叫她乔乔。

孩子同我们朝夕相处，眼看着一天天长大、长高。从不会走路，到会走会跑；从不会说话，到什么话都会说，甚至可以随意表演自己编的歌舞；从不认识字，到开始认字，到开始背诵古诗词，记英文字母、单词，等等。她生性活泼，处处随和，天真可人，很懂礼貌，人见人爱。她总是面带笑容，天天都是在欢声笑语中度过的。她在不经意间流露的那些俏言妙语、那种童真童趣，给我们留下了最为美好的、永远难忘的回忆。

非常可惜的是，更多的生动故事没有随手记下来。直到2011年冬天，我偶然在电话里同李仁臣同志（曾任《人民日报》副总编）谈到孩子的故事，仁臣提醒：“要随时记下来。再好的脑子，不如一支烂笔头子。”我这才开始记了一些，回忆了一些；更多生动的故事、对话，已经淡忘了，非常遗憾！

让人特别悲痛的是，乔乔的奶奶在2012年8月突发重病，于9

月4日去世了。奶奶最疼爱乔乔，开始带乔乔时，已经七十一岁，她是舍命带乔乔的。奶奶为乔乔的健康成长倾注了全部精力、全部心血、全部爱心！

奶奶从来不吵孩子，不责备孩子。她对乔乔体贴入微，关心备至，总是让孩子随兴尽情。她非常耐心、细致地教孩子认字、背唐诗、记英文单词，她甚至想在一两年内教孩子背一百首唐诗。她满怀温情，不厌其烦，教孩子懂文明礼貌，热爱劳动，从小养成良好的生活习惯。她为孩子讲述她自己儿时听过的、在小人书里看过的那些故事，教唱她自己唱过的儿歌，陪着孩子看电视里播出的、她自己喜欢看的越剧、京剧。奶奶还经常带着乔乔到户外活动，到无锡的梅园、太湖边、体育公园，引导孩子亲近山水，接触自然，呼吸清新的空气。乔乔记住了无锡太湖边的渤公岛、渔夫岛、长广溪湿地；到了这些地方，乔乔总是又唱又跳，非常兴奋，只见她甩开双臂，迈开大步，甚至一路小跑，能随着爷爷、奶奶走一两个小时而不知疲倦。

在奶奶住医院后极为短暂的十多天里，乔乔两次去看奶奶。孩子抱着奶奶，亲吻奶奶，伸出小手，难分难舍，让人撕心裂肺！

乔乔一直不知道最疼爱她的奶奶永远离开她了！直到奶奶去世后，乔乔还多次问："奶奶还睡在医院吗？"

2012年10月29日下午，我到幼儿园接乔乔。这是奶奶去世后，乔乔第一次回爷爷奶奶家。

以前，我每次从幼儿园接乔乔回来，她进到院子里，总是先叫奶奶："奶——奶！"乔乔大声叫着，奶奶在屋里或在楼上大声应着："唉！乔乔回来了！"这一老一小如同长远没有见面的那种欣喜若狂，都表现在脸上了。

现在奶奶去世了，乔乔回到家里会问什么呢？那天乘车回到院子里，没等我说什么，乔乔在车上就迫不及待地问："奶奶呢？"进到屋里又问："奶奶呢？"她没有像往日那样见到奶奶，没有听到奶奶的声音，显然有些茫然。我把乔乔带到书房，墙上挂着奶奶慈祥、温和的彩色大照片，照片下面摆放着清香四溢的鲜花。乔乔看着奶奶的照片，沉默了。她在想什么呢？

“这是谁呀？”我问乔乔。

“是奶——奶。”她回答的声音很低沉，一定是感觉到了什么。

“想奶奶吗？”我又问。

“想——的。”她停顿了一会儿，又是很缓慢、很低沉地回答。

我一阵心酸，非常难过。我含着眼泪对乔乔说：“你要永远记着奶奶对你的疼爱。奶奶到很远很远的地方去了，你长大以后就懂了！”“是！”乔乔像往日承诺什么一样，很郑重地回答了一个字。

“给奶奶鞠个躬吧。”

乔乔很认真地在奶奶的照片前三鞠躬，又抬头看了看奶奶的照片，毫无表情地、低着头走出了书房……

这里记下的，大多是乔乔一岁半到四岁期间同我们的一些对话。

这些对话，就作为最宝贵的礼物奉献给奶奶吧！奶奶在天有灵，重温这些对话，绝不会寂寞，一定畅怀大笑！

一

乔乔：爷爷抱抱。

爷爷：乔乔，你都一岁半了，不能总是让爷爷抱啊！

乔乔：（生气了，走到客厅门口，面对门外，自言自语）爷爷不抱，奶奶抱；奶奶不抱，爸爸抱；爸爸不抱，妈妈抱；妈妈不抱，乔乔（自己）抱！

爷爷：啊呀！乔乔会生气了！来，爷爷抱抱，乔乔不生气了！

乔乔：爷爷真好！

二

爷爷：乔乔，你快两岁了，要听话的。

乔乔：爷爷，不听话会怎么（样）？

爷爷：不听话，爷爷要吵的。

乔乔：乔乔不听话，爷爷要吵的，奶奶要生气的，爸爸要揍的，妈妈会不高兴的。

爷爷：乔乔总结得很好啊，你很明白的。以后要听话了。

乔乔：是。

三

乔乔：爷爷，你的头发怎么这样？

爷爷：爷爷老了，掉头发了，头发越来越少了！

乔乔：乔乔的头发多，把乔乔的头发给爷爷。

爷爷：谢谢乔乔了！头发是不可以给来给去的。

乔乔：知道了。

四

乔乔：爷爷，你怎么啦？你怎么不说话呀？

爷爷：乔乔不听话，爷爷不高兴，爷爷生气了！

乔乔：爷爷不要不高兴，乔乔听话。我给爷爷跳个舞吧！

爷爷：（鼓掌）乔乔会跳舞了，跳得真好，是自己编的吧？

乔乔：是！

五

爷爷：乔乔，你在抽屉里找什么呀？

乔乔：我给奶奶找药。爷爷，哪个是高血压药呀？

爷爷：我也不知道。一会儿奶奶起来，问奶奶吧。

乔乔：奶奶老忘记吃药，我给奶奶把药找好。

爷爷：乔乔真好，从小就懂得关心人。奶奶知道乔乔给她找药，她一定会特别高兴的。

乔乔：是！

爷爷：奶奶年纪大了，容易忘事。你要每天提醒奶奶吃药。

乔乔：是！

六

乔乔：奶奶，今天几号了？

奶奶：今天是2012年1月5号。你去看看挂历，哪个是5号呀？

乔乔：（指着挂历上的1月5日），奶奶，这是5号。

奶奶：乔乔真聪明，指对了。5像什么呀？

乔乔：5像钩子秤，好卖菜。

奶奶：4像什么呀？

乔乔：4像一面旗，迎风飘。

奶奶：3像什么呀？

乔乔：3像耳朵，能听话。

奶奶：2像什么呀？

乔乔：2像小鸭子，嗝嗝嗝。

奶奶：1像什么呀？

乔乔：1像铅笔，好写字。

奶奶：乔乔真聪明，教一两遍就记住了。

乔乔：奶奶，我厉害吧？

奶奶：好厉害！

乔乔：是。

七

乔乔：爷爷，你什么时候到北京啊！

爷爷：有什么事吗？

乔乔：爷爷给乔乔买糖糖。

爷爷：买什么糖糖？

乔乔：爷爷从北京买过的。买山楂糕，买小窝窝头。

爷爷：爷爷再到北京，一定给乔乔买好多好多好吃的。乔乔想不想跟爷爷奶奶到北京啊？

乔乔：现在就想去。

爷爷：等你再长大一点，爷爷奶奶带你去北京。

乔乔：我现在就长大了，我要去北京，我是北京人儿欸！

爷爷：爷爷、奶奶一定带乔乔去北京。

八

乔乔：爷爷，你生病了，我来看看爷爷。

爷爷：谢谢乔乔。你来看爷爷，爷爷有什么病都好了。爷爷是感冒，不要紧的。

乔乔：爷爷，我也感冒了。

爷爷：我知道。乔乔和爷爷生一样的病，是同病相怜。你吃药了吗？

乔乔：吃了。爷爷，我昨天晚上要来看爷爷的，妈妈说太晚了，爷爷睡了，不让我来。

爷爷：谢谢乔乔，乔乔真乖，真懂事。

九

乔乔：爷爷，你怎么样啦？

爷爷：乔乔，什么怎么样啦？

乔乔：爷爷的身体怎么样啦？

爷爷：爷爷的病好了，谢谢乔乔。

乔乔：乔乔的病也好了。

爷爷：以后要注意，尽量不要感冒。

乔乔：是。

十

乔乔：爷爷，今天能吃棒棒糖吗？

爷爷：棒棒糖不可以多吃，每天只能吃一支。

乔乔：我今天还没有吃呢。

爷爷：家里没有棒棒糖了，让奶奶给你买吧，爷爷不知道在什么地方买。

乔乔：我知道，在南禅寺买。

爷爷：乔乔什么都知道，真厉害。

乔乔：是。

十一

乔乔：爷爷你在想什么？

爷爷：爷爷在想乔乔。乔乔在想什么？

乔乔：爷爷，我在想棒棒糖，我想吃棒棒糖，我就是喜欢吃棒棒糖。

爷爷：棒棒糖好吃，不可以多吃，最好不吃。实在忍不住要吃，每天只能吃一支。糖吃多了，对牙齿很不好。你懂吗？

乔乔：懂的。爷爷，我今天吃棒棒糖了吗？

爷爷：吃过了。你今天早晨去幼儿园前吃了一支，不能再吃了。

乔乔：是。

十二

乔乔：电视里有爷爷吗？

爷爷：没有。

乔乔：为什么？

爷爷：爷爷不上班了。

乔乔：为什么不上班？

爷爷：爷爷、奶奶都老了，退休了，不上班了。

乔乔：我还上班哩！

爷爷：乔乔在哪里上班？

乔乔：乔乔是在实验幼儿园小小五班上班啊。

爷爷：我和你奶奶是在家里上班。

乔乔：为什么？

爷爷：为了带你呀，为了照顾你，好让你爸爸、妈妈安心上班。

乔乔：是。

十三

乔乔：奶奶，你在看什么？

奶奶：奶奶在看李仁臣爷爷在《人民日报》发表的一篇好文章。文章的题目是《最难风雨故人来》，乔乔记住没有？

乔乔：记住了，“风雨故人来”。

爷爷：乔乔真了不得。奶奶把文章的标题说了一遍，乔乔就记住了，了不得！

乔乔：爷爷，我厉害吧？

爷爷：很厉害呀！

十四

乔乔：爷爷，你在吃什么？

爷爷：爷爷在吃面包、奶酪。

乔乔：我也想吃奶酪，可以吗？

爷爷：可以。你吃一片面包，夹一片奶酪。

乔乔：谢谢爷爷。

爷爷：乔乔真懂事。

乔乔：爷爷，我说谢谢爷爷，爷爷要说“不客气，没关系”。

爷爷：啊呀！乔乔真了不得，很懂礼貌。乔乔，谢谢你！

乔乔：不客气，没关系。

十五

乔乔：爷爷，我想吃棒棒奶酪。

爷爷：爷爷去给你拿。

乔乔：爷爷，棒棒奶酪真好吃哎！还有这么好吃的奶酪呀！

爷爷：这是法国进口的。

乔乔：谢谢爷爷！

爷爷：不客气。

十六

乔乔：爷爷，你的背心怎么破了？

爷爷：没关系，穿着凉快。

乔乔：让你爸爸给你买一件新背心好吗？

爷爷：爷爷的爸爸，你叫太爷爷，他老人家早就去世了。

乔乔：什么叫去世呀？

爷爷：去世就是人死了。

乔乔：让我的爸爸刘晓冰给爷爷买一件新背心，好吗？

爷爷：不必了。等乔乔长大了，赚了钱，给爷爷买新衣服。

乔乔：我长大了，赚一百元钱，给爷爷买新衣服。

爷爷：乔乔真懂事，爷爷高兴。谢谢乔乔。

十七

乔乔：爷爷不带我，是不是很无聊。

爷爷：不是。爷爷不带乔乔也不觉得无聊，爷爷有好多好多事要做的。不过，爷爷带乔乔就更高兴。乔乔懂吗？

乔乔：爷爷，我懂了。

十八

乔乔：爷爷在吃什么？

爷爷：爷爷在吃面包、奶酪。

乔乔：我也想吃。爷爷，你要和大家分享哎！

爷爷：啊呀，乔乔还懂得分享呀！

乔乔：是的。

爷爷：爷爷有什么好吃的，一定给乔乔分享。乔乔，你要明白，分享是相互的。别人有好吃的，让你分享；你有好吃的，也要给别人分享。这就叫相互分享。乔乔懂吗？

乔乔：懂了。

爷爷：乔乔，每天下午6:30，爷爷要看无锡电视台的新闻，每天下午7:00，要看中央台的新闻联播，你和爷爷一起看好吗？

乔乔：为什么要看新闻呀？

爷爷：看看有什么大事。

乔乔：没有什么大事。

爷爷：有大事的，差不多天天都有大事。

乔乔：爷爷，北京在开什么会呀？

爷爷：北京在开两会。看到了吧，北京在准备开两会了，这就是大事。

乔乔：什么叫两会？

爷爷：就是人大会、政协会，两个会同时开，这就是两会。

乔乔：还有一会、三会吗？

爷爷：一会有的，比如最近刚刚开过的共产党第十八次代表大会，就是一个最重要的会议。三会、四会没有的。

乔乔：爷爷，我知道了。

十九

外公：乔乔，听说前几天爷爷带你到北京去了？

乔乔：是的。

外公：你到北京有什么事吗？

乔乔：我去北京参加两会呀。

外公：参加没有？

乔乔：没有！

外公：为什么？

乔乔：那天早晨我睡过头了，八妹姑姑没有叫我，没有参加两会。

外公：以后还有机会。

乔乔：是。

二十

爷爷：乔乔，那年爸爸、妈妈带你到北京，去哪玩了？

乔乔：去了好多地方，还去了爷爷办公室了。

爷爷：在爷爷的办公室看到了什么？

乔乔：看到了一个记行车（自行车）。爷爷，你的办公室怎么会有记行车（自行车）呢？哈哈哈哈！

爷爷：爷爷以前就是骑自行车上下班的。你在爷爷办公室还看到什么了？

乔乔：看到爷爷的大照片了。

爷爷：哈哈哈，还看到什么了？

乔乔：爷爷办公室有好多好多书哎！

爷爷：哈哈哈，还看到什么呢？

乔乔：爷爷办公室还有一张床呢。爷爷办公室怎么会有床呀？哈哈哈哈！

爷爷：爷爷中午在办公室午睡。

乔乔：我也要在爷爷办公室午睡。

爷爷：好的。等爷爷再到北京，带着你在爷爷办公室睡个午觉。乔乔在爷爷办公室还看到什么？

乔乔：我在爷爷办公室只去了一会会，就走了。

爷爷：乔乔真了不得！只去了一会会，就记住那么多，真是了不得！

乔乔：爷爷，我厉害吧？

爷爷：乔乔太厉害了。

乔乔：是！

二十一

乔乔：爷爷，我还没坐过飞机哩！爷爷，你再到北京，带我坐飞机好吗？

爷爷：好的。

乔乔：坐飞机会不会掉下来？

爷爷：不会的。

乔乔：有安全带吗？

爷爷：有的。

乔乔：我小的时候坐飞机，别的小孩没有安全带，都掉下去了；我有安全带，没有掉下去。哈哈哈哈！

爷爷：你刚才还说没坐过飞机，怎么又说坐过了？

乔乔：我小时候坐过呀！

爷爷：乔乔真神！

乔乔：真神是什么？

爷爷：就是乔乔真厉害呀！

乔乔：是！

二十二

爷爷：乔乔，很久没有背唐诗了，现在背唐诗吧。

乔乔：背哪些唐诗？

爷爷：爷爷说个题目，你就背。

乔乔：是。

爷爷：《静夜思》。

乔乔：静夜思，李白。床前明月光，疑是地上霜；举头（仰头）望明月，低头（低头）思故乡。

爷爷：《寻隐者不遇》。

乔乔：寻隐者不遇，贾岛。松下问童子，言师采药去。只在此山中，云深不知处。

爷爷：《春晓》。

乔乔：春晓，孟浩然。春眠不觉晓，处处闻啼鸟。夜来风雨声，花落知多少？

爷爷：《登鹳雀楼》。

乔乔：登鹳雀楼，王之涣。白日依山尽，黄河入海流。欲穷千里目，更上一层楼。

爷爷：乔乔真了不得！

乔乔：爷爷，我厉害吧？

爷爷：乔乔真厉害！

乔乔：是。

二十三

爷爷：乔乔，你看报纸怎么倒着看啊？

乔乔：因为我没戴眼镜呀。爷爷，你帮我拿眼镜好吗？

（爷爷取来一只没有镜片的眼镜）

乔乔：（戴上眼镜）爷爷，你看，这就不会倒着看报纸了吧。

爷爷：乔乔不简单，懂得幽默了。

乔乔：什么叫幽默呀？

爷爷：幽默就是搞笑。

乔乔：爷爷，我就是喜欢搞笑，哈哈哈哈！

爷爷：会搞笑也是本事。

乔乔：是，哈哈哈哈！

二十四

乔乔：爷爷带我，是不是很开心？

爷爷：是的。爷爷和乔乔在一起，总是特别开心，非常高兴。

乔乔：我以后天天和爷爷在一起。

爷爷：谢谢乔乔。

乔乔：不客气，没关系。

二十五

乔乔：（到厨房）爷爷，你在做什么？

爷爷：给乔乔做早点。

乔乔：爷爷辛苦了！

爷爷：爷爷心不苦，命苦！

乔乔：什么叫命苦？

爷爷：爷爷都这个岁数了，还带你，这就叫命苦。

乔乔：我长大了，一定照顾爷爷。

爷爷：谢谢乔乔。乔乔真懂事。乔乔能照顾爷爷，爷爷就不是命苦了，那是爷爷的福气。

乔乔：我就是要爷爷有福气。

爷爷：听乔乔这么说，爷爷可高兴啦！

乔乔：我就是要爷爷高兴。

爷爷：乔乔特别懂事。

乔乔：是！

二十六

八妹姑姑：乔乔，你爷爷明天过生日，你给爷爷送什么礼物呀?

乔乔：我给爷爷最好的礼物是“听话”。

八妹姑姑：乔乔真了不得！爷爷一定会很高兴的。

乔乔：是！

二十七

乔乔：爷爷，冰箱里还有一支雪糕，拿给我吃好吗?

爷爷：好的。乔乔，爷爷发现你有一个突出的优点。

乔乔：什么优点?

爷爷：凡是好吃的东西，放在什么地方，你都记得清清楚楚。

乔乔：我也是突然想起来的。

爷爷：其实，乔乔的优点很多，我只是举个例子，开个玩笑。

乔乔：爷爷，我懂。

二十八

乔乔：爷爷，这些黄瓜是我送给爷爷的。

爷爷：谢谢乔乔！

乔乔：摘黄瓜的时候，我对爸爸说，要给爷爷摘一些。这些黄瓜是我给爷爷摘的。

爷爷：你为什么要给爷爷送黄瓜呢?

乔乔：我知道爷爷用沙拉拌黄瓜的，很好吃的，我吃过的。

爷爷：谢谢乔乔！乔乔有好吃的，想着爷爷；爷爷有好吃的，也想着留给乔乔。乔乔，爷爷给你留了好吃的东西，你每次回来都会拿给你吃的。

乔乔：谢谢爷爷！

“且陶陶，乐尽天真”。乔乔儿时的那些无尽的童趣、乐趣、天趣、真趣，将永远留在我们的记忆中。

2014年6月于无锡

附　录

凌云健笔意纵横

虚怀是一种思想境界，是一种内在的“质”。有了这种境界，才会有那样的文风。时下的散文流变，渐趋浮华，往往一味讲究辞藻形式，甚而美其名曰“美文”，其内容却空洞无物，味同嚼蜡，其美安在哉？

当年为刘济民的《秋韵集》作序的一位领导同志非常赞赏作者“文如其人”的文风，他认为：“济民的为文，与他的为人一样，总是那么认真、质朴、敦厚、坦荡，不拐弯抹角，不云山雾罩。又总能在简洁明快中，蓄起一种力量；在看似平实的叙述中，抵达事物的本质。读《秋韵集》，让人有一种翻山越岭、攀上人生新境界的感觉。这是同一般文人的散文情趣相异的。”这是对济民先生文风的最经典的评价了。

俯仰都无愧色

——通天彻地刘济民

夏虚和

江苏无锡的惠山最早是以泉水之佳名天下的。陆羽把惠山泉列在庐山康王谷之下，为天下第二。泉水是不是可以排座次是可以讨论的。但湖山为东南之美，惠山当之无愧。如今，这里是无锡人最喜爱的休闲去处之一，每天都会有很多人到这里爬山，他们相互之间有的熟悉，有的不熟悉，大家互称为“山友”。有一天上午，一男一女两位山友下山时，突然发现前面有个熟悉的身影，只见那人身量中等，肩平背直，一身朴素的衣着，抬腿跨步轻快有力，一望而知，是位经常爬山的老“山友”。

“很像刘书记。”两个人猜测着。

“叫一声试试。”其中一个人说。

“刘书记！”

前面的人停住了脚步，回过头来，是一位六十多岁的老人。说是老人，但面色清润，神采奕奕，身体硬朗。果然是刘书记。

“是我呀，你们也来爬山了？”

两个人笑了：“果然是刘书记呀。听说您也在爬山，我们不相信。贸然叫一声，没想到叫对了。”

刘书记说：“谢谢你们还记得我。”

“我们没想到，书记也爬山。”

刘书记脸上一直带着微笑："书记也是普通人，也要锻炼身体，也食人间烟火，也要过普通人的日子啊。"

三个人一起笑了。

近年来，无锡人在菜场，在超市，在书店，在公园，在体育场，在太湖边，在公共汽车上，在往返于惠山、锡山的山路上，经常看到这位刘书记的身影。普通老百姓的几声问候、几句关切的话语，使刘书记觉得非常温暖，他说："有一种如鱼得水的感觉。"

他就是20世纪80年代末、90年代初曾任无锡市委书记的刘济民：一个普通人，一颗平常心。

近几年，我有缘走近他的生活，非常随便地同这位老人神聊神侃，谈天说地，听他讲述他那五十多年的风雨历程，心情激荡，无限感慨。

一、为官一任，造福一方

1991年夏天，无锡连续下了三天三夜的大雨，仍然没有停止的迹象。7月2日夜半，刘济民站在家门口看着那如倾如注的大雨。他说："那个雨下得邪了，从来没见过，我睡不着，想得很多。想到当年大兴安岭的大火，想到唐山的大地震……无锡这场大水，我觉得很严重。如果整个无锡城或者半个无锡城被淹怎么办？怎么救人？城区的一百多万人往哪里撤？"他认为，不仅要组织指挥好当前的防汛救灾，还要尽最大努力做好迎战特大洪涝灾害的一切准备，必须尽最大努力，绝不能让无锡人民遭受唐山大地震和大兴安岭大火那样的灾难。他再一次召开紧急会议，向老同志、老水利干部请教，"安排后事"。

"凡事预则立，不预则废"。刘书记当时所安排的"无锡后事"，就是人们十多年后所说的"预案"。

这是他到无锡任职的第四年，1991年的6、7月。他被任命为无锡市委书记是1989年5月，那时，全国的政治局势，正处在不可预测的大风波之中。无锡的局势同全国一样，每天都有很多人上街游行、静坐。高校的学生占据着无锡市的五爱广场。刚刚上任，就遇到了这样复杂的局面，真是猝不及防。但他镇定，很镇定。他知道，面对这种大范围的群体事件，必须牢记六个字：镇定、耐心和善意。在那次的政治风波中，由于无锡市委的正确领导，处置得当，没有处分一个人，没有抓一个人，没有清查一个人，没有留下任何后遗症，比较稳妥地过去了。十年前的1979年，他就已经面对过类似这样的重大事件了。当时在新疆的阿克苏地区，作为国家农垦总局副局长，作为处理上海知青要求返城事件的主要负责人，他深入事件的策源地，被一些情绪狂躁的上海知青围困了七天七夜，就是凭着这六个字，最终稳住了大局，脱离了险境，促使问题得到妥善解决。

如今，天灾将至，必须全力投入到这场与自然灾害的抗争中。

当时无锡市委确定的抗洪救灾的方针是：第一救人，第二救人，第三还是救人。他们把人民群众的生命安全放在首位。这正是体现了人们现在说的“以人为本”。市委责成一位副书记牵头，组织各有关部门的同志组成一个小班子，紧急研究一旦毁灭性的灾害来临，如何确保人民群众安全的对策，把大水灾来临时的救助路线设计出来，包括大批灾民如何撤离危险地区，车辆如何组织，如何安置灾民，如何保证他们的生活，如何保证医疗救护，都要有详尽的方案，以备不虞。

从6月底到8月，无锡城乡降雨达900多毫米。这是无锡自有气象记录以来从未有过的大雨。加上上游地区洪水自然下泄，太湖水位骤涨，向城区涌灌，无锡全城一片汪洋！

刘济民知道，在这样严峻的时刻，最重要的是要发动全市人民共同抗灾救灾。在全市危急的关头，他发表了“群众自有回天力”的演讲，他说：只要我们紧紧地依靠人民群众，依靠人民解放军，充分发挥人民群众和人民解放军的聪明才智，我们就一定能够战胜这场特大洪涝灾害。

就这样，在无锡市委、市政府强有力的领导下，从洪水围困中救出36万人，全部疏散到安全的地方。除在救灾中牺牲了4位党员干部和工人外，上至九十多岁的老人，下至刚出生的婴儿，全市城乡400多万人，无一人因洪水丧生。在那场大灾面前，全市党政军民万众一心，众志成城，不等待，不犹豫，不畏难，不向上伸手要钱，士气不减，精神不倒，凝聚了“十二级台风吹不倒”的英雄气概，夺取了抗灾、救灾、恢复生产的全面胜利。

刘济民非常激动地对我们说：“无锡人民创造了奇迹。群众自有回天力，从口号变成了现实。”全市人民在大灾过后，无不感念市委、政府符合实际的组织指挥。每一个曾在风雨中见到他的人，每一个听到他讲话、看到他组织指挥人民排除万难、渡过难关的人，都从抗灾的胜利成果中，品味到了他与人民群众呼吸与共的精神。人们说，还是共产党好，还是社会主义好，还是人民解放军好！

一个人，不管在什么岗位，面对突发性重大事件的机会总是很少的，面对更多的是平凡的事务，市委书记也不例外。如何看待平凡事务，如何处理平凡事务，却体现着一个人的品德和精神。

刘济民任市委书记不久，就发现一种奇怪的情况：他的办公桌上没有人民来信。怎么会没人给市委书记写信呢？经过了解，并不是没有人给书记写信，而是来信不少，按照以往的惯例，就由信访局直接处理了。他觉得这样做不妥。他认为，如果市委书记不亲自处理群众来信，那就是自己堵塞了一条联系人民群众的重要渠道，老百姓谁还会给我们反映情况呀？那还算是共产党的书记吗？于是，他给机关的同志立了一个规矩：凡是写给他的信，不论多少，他都要看，他都要认真地处理。于是，有一个时期，这位书记每周安排两个半天，排除杂务，专门处理人民来信，有些还要亲自回复。一些事关人民群众生活福利的重要来信，他还会带上有关部门的同志，登门拜访来信群众，实事求是、面对面解决问题，在无锡留下许多佳话。

刘济民对那种急功近利、华而不实的作风是深恶痛绝的。

刘济民说：“我的基本工作方法是调查研究。从1986年到1993年，我在苏州、无锡工作了八年，要说有什么长进，最重要的还是运用毛泽东主席一贯倡导的工作方法，深入实际调查研究，在实践中学习，在调查研究中学习。”苏州、无锡农村的三百多个乡镇，无锡的几十个国有重点企业，无锡所有的高等院校和城区、农村的许多中、小学，以及一些商店、街道、居委会、农民家庭、市民住宅，他都去做过调查研究。特别是在无锡做市委书记之后，用他自己的话说，叫作“小材大用，责任重大，丝毫不敢懈怠”。他做市委书记有个特点，很少开会，也很少参加一些不必参加的会议。他说：“我是多年做副职，突然做了正职，感觉至少有一个好处，即如果安排得当，时间都是自己的，安排时间的主动权掌握在自己手里。”“当书记之后，我超脱多了，反而清闲一些。”这位市委书记，绝不去忙事务，绝不去过问那些具体的琐事，他尽可能地摆脱一些场面上的应酬，每周安排一两个半天处理群众来信，每月安排一两个半天主持召开市委常委会，其他时间基本上都是深入实际调查研究，看书，学习，思考大事，商讨大事。在无锡工作的五年中，他还用足够的时间，考察和研究了新加坡改造、建设城市和发展经济的经验，考察和研究了深圳、珠海建设特区和珠江三角洲其他城市、乡村改革开放、发展经济的经验。他用大量的时间，反复阅读了几位中外伟人的理论著作、传记，以及一些发达国家和地区城乡现代化建设的文章、书籍等。刘济民深情地对我们说：“我从实践中真正体会到，深入地而不是肤浅地，实实在在地而不是哗众取宠地，坚持深入实际，坚持调查研究，坚持学习现代理论和科学知识，确实是创造性地做好工作的法宝。”

刘济民通过大量的调查研究，从苏南发达地区的实际情况出发，形成了一整套工作思路和执政理念：无锡“新三宝”——太湖、人才加创造；破“三小”——破小步渐进、破谨小慎微、破小富即安；“尽可能多为老百姓做点实事”；“使劲一跳摘桃子”；“高起点、跨越式、外向型”；“贫穷不是社会主义，愚昧也不是社会主义”；“国有企业和乡镇企业杂交出优势”；“群众自有回天力”；以及“不进则退、无功即过”等等。这对于在更高水平上推进无锡经济和社会事业的发展，发挥了重要作用。

他特别重视引进外资和国外的高新技术，特别重视改善投资环境。

20世纪90年代初，台湾华裕制药的董事长林先生到无锡来考察，准备投资相当于两亿元人民币的外资办制药厂。这在当时是个大项目。刘济民亲自会见林先生，向他推荐生态环境极好的马山岛作为厂址，向无锡的有关方面交代了具体要求，请林先生同有关部门商谈投资事宜，并做实地考察。几个月过去了，刘济民估计一定谈得差不多了。结果不是那么回事。有一天，听说林先生要离开无锡了，项目没有谈成，临行前想见见刘济民书记。刘济民觉得不可理解，很诧异，“这么大、这么好的项目怎么谈不成呢?”他立即同林先生见面，听取他的意见。原来是因为一些具体的政策卡得太严，关卡太多，又不肯松动，林先生觉得不理想，不想谈下去了。刘济民觉得，有关方面还是思想不够解放，似乎认为办独资企业，就是引进资本主义，如果在政策上不卡得严一些，好像没有同资本主义划清界限。刘济民对林先生说，你不要走，再给我们一个月的时间，如果还谈不成，算我们无能，算我们没有诚意，我亲自送您到苏州，到上海，到深圳，您到他们那里去投资。林先生在半信半疑中留下来了。刘济民立即召集有关领导同志开会，研究怎么办。他在听取了大家的意见后说：林先生在无锡谈不成，就会到苏州去，或到上海去，到深圳去，不管在哪里谈成，当然都是好事，对我们无锡却是很大的损失。不仅是失去多少外资，更重要的，是人家会认为我们改革开放没有诚意，我们太保守，以后谁还敢来无锡投资啊！他说：我今天为林先生这个项目定个原则：以谈成为原则。怎么能谈成，就怎么办；现行政策如果不允许，那就改政策，要突破。总之，以谈成为原则。结果，不到一个月，谈成了，每个环节都开了绿灯。林先生很感动，决定就在无锡发展。林先生为感谢刘书记，一定要送他一件很贵重的礼物。刘书记谢绝了。他非常诚恳地对林先生说，我们共产党改革开放的政策、我们对台湾同胞的情谊，是不可以用金钱物质衡量的。时间长了，您就明白了。以后，林先生不断地向他的家人、亲友宣传无锡对外开放的诚意，还多次带领他们到无锡来，一个人影响了一群人。现在的华裕制药，已成为无锡的大型制药企业，有着很好的效益。

刘济民在一些会议上多次讲到台湾林先生在无锡办外资独资企业的启发。他反复强调，一切从实际出发，还需不断地解放思想。他特别指出，一些资本主义国家和我国的港、澳、台地区，到我们这里来投资，给社会主义带来大量外资，送来高新技术，还带来新产品，带来现代化的管理，带来广阔的市场，还为社会主义安排就业，给社会主义缴税，为社会主义创造财富，还能带动城乡社会事业的发展，这有什么不好呢？我们为什么要拒之门外呢？

他不但注重从政策上改善无锡的外资投资环境，还亲自关心外商的生活，想方设法解决他们的各种困难。在1991年夏天的特大洪涝灾害中，虽然指挥救灾工作非常繁忙，他还是不忘去看望几位同无锡人民同舟共济、一起抗灾的外商。有位外商叫高尔文，是美国籍爱尔兰人，他的妻子安娜曾在1991年3月间突发重病，生命垂危，高尔文已请了天主教神父为安娜做了“临终”祈祷。刘济民到医院探望后，要求市卫生局和医院“不惜一切代价尽全力抢救”！“只要有一点点希望，就不要放弃”！经过几天夜以继日的抢救，几乎是在毫无希望的情况下，硬是从死亡线上挽救了安娜的生命。刘济民在抗灾中去看望高尔文时，高尔文一再感谢无锡人从死神那里救了安娜的命，他深有感触地说：“你们是人道主义精神。”刘济民说：“我们是革命的人道主义。一般的人道主义救不了你的安娜。为了救安娜，我们的医护人员那样的全力以赴，千方百计，精心救治，精心护理，是革命的人道主义救了你的安娜。”高尔文发自内心地感谢这位有再造之恩的市委书记，加深了对中国人民的感情。这些都有效地提高了无锡的对外形象。1999年，高尔文又来中国，还专程到上海看望刘济民。

在对外开放问题上，刘济民不但注意总结自己的经验，还特别重视借鉴外地的经验，学“真经”，找差距。

20世纪90年代初，苏州的外向型经济发展较快，水平也较高，引起了刘济民的关注。他曾两次派出市里的领导同志到苏州市，重点学习独具特色的昆山开发区经验。他亲自听取赴昆山学习的领导同志汇报。让他非常遗憾的是，所汇报的内容都是一份基本相同的印刷材料。80年代后期曾在苏州做过领导工作、对昆山比较了解的刘济民，觉得很有必要再赴昆山，一定要学到“真经”。他亲自出马，带了一个精干的小班子，专程到昆山“取经”。当时任昆山市委书记的李全林同志，是刘济民在苏州工作时的熟人。他对全林同志说：我这次是专程来昆山取经的，这至少是无锡的领导第三次到昆山来学习了，我们是真心实意来学习的。非常可惜，前两次你们都是送了一份内容相同的“情况介绍”，把他们打发走了，他们没有把你们的真经带回去。这次我自己来了。“事不过三”，如果这一次还是取不到“真经”，说明我们心不诚，不是你们的问题。刘济民特别诚恳地对全林书记说：我好歹在苏州做过领导，也算老领导了。你今天要给我们讲“真经”，不能有任何“保留”。全林同志你也不要念那个念过无数次的稿子了。你不看稿子，给我们讲半个小时。李全林书记即席讲了三四十分钟，非常精彩。刘济民很感动，受到极大震撼，“真是心诚则灵啊！”他说，无锡这几年外向型经济的发展，应该说还是可以的，我们也有自己的经验，有自己的典型。但是，同苏州比，特别是同昆山比，我们的外向型经济的发展速度和发展水平都落后了。我们还停留在小打小闹、来者不拒、缺乏选择的阶段，还停留在建“标准厂房”、低水平重复的阶段，还拘守于外商投资不可高于百分之四十九的阶段，还停留在对外商独资企业疑虑较多的阶段，这充其量也还是外向型经济的初始阶段。“山中方一日，世上几千年”。这次到昆山来学习是大开眼界了。刘济民带领无锡的同志实地看了昆山的几个外资企业。他联系无锡的实际情况，把昆山开发区发展外向型经济的“真经”概括为“三为主、一鼓励”，即：高新技术为主，大中型企业为主，外资为主；鼓励发展独资企业。从昆山回来后，他结合无锡的实际情况提出了“高起点、跨越式、外向型”的指导方针，他说：“好比高速公路上跑车，我们不能总是跟在人家后面跑，要捕捉机会，要敢于超越、敢于突破。”他在无锡几次大会上，大讲特讲昆山开发区发展外向型经济的“三为主、一鼓励”的经验，大讲特讲无锡市委、市政府关于在更高起点、更高水平上推动发展外向型经济的具体措施。这些，都强有力地促进了无锡市城乡外向型经济的发展。

刘济民对城市的建设和改造特别谨慎。他认为，城市建设是百年大计，甚至是千年大计，稍有不慎，将祸及长远，是几代人难以挽回的。就在一些地方建大广场、修大马路、盖大高楼之风盛行的时候，他考察和反复研究了新加坡城市建设的经验，请曾任新加坡城市建设局局长的刘太格做无锡城市建设的顾问。他认为，作为共产党的领导干部，必须把为人民办实事放在第一位，不可以为了个人的所谓“政绩”，为了个人名利，办那种急功近利、劳民伤财、害民扰民的所谓“事业”。在他任市委书记的几年中，无锡在原来的基础上，把优先解决群众危困住房和解决城市基础设施建设作为重点，深得人心。由于当时财力、规划、时间等诸多因素的制约，在他主政的那几年，无锡没有展开大规模的城市拆建和改造，现在看来，这也是一种贡献，至少没有造成更大的损失浪费。刘济民深有感触地对我们说：“我的能力、知识有很大的局限。当时，无锡的财力不足，城市和农村的长远规划还没有到位。我年岁大了，快退休了，时间也不允许。这种在更高水平上、更富有远见、更大规模地建设现代化城市和乡村的大事，还是留给后人去解决为好。相信后人比我聪明。近几年几位年纪更轻的市委书记的工作实践证明，他们比我的水平高、能力强、本事大，他们各方面的工作都比我做得好。”他还说：“到了无锡，已经年过半百，只觉得人生苦短，别无所求，不可能升官，也不会发财，绝不动什么歪脑筋，只想在有限的几年当中尽可能为无锡人民多做点实际事。”多少年后的今天，无锡人回忆起80年代后期到90年代初期的许多往事，依然感念这位不务虚名、专做实事的书记。

“湖山信是东南美”。刘济民在无锡工作了五年。这是他指点江山、尽情挥洒的五年，也是他最为舒心、最为充实的五年。刘济民深深热爱着这片土地。这片土地和它的人民，也深深地敬仰着这位书记，敬仰他的才干，更敬仰他的为人。1990年，他全家从北京迁居无锡；以后他调北京工作，也没有搬家；退休后又回无锡养老。他说："无锡是个好地方。地灵人杰，显瑞呈祥，得山水之灵气，集天地之精华。说不定我也沾了点太湖的灵气，在无锡工作的那几年，好像脑子也不怎么太笨了。脑子太笨，就很难做那个书记。我非常怀念在无锡工作的那几年。那感觉是全神贯注，全力以赴，那种经历是百科大全，是五味杂陈。那是真正的如鱼得水，那是可以让人反复回味的一段刻骨铭心的经历。"

二、临事大智，临阵大勇

一个人的领导才干，不是从天上掉下来的，不是天生就有的。才干来自实践，更来自对实践的总结，来自孜孜不懈的思考。才和智，从来不能离开须臾。特别是在处理突发事件中，在重大的历史关头，从容不迫，临机立断，既要稳定大局，又要兼顾人民群众的切身利益，这不仅需要勇气，需要才干，更需要智慧，需要真情实感。

1978年，一些地方的上山下乡知识青年掀起了声势浩大的回城风潮。从20世纪50年代到70年代，全国几千万城市知识青年到生产建设兵团，到国营农场，到广大农村，参加农业生产，建设边疆，保卫边疆，经受锻炼。到70年代末、80年代初，由于形势的变化，大批知识青年陆续从农村返回城市。黑龙江、新疆、内蒙古和广东、云南等生产建设兵团，由于是准军事化组织，单个人不可能随意返城，于是大批知青有组织地集体上访，要求返城，一时间成为风潮。1979年3月，新疆生产建设兵团以阿克苏地区为主组成的"上海青年联合委员会"（"上青联"）赴北京上访团，共四十七人，赴京上访，要求回上海。当时国务院归口管理生产建设兵团和国营农场工作的部门是国家农垦总局。作为国家农垦总局副局长的刘济民，负责接待这个上访团，对他们的住宿、伙食等做了妥善安排。刘济民和几位接待人员夜以继日地、耐心细致地、面对面地做思想教育工作，僵持四十多天，工作做得很艰苦，但成效甚微。上访团明确提出：不解决问题，不回新疆！他们还要求中央派人到新疆调查研究，就地解决问题。同时，从新疆传来消息，那里的几十万上海知青情绪极不稳定，大部分团场已经停产、瘫痪。

问题并不是同意或不同意返城这么简单。那时我们国家刚刚开始改革开放，经济形势依然严峻，城市接纳能力和就业岗位非常有限。很多知青已经在当地成家，知青返城还伴随着配偶和子女问题。总之，千头万绪，非常复杂，稍有不慎，很可能酿成大乱。许多知青仅仅从自己的愿望出发，考虑不到这么多，使事情变得更为棘手。

刘济民考虑到，这么多上访人员长期滞留北京，随时都有发生不测事件的可能，他主动向总局党组提出派调查组到新疆，既可说服上访团回新疆，又可深入基层，了解真实情况，广泛听取意见，提出决策建议，向国务院报告。经总局请示国务院王任重副总理同意，决定由刘济民带领调查组急赴新疆，调查了解实际情况。

四十岁就任国家农垦总局副局长的刘济民，这一年四十一岁。

新疆垦区的情况远比在北京了解的严重和复杂。就在调查组到达新疆的同时，策动返城最早、活动也最积极频繁的阿克苏垦区，上海知青已经占据了地区农垦局的办公楼。他们对调查组不信任，向调查组施压，四处活动，甚至准备动员老人和小孩儿数千人，向调查组跪求。初到乌鲁木齐的调查组，就感觉到了气氛的凝重。

在和新疆维吾尔自治区党委、新疆农垦总局（当时新疆兵团已改为农垦总局）的领导沟通后，调查组在南疆开了三天座谈会。鉴于问题的严重性和急迫性，刘济民决定，必须尽快赴问题最突出的阿克苏地区，防止进一步的过激行动发生。

调查组兵分两路，分别前往阿克苏地区问题最严重的两个团。刘济民带领两位青年同志去14团。6月27日黄昏时分，他们一行到了14团团部。团长和政委非常担心调查组的安全，建议在团部开几个座谈会，就结束调查。刘济民没有同意，他说：如果不直接了解上海知青的工作生活情况，不能直接做思想工作，在目前情况下，有可能出大乱子。他不容分说，决定直接到已经瘫痪的11连。

当天晚上，住在团部接待所。半夜时分，熟睡中的刘济民突然被惊醒了，大街上人声嘈杂，一片来来往往的脚步声。原来，调查组到达的消息已经走漏，“上青联”组织的大批知青已兵临城下。刘济民正想出去，团长和政委急忙赶来，劝说刘济民不要出去，外面很危险，说不定这些人会绑架你，问题就大了。刘济民冷静地说：“他们是冲我来的，我不出去，他们不会走。他们本来对你们几位团领导就有气，你们出去讲什么，他们不会听。僵持下去，更危险。”他不顾劝阻就开门走了出去。

刚出门，突然断电了，院子里一片漆黑。刘济民不信邪，毫不畏惧，在黑暗中说道：“我叫刘济民，是国务院王任重副总理派我来的，也是你们上青联的头头请来的。”

院子里响起了一片起哄声。几只手电照向刘济民的脸上、身上。

刘济民非常诚恳地对青年们说：“我们来，就是要听取你们的意见，了解你们的真实情况，回去向国务院汇报。你们要解决问题，就要为调查组提供良好的工作条件。这样乱糟糟的，我们怎么工作？”

也许是这些人根本没有想到刘济民会挺身而出，也许被刘济民的气势震慑，也许是听进了他讲的道理，这些人在刘济民一段讲话之后，安静下来了。

第二天早晨又出现了新情况。刘济民发现招待所的大门有人把守，招待所院子里比晚上的人还多。代步的吉普车机箱盖上，坐着两个小伙子，车头前面的地上，还坐着几个人，看来是不让调查组动步了。大门把守很严，他们自己的人可以进出。这显然是精心组织的。

团长和政委更紧张，反复劝说刘济民留在团部，不要下连队了，下连队会更危险。刘济民知道，“上青联”就是不让他和广大知青直接见面，要把他困在团部，逼迫他答应要求。刘济民依然坚持要按计划到11连，直接同更多的知青见面。他请团长另外准备一部车，在远离招待所的地方等候，找一个可靠的知青掩护、带路，想办法走出大门。他告诉团长、政委，不必跟他一起走，调查组另外两位同志也不要去，人多目标大，很难走出去。

正巧，调查组两位年轻的同志在院子里同几位知青展开了激烈的辩论，吸引了许多知青。就趁这么一个短暂的机会，刘济民和掩护他的知青巧妙地出了大门，坐上团长准备好的吉普车，顺小路开往11连。

开始很顺利。车子走了一段路，突然发现前面有十几个人拦住去路。原来，“上青联”的头头得报刘济民不在招待所，马上电话通知各连队的知青四处拦截（当时从兵团到各连队的电话话务员全都是上海知青）。终于有一支小分队在途中发现了他们。

知青们围住了吉普车。走是走不了了，又不能硬闯，刘济民下了车。

经过一番巧妙周旋，这些青年同意随刘济民一同去11连。他们簇拥着刘济民向11连走去。走不多远，一条宽阔的灌渠拦在面前。走在最前面的知青开始脱鞋，要蹚过水渠。刘济民也要脱鞋，有人说：“不能让首长蹚水。”说着，他们把刘济民高高地举起来，一排人接力式地把他传过了对岸。这条渠，现在就叫“济民渠”。

到了11连，林本虎指导员把刘济民安排在连部停办的托儿所休息。

“上青联”的头头们立即组织大批知青向11连集结。那些知青赶着牛车、马车，开着拖拉机，拉着行李、烧柴、米面，到11连安营扎寨，把刘济民作为人质，向中央施加压力。

当时的11连，集中了一两千知青，笼罩在一种紧张而又惶恐的气氛中，形势相当严峻。

刘济民想到了会不会死。他认为：“如果稍有不慎，一旦局面失控，出现大乱，我和一些青年人的死，很可能是不可避免的。当时确有人给他们出主意要把我整死的。只因头头们认识不一致，他们才没有断然铤而走险。他们对我的绑架、围攻，甚至整死，我从北京出发时就有足够的思想准备。说老实话，我当时并不觉得可怕。真的死了，也是死得其所。那么多知青性命攸关，命运攸关；对于个人安危，我没时间想那么多。现在回想起来，当时想得更多的还是肩负的责任。”他说：“一个人如果死都不怕，那就什么都无所谓了。我很坦然，很镇静。既来之，则安之。晚上，我照样还是老习惯，睡前用凉水洗澡。”

第二天上午，刘济民参加了“上青联”在11连召集的大会。会场上的一千多人怀着各种各样的心情，静静地等待着刘济民讲话。

刘济民讲了第一句话：“你们都要求回上海，我很理解你们。我要是你们，也可能早走了!”

石破天惊!

全场哄的一声炸开了。谁也没有想到他会说出这么一句话。听惯了官腔，听惯了空话，谁会想到中央派来的官员会说出这么一句大实话？有更大的疑惑，也有更大的惊喜，仿佛这一句话，就击中了他们的心头。紧接着，长时间排山倒海般的掌声、欢呼声。

刘济民止住人群的喧哗，说：“先不要鼓掌，我还有话要说。只要符合中央的政策，就可以走。不能闹。无理不能闹，有理也不能闹。你们这样闹下去，不利于问题的解决。”

刚说完这句话，有人起哄。

刘济民接着说：“其实我和你们当中的许多人年龄差不多，我是老农垦，1958年随部队集体转业到北大荒，那里现在也叫兵团。后来我走了，是考大学走的，不是闹着走的。”

刘济民原原本本地讲了中央关于知青上大学、参军、病退、困退等政策，他说：“符合这些条件的，你们回去收拾行李准备走；不符合规定的，有困难和要求，可以向组织反映。我们调查组就是来听你们意见的，回去向国务院汇报。”

知青们被感动了。原来这位北京来的官员和他们一样，也是农垦出身，难怪这么了解他们的情况。很多人当时就对刘济民产生了信任感，觉得他讲的话合情合理。是啊，事情要一步步办啊，哪能说走就走呢？

刘济民宣布，以后每天上午在这里开大会，他自己主持，他有许多话要讲，大家有什么意见和要求，尽管敞开讲。

第一次大会后，又连续开了四次大会，效果都很好。唯有第二次的大会，“上青联”策划了一次刘济民意想不到的“集体跪哭”，这对他又是一次考验和挑战。

二三十名穿着整洁的男孩、女孩齐刷刷地站在队伍的前面，一个漂亮的小姑娘走到刘济民面前，行了一个少先队队礼，拿出一片香烟纸，转身对着大家念道：“尊敬的刘伯伯，您好！我们都是上海知青的子女，我们要回上海，我们要爷爷、要奶奶、要外公、要外婆……”孩子还没念完，哭声就响起了，二十多个孩子一起跪在刘济民面前，女青年们跪倒了，男青年们跪倒了，全场一千多人全都跪倒了，哭声由小到大响成一片，有些人号啕大哭。

刘济民也掉泪了。他同情这些知青的遭遇，但他也很清楚，这又是“上青联”头头们给他施加压力。他上前扶起跪在地上的孩子们，对“上青联”的头头们说：“孩子不懂事，你们不该把孩子们推出来。”

“跪哭”事件让刘济民意识到，虽然一直在同知青直接见面，但整个过程还是被“上青联”牵着走的，自己很被动，必须扭转这种局面，把做工作的主动权掌握在自己手上。于是，他在那几个“保护”他的彪形大汉寸步不离的情况下，每天下午到11连的知青家里，一家一户地走访，推心置腹地交谈，了解真实情况，也让知青有机会了解中央的政策，表达意愿。在大会上，他引领知青们合情合理地思考问题。知青们对他的敌视在减弱，对他的信任在增加。

在这期间，“上青联”头头突然传言：阿克苏地委书记刘裕如，要组织两个连的兵力，进驻11连，强行解救刘济民。

武力解救，是刘济民最不愿意看到的情况。他十分了解，兵团知青都受过军事训练，很多连队有武器库，11连是值班连队，也有武器库。虽然他在进入11连后，就已经安排可靠人员守护武器库，林指导员也已安排人将枪机和枪体分别保管，但如果发生正面冲突，知青们强行打开武器库，也不是不可能的。如果出现那样的局面，就必然会发生流血事件，不知道要死多少人。刘济民认为，一定要避免这种危险局面出现。

他临机立断，当即针锋相对、义正词严地拆穿“上青联”主要头头的阴谋。只见他拍案而起，大声喝道：“你听着，我是你请来的，这里发生的任何大事，你都跑不了，你都要负责！”一直和颜悦色、从不发火的“刘局长”，居然拍桌子了，居然发火了，火气还很大。在场的那几个头头一个劲儿给刘济民说好话，劝他不要发火。刘济民告诉他们，武力解救这样的事情绝对不会发生。他赶忙给14团团长和政委写信（当时不便打电话），告诉他们：公安和武装人员没有他的同意，绝对不可以进入11连，请他们同时报告地委书记刘裕如同志。事后，刘济民得知，地委书记准备派一些公安武装人员进入11连维持秩序。接到刘济民的信后，才没有派人过来。

这个智慧的决定不但避免了流血冲突，而且深深感动了“上青联”的头头和部分怀有敌意的知青。从这件事上，他们没有看到刘济民利用武力对他们威逼、恐吓，仍然孤身一人耐心地同他们交流，不厌其烦地做说服教育工作。他们终于理解到：刘济民完全是怀着真诚来关心他们的，是来帮助他们解决问题的。

就这样，在被围困失去自由的七天七夜里，在一触即发、险象环生的危急关头，他硬是凭着勇气，凭着胆识，尤其是凭着智慧，凭着一种真挚的感情，既正义凛然，坚持原则，孤立了少数人，拆穿了他们的图谋；又善解人意，体贴入微、耐心细致地做宣传教育工作，终于化险为夷，稳定了大局，没有激化矛盾，还了解了和看到了各方面的真实情况，赢得了广大知青的信任，解除了对刘济民的围困。

刘济民要离开11连了。虽然只有七天，虽然这七天还是在失去自由的状态下，但是，他已经和这里的知青，和他们的家属，甚至包括曾经看守他的青年，有了感情。他知道，广大知青是善良的，尽管他们的一些做法有些过激，但他们并没有什么非分的要求，怎么能不同情他们呢？怎么能不尽最大努力帮他们解决问题呢？

围困他的一两千知青陆续撤走了，11连的大人、小孩、老人几乎都出来为他送行了。依依惜别，殷殷相告，刘济民挥泪告别了

11连。

刘济民1979年夏天率队赴新疆的这次调查，历时三个半月之久。回到北京后，他如实汇报了新疆兵团上海青年的情况和他们的要求，实事求是地提出了调查建议。

1980年初，中央组成工作团，再赴新疆阿克苏地区，共商稳定新疆大局、做好上海知识青年工作的大计，刘济民参与了中央工作团的工作。

20世纪80年代初，在党中央、国务院的关怀下，新疆兵团的大批上海青年，按照新疆、上海两区市商定的政策，陆续回到了上海。

刘济民深有感触地对我说："新疆兵团知青问题的妥善解决，最重要的是共产党的崇高威望，中央政策的巨大威力，以及广大知青的通情达理，我个人是微不足道的。闹事不得人心。每个上海知青都想回上海，但绝大多数不赞成闹，上青联的主要头头只是蛮干，一旦中央的政策同广大知青见面，他们就孤立了。我有从中央到地方各级党政领导、兵团各级组织的支持；有当时越来越多的上海知青对我的鼓励和支持；又有毛主席留给我们的'一切从实际出发'的工作法宝；我的个性也不会发急，不会说那些激化矛盾的话、做那些激化矛盾的事。当时，只要不激化矛盾，稳住大局，就不会大乱，就不会有太大的危险，工作就稳妥。当然，原则问题不能让步，该揭露的要揭露，该批评的要批评，否则就很被动，更不利于教育广大青年。正是由于有了上述一切，我们这个调查组做工作的底气很足，我个人才有那么一点胆识，那么一点勇气，那么一点精神，居然急中生智，遇难呈祥。那次突发事件的处置，对我是一次很好的学习，深刻的教育，受益匪浅啊！"

刘济民多次向我详尽地讲述了这段惊心动魄的往事。他说："说老实话，我一直是同情那些青年人的。他们没有什么奢望，他们只希望回上海，即使自己回不去，也希望把孩子的户口转到上海，在上海上学。"他深情地说："这批上海知青，在20世纪60年代初，响应祖国的召唤，挺身而出，奔赴边疆，屯垦戍边。当时他们中最小的只有十五岁、十六岁。他们经历了近二十年的艰苦磨炼，把自己最为宝贵的青春年华贡献给了建设边疆、保卫边疆的事业，他们不愧为一代英雄的青年。以后由于身体、家庭等多方面实际情况的变化，他们提出了回上海的要求，也是在情理之中的。”

“情理之中”四个字，使我很感动。在当时中外瞩目的知青回城风潮中，刘济民表现出的大情、大义、大智、大勇，曾被一些上海知识青年誉为“刘青天”，许多故事在知识青年中传为佳话。当年那些传奇故事，至今还有一些老知青在网络上、在其他媒体上传播着。

收入他写的《秋韵集》的一篇文学纪实《一个惊心动魄的故事》，真实详尽、生动细腻地回顾了当年赴新疆兵团处理上海知青回城问题的往事。

刘济民长期从事农村工作、农垦工作。在他五十多年的革命生涯中，有三十多年是同农村、农业、农垦打交道，是同农村干部、农民，同农场干部、工人打交道。他热爱农村，熟悉农业，关心农民。他也一直关注着国营农场事业的发展。

讲到农村，讲到农场，他都很动情。他认为，我国农村有着世界上人数最多的群体。古往今来，大凡在中国这块土地上发生的那些震撼天地的大事，往往都是先发生在农村。我国农民，曾经是正义战争的脊梁，如今又是改革开放的先锋。他说：“在现阶段，我国农民不仅要实现共同富裕，不仅要建设现代化新农村，还要为城市的建设和发展提供越来越多的劳动力，还要为十三亿人口提供数量最多、质量更好的食品支持，还要为保护和营造我国美好的生态环境做出长期的、艰苦的努力，还要不断地提高自身的文化、科学素质，等等。目前我国广大农民还不富裕，又肩负多重历史使命。我总觉得，我国农民实践市场经济，有自身的特点，有自身的规律。”他特别推崇江苏省江阴市华西村的经验。他认为，华西村的今天，应该是我国农村的明天。吴仁宝同志领导的华西村，是我国农村改革开放的圣地，是当今我国农村的一面旗帜，是我们党带领广大农民建设中国特色社会主义现代化新农村的一盏明灯。他说：

“我国广大农民，应该像华西村那样，在共产党的领导下，组织起来进入广阔的市场，走共同富裕的道路。”

刘济民对我国乡村工业的发展，倾注了极为饱满的感情。他说，我主张像华西村那样，大力发展以社会主义公有制经济为基本特征的乡村工业。从20世纪70年代末，到本世纪初，刘济民对我国的乡村工业关注了二十多年，研究了二十多年，讲了二十多年。在苏州，在无锡，在南京，在成都，在中央党校，在中国人民大学新闻学院，在一些全国性的会议上，他曾经满怀激情地多次发表关于乡村工业问题的演讲。1995年他在中央党校学习时，写了题为《农民的创举——关于促进我国乡镇工业发展壮大的几个问题》的论文。这篇全面总结乡村工业发展的万余字的文章，经党中央、国务院多位领导同志批示，经中宣部领导推荐，于1995年9月7日在《人民日报》全文发表。

回顾几十年的从政历程，刘济民无限感慨。他说：“实践是检验真理的唯一标准，没错。许多真理是要经过长期的实践检验的。长期的实践就是历史。这样的历史性的实践，可能是几年、十几年，也可能是几十年、几百年。有些乡村工业可以民营，可以私营，为什么不可以实行公有制（包括股份合作制）为主体的经营呢？我主张在我国农村推广华西村股份合作制的经验。”

刘济民讲到华西村，讲到吴仁宝，总是特别动情。他说：“我信仰共产主义，将来的共产主义究竟什么样，我也说不清楚。我只是从华西村的现状，似乎看到了那喷薄欲出的共产主义的曙光。如果我国农村的六十多万个行政村中有几十个、几百个、几千几万个像华西村那样一年比一年好的乡村，如果我国农村有一大批像吴仁宝老书记那样的带头人，有一大批像华西村党委那样坚强有力的真正共产党的基层组织，有一大批像华西村那样拥有雄厚经济实力的乡村，我国农村，甚至全国，将是什么样的景象呢？究竟怎么样？还是让实践去检验吧，让历史去检验吧！”

讲到实践检验，刘济民曾多次向我讲述他1996年夏天率国务院调查组赴黑龙江省调查农垦体制问题的往事。

当时，刘济民在国务院机关工作。他从机关干部的闲谈中和北大荒战友的反映中了解到，黑龙江省准备把现有省属大型国营农场下放到县管，先试点，再全面推开。他预感到事关重大，立即向国务院领导同志报告，建议尽快派出调查组赴黑龙江省调查。

这件事引起了李鹏总理的重视，很快召开总理办公会研究，决定由时任国务院副秘书长的刘济民带队，有关部门的领导同志参加，组成国务院调查组，急赴黑龙江，调查农垦和森工企业的管理体制问题。

这又是一件难办的事。由于认识不一致，问题的解决也就更为复杂。刘济民说："黑龙江省的农垦体制问题，事关黑龙江省经济和社会发展的大局，甚至会影响到全国几个大垦区的兴衰存亡，影响到全国大宗商品粮的稳定供给，还会影响到社会的稳定。如果决策失误，将造成巨大损失。"

为了更好地完成调查任务，刘济民从开始就很冷静，很谨慎。他给调查组的成员约法几章：谢绝宴请、陪餐，不收以任何名义送的土特产等礼品、纪念品，不接受任何名义安排的参观、游览，不参加任何娱乐活动。他非常严肃地、反复地对调查组的同志们讲：切不可因小失大，切不可自找麻烦，切不可有丝毫的"变通"。这几条纪律的明确和毫不含糊的严格执行，确保了调查组堂堂正正、清清白白、实事求是、无可挑剔地完成了调查任务。

这次调查历时两周，遇到的干扰和阻力很多，甚至防不胜防。

刘济民和调查组的全体同志，排除干扰，冲开阻力，不辱使命，谨慎应对。他们夜以继日地工作，调查研究，走访老农垦、老领导、老职工，走访各方面的代表人物，召开各种类型的座谈会，充分听取地方和农垦多方面的意见。调查组实事求是地向国务院提交了调查报告，提出了稳定大局、坚持现行省管为主的体制只能加强、不能削弱的建议。国务院采纳了调查组的建议。1998年，国务院批准组成黑龙江北大荒农垦集团，列入全国一百二十家大型企业集团，参与企业改革试点。黑龙江省的大型国营农场，在新形势下迎来了在更高水平上大发展的机遇。

刘济民满怀深情地对我诉说，几十年来，北大荒人创造了奇迹，创造了丰功伟绩。特别是改革开放三十年来，黑龙江省属各国营农场坚持改革开放，坚持科学发展，生产建设、职工生活和各项社会事业，都发生了非常明显的变化。如今的北大荒，到处都是一派欣欣向荣的景象。那里已初步建成现代化、机械化的国营农场群，初步建成了国家最大的商品粮基地、最为可靠的商品粮储备基地、最有特色的大型无公害食品生产基地。北大荒已经建设成了名副其实的北大仓。2009年，黑龙江垦区的国民生产总值达535亿元，比上年增18%；大灾之年夺得了粮食生产的特大丰收，粮食总产325亿斤，其中商品粮300亿斤，商品率达92%。刘济民非常激动地说："北大荒人每生产10斤粮食，其中有9.2斤是贡献给国家、贡献给社会的。这种贡献是稳定的、可靠的，是逐年增长的。只要人们还靠吃粮食和靠粮食所转化的肉、奶、蛋、禽、鱼等食品生活、生存，我看，北大荒人的这种贡献，就是非常重要的，其重要地位是不可动摇的。"

刘济民有一段奇特的经历，就是"三进三出"北大荒。他在1958年初随部队集体转业到北大荒，参加了创建国营农场、开发建设北大荒的事业。1960年考取中国人民大学，离开了北大荒。1975年他任农林部农垦局副局长不久，带领学大寨工作组到黑龙江生产建设兵团三师21团（原八五三农场）工作一年多，1976年9月回到北京。1980年至1982年，他又到八五三农场带职任党委副书记、副场长两年。"三进三出"北大荒，前后在那里劳动、工作、学习五六年，黑龙江省国营农场几次大的体制变动，他都亲身经历了。他说："50年代刮共产风的时候，曾经实行局（农垦局）县合并，办共产主义大公社，使农场的生产力遭到极大的破坏，以后又恢复，损失惨重。现在属黑龙江省管的这些国营农场，都是大型机械化现代化农业企业，体量大，贡献大，举足轻重，非同一般。国家手上能掌握和调动几百亿斤商品粮，对于抗灾救灾、应对突发事件、稳定社会大局，惠及广大人民群众，都是非常重要、无可替代的。这些大型国营农场的战略地位是不可动摇的。实践早已证明，把这些大农场下放到县管是失败的；如果放下去，必将导致又一次的生产力大破坏，必将造成多方面的巨大损失。那不是改革，那是倒退。经过1996年那次调查，国务院决定对黑龙江省属国营农场坚持现行的中央和省双重领导、以省管为主的体制，稳定了黑龙江农垦的大局，有力地促进了省属各农场又好又快地发展，对全国农垦也产生了积极的影响。黑龙江垦区正在为我国建设现代化大农业，建设社会主义现代化新农村，做出新的示范。实践已经证明，必将继续证明，国务院的这个决策是完全正确的。”

听说对黑龙江农垦的体制问题，至今仍有不同认识，刘济民说：“还是让实践去检验吧，让历史去检验吧。千万不能再重复历史上的错误了，不能再折腾了！”

三、清廉自矢　竹报平安

1979年，在从乌鲁木齐到阿克苏垦区之前，刘济民对随行人员说，我们这次下去要有点牺牲精神，要有不怕死的精神。为了防止意外，刘济民让调查组的同志，把随身携带的零用钱和多余的衣物等，都放在乌鲁木齐的延安宾馆，他自己把手表也留下了。这只1955年在部队实行薪金制后买的小英纳格手表，在当时是他唯一的贵重财物。

2006年，国家调整公务员工资，他的月工资有了大幅度的增加，他很知足。他说：“一个月有几千元的工资，再加上老伴的退休金，足够用了，相当宽裕了，数都不会数了。”

从他的一言一语的交谈中，我强烈感受到他对共产党极为深厚的感情，感受到他那种普通人的平常心态。

这位有着五十年党龄的老党员，满怀深情地说：“回顾我这几十年走过的历程，我的一切都是人民给的，都是共产党给的。我的知识、学历、职位，都是在共产党培养教育下才有的，我用的车子、房子、俸禄等等，也都是人民的。我离家参军时，身体瘦小而又软弱，是个满身稚气的孩子，什么都不懂。穿上军装后，我就把从家里带来的衣、被、鞋、袜等，全都捎回给父母了，真正是赤条条一无所有。我是穷人家的孩子，吃着喝着人民的供给，在共产党、人民解放军这个大学校的抚育下，一天一天地长大成人。没有共产党就没有我的一切，我的一切都属于人民。”

“我早就知足了。”刘济民说，“我这个人没有太多的长处，有一个长处，就叫知足。”他，因为知足而常乐；因为知足而感恩；因为知足而没有什么物质奢望；因为知足，几十年如一日，一直在努力工作；因为知足，总是严以律己，宽以待人；因为知足，习惯于过那种简单、朴素的生活。

受国务院委派，刘济民从1998年4月到2003年3月，曾先后在东方航空集团等五个国有大型企业任稽察特派员、监事会主席。在中国华源集团任监事会主席期间，曾先后在上海衡山宾馆住了三四个月。按照国务院规定，监事会成员外出工作期间，按出差待遇，可以住普通宾馆、招待所，当时每人每天伙食费五十元。一日三餐五十元，在上海这样的富裕地区，而且是在经营性的宾馆就餐，伙食费标准明显偏低了。衡山宾馆的惯例，包伙一天八十元，宾馆问他们怎么办，刘济民说，就按五十元安排，多素少肉，不吃海鲜，谢绝酒水。就这样，五个人四个菜一个汤，勉强够吃。每餐吃到最后，望着餐桌上仅剩的一点点菜，大家总是你推我让。刘济民一点也不觉得寒酸，不觉得没面子，而且很知足。他说：“天天有白米饭吃，天天有新鲜蔬菜吃，总还有点鱼、肉下饭，偶尔还可以喝点自备的老酒，不说‘长征’啊、过去怎么艰苦啊这些老话，就是和现在贫困地区老百姓比，这样的伙食也是天天过年了。”

不只在一件事上这样。在任中国东方航空集团公司稽察特派员期间，1999年初，刘济民和老伴从上海乘东航的飞机去外地，东航总裁李仲明听说了这件事，一定要请他们夫妇吃晚饭。刘济民一再谢绝，李仲明一定要请。刘济民很为难，最后想出了一个办法，他和老伴先在机场附近吃了便饭，然后打电话给东航办公室，说已经吃过晚饭，感谢李总的盛情。事后据东航同志讲，李总是诚心实意敬重这位老领导，那天一直等到很晚，没想到刘济民还是拒绝了，感到很不可理解，甚至产生了误解。刘济民说：那就只好请李总谅解，以后再当面表示歉意吧。

有时企业会送一些纪念品和土特产品，收了，也不能说是违纪。刘济民坚决不收。1998年他刚到东航时，正值东航十周年庆典，准备了一些纪念品，包括画册、资料和一枚金属纪念币。稽察特派员办事处主任单建生请示怎么办，刘济民召集办事处的同志开会研究。大家认为，这些纪念品就是收了也算不上什么问题；不收，向企业做个解释，也可以理解。他们请刘济民决定。刘济民说：只收画册和资料，纪念币退回去。大家一致同意。到扬州调查时，当地的同志送了一些扬州酱菜，推辞不掉，刘济民说："带回上海，交给东航的食堂处理吧。"

伙食差点，有没有办法改善？有没有变通的办法？当然有，办法多得很。刘济民不动这个歪脑筋，不想这个"俏"办法。中央对稽察特派员、监事会这支队伍有特殊的、非常严格的纪律要求，有"六要六不"行为规范，其中就有不得接受企业的招待、宴请，不得接收企业送的礼品，不得接受企业任何名义的补贴，等等。刘济民说："我和我所领导的办事处的每个同志都严守纪律、勤奋工作。我总觉得不可因小失大。宁可失之过严，不可失之过宽。现在可以问心无愧地说，我们不仅是这样说的，也是这样做的。大家做得比说得更好。"他认为，吃喝不是小事，"吃喝细事且莫等闲看！"这是事关党和政府的威信，事关稽察特派员、监事会形象的大局、大格。

监事会完成使命，回北京之前，华源集团赠送给他一幅墨竹画，画上写着十个小字："但留清白在，日日报平安"。刘济民破例收下了。他认为，那幅墨竹画，那十个字，是对国务院派出的稽察特派员、监事会的工作给予的最高评价、最高奖赏，也是对他自己的鞭策和鼓励。这幅画，一直挂在他家的客厅里。

刘济民特别怀念担任稽察特派员、监事会主席的那五年。他说："那五年的工作、生活很充实，心情特别舒畅。那五年的工作，非常痛快。没有宴请，没有招待，没有前呼后拥的闹猛，没有喋喋不休的恭维，没有毫无实效的繁文缛节，没有任何场面上的寒暄、应酬。大家专心致志地、精力高度集中地工作，还可以挤出一些时间读书、学习。其实，生活算不上艰苦，朴素是实实在在的。肩负的重任，严明的纪律，紧张有序的工作，清静、淡泊的生活，充满活力的民主气氛，团结和谐的友爱集体，坦诚、奉公的工作关系，超脱灵动的工作方法，等等，这就足够了。这又是很值得反复回味的五年。”

“容易满足”，刘济民从政为官几十年都是如此。

这样的品质，首先是源于家庭的熏陶。

刘济民出生在一个手工业工人家庭。父母一生勤劳，从不仰人鼻息，从不幻想意外之财，从不想任何邪门歪道。在这样的家庭影响下，使刘济民从小就容易满足，不做非分之想，也不会用大话空话装饰自己，而更多的，是想到自己对别人、对事业应尽的责任。

1951年，刚刚小学毕业，他就参加了人民解放军。那一年，他还不满十三周岁。在连队的一次忆苦思甜会上，战士们都控诉旧社会受压迫、受剥削之苦，大讲为革命事业、为共产主义理想而奋斗的豪情壮志，刘济民却说：“我来当兵是因为家里穷，上不起学；到了部队觉得比家里好。”惹得大家哄堂大笑，指导员还严厉地批评了他。其实他说的是实话。

他从小就容易满足。当父母亲先后来到部队找他，要他回家时，他坚决不走。他觉得部队有肉吃，有大米白面吃，衣服、鞋袜、毛巾、牙刷、牙膏什么都发，还有零花钱，战友如兄弟，领导和蔼可亲，很好，不想家。

庄子曰：“质朴之谓素。”孔子说：“素而后绘。”本性质朴，不加修饰也是很好的。要紧的是，这个本性的质朴，能不能随着环境和地位的变化，完整地保留下来。有多少人出身也贫寒，等到环境、地位一变化，就丢掉质朴的本性，完全变了一个人。同样的贫寒，可以催生知足常乐，也可以催生贪得无厌啊！

刘济民这种容易满足的品德，一是来自本性天成，二是来自党性养成。他从小接受的是为人民服务的教育，为了人民的事业，可以牺牲自己的一切，直至生命，早已抱定这样的宗旨，他在共产党这个队伍里修炼几十年了，成为一种信仰。他说：“一个秉性，一个党性，长在骨脉里了，改不了啦。‘任你红尘滚滚，我自清风朗月’。”

老伴彭翠萍，是刘济民大学同系同届同学，人大毕业后分配到新华社解放军总分社工作，多年做军事记者。老彭勤奋好学，有非常好的古典文学基础。她正直，勤劳，清廉，好善，肝胆照人，疾恶如仇，一身正气。刘济民说：“老彭对我最大的影响，一是爱读书，成为一种习惯；二是清清白白做人，成为一种本性。老彭是我们家里的纪检书记，她绝对不想任何邪门歪道，绝对不会给家里添麻烦添乱，绝对不会帮倒忙，绝对不做任何违规违纪违法的事，可以一百个放心。”

许多人喜欢忆苦。许多人因为过去苦而拼命地想抓住今天的甜，追求更多的甜，结果贪欲就膨胀了。刘济民也“忆苦”。北大荒的苦不是一般的苦，是奇苦。但是他认为，北大荒留给他最为深刻的并不是苦境的回忆，而是一种比金子还宝贵的精神财富。正是在北大荒，磨炼了他的筋骨，考验了他的青春，绽开了他清晰的理想：刻苦自学，上大学。——而这个理想，正是北大荒给了他实现的土壤。

十八岁前，他没有想过一个小学毕业生会考上大学，但他考上了。上大学时他只想毕业后当个记者，最好是军事记者，当个农业记者也好，没有想过当官，结果他当了官，三十七岁担任农林部农垦局第一副局长。将近五十岁时，他执意要到基层工作，在改革开放的前沿，做一点实实在在的事，他对官位看得很淡、很淡，结果他当了无锡市委书记。他没想到要离开无锡，全家人从北京搬到无锡，定居无锡，结果中央又调他回北京，担任国务院副秘书长。——回忆这所有的经历，刘济民总是感慨地说：“我多年做领导工作，总觉得一直是小材大用。没有太多的激动，从来没有沾沾自喜，想得最多的是一种责任。”

人们经常说“清廉”。清廉是对官员基本的、普通的道德要求。“清”和“廉”其实是不同的。不贪婪、不追求法定以外的利益，就可以说是“廉”了。“清”则是正直、至公、明理。没有“廉”，很难无畏地做到“清”；没有“清”，很难自觉地做到“廉”。明代著名的抗倭英雄戚继光就说过：“唯有知止知足，以淡薄节俭为务则无欲，无欲则心清神爽，智虑生焉。”“知止知足”，“无欲则刚”，“心清神爽”，不必费心去猜哪个人的心思，看哪个人的脸色，听哪个人的话音，抱哪个人的粗腿，不必仰人鼻息、钻营奔竞。这些，刘济民都做到了。

熟悉刘济民的人们都知道，他的敢讲真话，是出了名的。

于是就有好心的领导奉劝他：“济民同志呀！你要注意哩！送你两句话：说假话早晚要倒霉，说真话是立马要倒霉呀！”

刘济民哈哈大笑，觉得这两句话不能不说是对当今社会一些畸形现象的精彩概括。这也是多少人的血和泪的总结。但是他不改初衷。对他来说，讲真话是一种天性，也是一种觉悟。有时，在有些可能得罪人的问题上，他本来想好不发言的，到时候还是忍不住讲实话。得罪人也认了，甚至得罪人会产生什么不利后果，也想到了，但是他从不后悔。他说，只有这样，“才觉得痛快，心情舒畅，心里踏实，心地坦然，才不会受到良心的谴责，睡觉也睡得踏实。”

说真话，办实事，不跟风，不做老好人。他就任全国政协文史委副主任期间，全国政协机关曾酝酿撤销文史委，甚至连撤销的日程都安排好了，文史委办公室的干部开始往外调了。他听说这个消息，大为震惊。政协文史委是1959年在当时的全国政协主席周恩来亲自倡导和关心下成立的。几十年来，许多重大事件的亲历者，用他们的“亲历、亲见、亲闻”，写下了大量宝贵的史料，开创了我国口述史的先河，对总结历史、警醒后人，有重大意义。成立文史委，是一代伟人的创见，是高瞻远瞩的长远决策。刘济民多次用

“无可替代、独树一帜、功德无量”十二个字，概括政协文史委征集、整理、出版大量口述文史资料的作用。如今，这个历史任务远远没有完成，不断发生的新的历史事件，仍然需要通过“三亲”，尽可能地保存历史足迹，怎么能撤销文史委呢？他明确表示：“如果撤销政协文史委，将是历史性的大错误。”他找到有关同志，交换意见，沟通想法。他向全国政协有关领导同志反映意见，提出希望。在刘济民和其他同志的努力下，政协文史委保留下来了，还被赋予了新的历史使命，改名为“全国政协文史和学习委员会”。

他说：“人为万物所累，‘减除得物累，便入圣境’，我没有那么高的境界，但可以毫不夸张地说，在名利、钱财面前做到‘铁板一块，刀枪不入’，我看是经得起历史的检验的。我不必挖空心思地去找后台，靠权贵，傍大款；我用不着低三下四地去陪吃、陪喝、赔笑脸，送钱、送物、送什么；我也用不着卑躬屈膝，曲意奉迎，整天价去琢磨什么人的脸色、眼色、颜色等等；我当然也就用不着战战兢兢地听从什么人的差遣、吆喝，成为什么人的附庸！总之，我用不着去媚俗，也不会。就凭这些个，我吃得香，睡得实，活得愉快。”他笑着对我说：“正因为我没有那么多包袱，我活得就没那么累，甚至可以说活得很轻松，很清闲。”

是的，几十年来，刘济民在政坛上，任风云变幻，“用舍由时，行藏在我，袖手何妨闲处看”，以一个“闲”字，看淡了上下高低，看淡了富贵贫贱，看淡了荣辱得失，“江南与塞北，何处不堪行”？在他自己的人生中，不在意是否利少害多，不在意是否得少失多，他都从容应对，闲雅淡定。这一切，都是因为他既清且廉，“我节君袍雪样明，俯仰都无愧色”！

四、博观约取　学有缉熙

刘济民于1993年7月从无锡调国务院任副秘书长。他调北京后，老伴和孩子仍留在无锡。经领导特许，他一个人在中南海的办公室住了五年。

刘济民和其他几位副秘书长，当时在中南海西北角一个叫“老会议厅”的院子里办公。这个“老会议厅”是个古香古色的大四合院，自成格局，清静雅致，院落中间一片青草地，春天有海棠花开，十分怡人。

这里不仅是他的办公室，也是他的家。

当黎明的曙光刚刚透过窗户，刘济民就起床了。就在老会议厅的院子当中，或漫步到太液池边，演一路他三十多年从不间断的太极拳和太极剑。掌心微微发热，额头渗出细细的汗珠时，他收住拳剑，深深地呼吸着那清新的空气，然后回到办公室，开始他上班前的另一项从不间断的功课：读书、练字、抄《全宋词》。这就是他的每一个早晨。

运动和读书，是伴随刘济民终生的两大爱好。

从当小兵那时候起，他就喜爱运动。这很大程度上得自于家传，得自于武功颇为精湛的父亲的亲授。如果父亲不是有一副强壮的身体（父亲寿至九十一岁），不是因为有一身武艺、一身胆气，敢于带领全家另寻活路，全家的命运，包括他自己的命运，都在未知之数。刘济民早就明白了这层道理：有个好身体是一切的基础。几十年来，他运动不息。青壮年以前，他长跑二十多年；太极拳和太极剑，前前后后已伴随他四十多年；近年又喜爱爬山。这些良好的习惯，使他有了一副好身体，即使在古稀之年，依然肩平背直，步履轻快，甚至几十年没有生过病。

如果说运动在他是一种爱好，那么，读书就可以说是嗜好了。如果说运动是他天生的爱好，读书就是他的一种自觉的嗜好了。

由于贫穷和战乱，他的小学六年，是在三地四校读完的。从十三岁当兵，一直到十八岁，那五年中间，他完全处在少年不识愁滋味的快乐中，每天乐呵呵，无忧无虑，也没有想到读书、上学。直到十八岁的某一天，这位刚刚晋升少尉的青年军官，接到了一位小学同学的来信，对他此后的一生，产生了不可逆转的影响。那位小学同学告诉他：他考上了大学。当时刘济民并没有多想，只是产生了一个简单的想法：我为什么不能考上大学呢？就是这么一个简单的想法，驱使他立刻就行动起来。他向那位已上大学的小学同学借来初中、高中的课本，开始孜孜不倦地自学。有时人生很难逆料，不知怎样一粒小小的种子被风吹来，落在潮湿的土壤里，就开始发芽，生长，成长为参天大树。我们总是习惯于感叹那千年的巨木如此高大挺拔，却很少想到它原来也是一粒小小的种子。人生中那粒小小的种子，就是理想。对于刘济民，那位小学同学的信，就是一阵轻风。

四川璧山县城的夏夜潮湿闷热。部队战友们不是三五成群地打牌，就是聚在稍稍凉爽的地方"摆龙门阵"。刘济民的业余时间却把自己关在他一个人办公的档案室里，补自己从没有读过的中学课程。他当了几年的个人档案管理员，业务熟，摸黑都能把某个人的档案抓出来。可是他发现，自学中学课本，比摸黑抓档案难多了，尤其是数理化，没有学过是很难入门的。部队机关的许多同志都比他文化水平高，这些战友都是他的老师，他不耻下问，虚心求教，一点一滴地积累着自己的知识。

在部队当兵，读书的条件还相对好一点。1958年，他所在的部队集体转业到北大荒，他从一名军官变成了一名垦荒战士，读书的条件非常恶劣了。就是在那样恶劣的环境里，他依然坚持自学。

从1956年到1960年，从四川到北大荒，从部队到农场，他一直坚持刻苦自学。功夫不负有心人，他硬是把那些陌生的初中、高中课本整明白了。

1960年7月，他从密山坐火车赶往哈尔滨参加高考。他后来回忆："也不知道怎么考试，连文科、理科都不懂。考场在黑龙江省委党校。白天在教室里考试，晚上就在教室睡觉，被褥也没有，就是一件自带的雨衣，铺在课桌上就睡。临行前还有人说风凉话：一个小学生还想考大学？也不照照自己！我不在乎，反正考不上也不算丢人。"

三天的考试结束后，刘济民回到了农场，一如平常继续工作，继续劳动。8月的一天，他正在八五五农场参加夏锄，北京打电话到虎林的牡丹江农垦局，农垦局又打电话到农场，同事告诉他，中国人民大学录取了他，问他要报哪个专业。他也不知道人民大学都有什么系，他说："你们看着给我报吧！"结果，同事给他报了人大新闻系。他们说："毕了业当记者，多神气啊！"

也许这就是机缘。完全不知道大学设什么系，连专业都是同事帮助选择的，但是，刘济民事后回忆：等他熟悉了大学，他发现他最喜爱的，恰恰就是新闻系。虽然他没有实现当记者的梦想，在新闻系学习的经历，却影响了他此后的一生。观察事物的敏锐性，凡事都要问个为什么的习惯，以及读书、写作的爱好，都是学习新闻专业培养成的。

一个小学毕业生，一个连大学设什么系都不太清楚的青年，一个只管昼夜苦读，不问将付出什么代价的追求者，就这样创造了奇迹，就这样让心中的那粒种子拱出了地面，开始蓬蓬勃勃地生长。如果说小学毕业去参军，还带着顽童的好奇的话，无论如何，参军让他走进了一个更广阔的世界；而这一次考大学，他是自觉地跨进了另一个广阔世界的大门：知识，是自足的独立世界，更深幽，更博大，更有魅力。

多年以后，谈起他的人生感悟，他说："人要有两个健康，一个身体健康，一个心理健康。身体健康靠锻炼，心理健康靠修炼。修炼没有文化知识不行。在人民大学的五年，给我的修炼打下了很好的基础。我最忘不了的……"

最忘不了的，是副校长郭影秋老师的一段讲话。1963年郭影秋从南京大学校长调任中国人民大学副校长。他在中国人民大学各系师生的见面会上，十分明确地说："学生的主要任务就是读书。""教学是压倒一切的中心任务。"

刘济民回忆说："从1957年反右、1958年大跃进，到我们上学时的三年困难时期，那时全国都在突出政治，政治压倒一切。郭影秋校长号召学生读书，这是需要多大的勇气、具备多么远大的眼光啊！郭校长的'学生的主要任务就是读书'这句话，影响了我一辈子。不仅在学校主要是读书，工作以后，退休以后，依然要花很大的精力读书。生命不息，读书不止。越到后来，经历越多，越觉得读书的重要，越觉得读书是极大的乐趣，它是打开我认识世界的一面窗户，也是涵育心灵的营养，是自觉地做一个高尚的人的基础。”

大学的生活清苦也平淡，没有了在军队和在农场时的那种火热和喧闹。刘济民却十分满足于在过去连想都不敢想的读书环境。一个孤独地自学了四五年的人，无比珍惜有同学可以相互讨论；一个连课本都难以找到的自学者，无比珍惜那宏富的图书馆里有很多很多的藏书。

他如痴如醉地同我一起回忆着在人大读书五年中那些难忘的日子。到现在已经几十年过去了，他仍然讲得出当年人大新闻系、语言文学系许多老师的名字。他说：“到北京上重点大学，太难得了。更难得的是，当时的新闻系有一支政治思想和业务素质都很强的教师队伍。他们学识渊博，才华横溢，很有特点。他们讲课是一种创造，是一种艺术，我听他们讲课觉得是一种享受。难忘母校，难忘恩师。想到母校众多的老师们，心中就会树起一座丰碑。”1995年10月，中国人民大学新闻学院（系）创建四十周年的喜庆时刻，他曾以“赠母校老师”为题，写下了这样一副贺联：

> 看今日，万千桃李，争芳斗艳，文采飞扬，丰碑耸立云天外；
> 忆当年，四十春秋，含辛茹苦，风雨沧桑，奉献尽在不言中。

在此后近五十年的漫长生涯中，他手不释卷，如饥似渴，即使在繁忙的政务工作中，也总是要千方百计抽出一点时间读书。在他担任无锡市委书记期间，他推掉无谓的应酬，尽量少开会、开短会，除了下去调查研究，就是关起门来读书。有时，为了避开干扰，他甚至躲到没人找得到的地方，沉下心来，清清静静痛痛快快地读他一天书。在1993年担任国务院副秘书长后，他住在中南海的办公室里，每天的清晨和晚上，他基本上都用来读书。他特别喜爱中国传统文化，认为这是我们祖国最宝贵的遗产，不但博大精深，而且充满智慧。他也喜欢读中国古典作品。一部《全宋词》近两万首，他经常吟读，口诵手抄，常常若有所悟，受益匪浅。长期养成的读书习惯，深厚的文化积累，使他思维敏锐，眼界高阔，为人彬彬儒雅，讲话深刻有力。他常说："多年工作实践，使我锻炼了一种本事，就是把复杂问题简单化。"没有清晰的头脑，自信的果断，是不可能化繁为简的，而这种化繁为简的功力，相当大程度上，来自于他丰富的知识和开阔的眼界。读书使人明理。

1998年，他任九届全国政协委员。2003年，他又任十届全国政协委员。1998年初任全国政协委员，按照惯例，他被安排到经济界。他不同意，要求调到新闻出版界。在政协调换界别，这是没有先例的。在他的强烈要求下，最终还是如愿到了全国政协新闻出版界。以后他又要求从全国政协的人口资源环境委员会，调到文史资料委员会。不包含任何可以给自己带来通常所认为的"利益"，他唯一的目的，就是要利用这个机会，好好地读几年书，把读书和履行政协委员的职能、同参政议政更好地结合起来。在政协新闻出版界和文史委，经常接触许多有大学问的专家、学者，刘济民虚心向他们求教，进入了一个崭新的、更加丰富多彩的学习领域。

多年的文化积累，使他十分清楚政协文史工作在整个社会文化建设中的重要地位。他站在历史的高度，对现代文史工作提出了一些创建性的意见。他知道，中国的传统文化，在世界范围内，是唯一没有中断、一直持续发展下来的，这在相当程度上，和中国的史学发达密切相关。中国的史学，可以说是无与伦比的文化奇葩。正是因为史学实践的发达，造就了史学理论的发达，理论和实践相互促进。

自古以来，就有对史学家要具备"德、才、学、识"四个方面素质的要求。刘济民就政协文史干部的素质问题，曾多次向全国政协文史委委员、中央党校教授刘景录虚心请教。他听刘教授讲解唐代历史学家刘知几在《史通》中关于史才、史学、史识的论述；讲解清代史学家章学诚在《文史通义》中关于史德的论述；以及国学大师钱穆关于对本国历史要有"温情和敬意"的论述，等等。结合自己从事政协文史工作的实践体会，他认为，政协文史工作者还必须怀有对国家和民族的深厚感情，这一点非常重要。2004年8月，在西安举办的全国政协文史干部培训班上，刘济民以《温情满怀写春秋》为题讲了一课，明确提出，一个优秀的政协文史工作者，除具备“德、才、学、识”四种基本素质外，还应具备一种基本的品质，就是“史情”。他认为，作为优秀的政协文史工作者，要“德、才、学、识、情”五备，要德才兼备、文史兼通、温情与学识并茂。只有具备了这四种素质和一种品质，我们才能从有益于人民、有益于国家、有益于民族的高度，把新时代的政协文史工作做好。“史情”的提出，是刘济民对政协文史工作的一个贡献。

他也特别关心全国政协的文史工作者。辽宁省政协文史委副主任赵杰，是研究张学良的专家，几十年如一日，孜孜访求，旁搜博引，著作等身。几年前，因为工作过于劳累，中风失语躺倒在病房。刘济民多次打电话问候，还在大会上介绍赵杰的事迹，认为他是辽宁政协文史工作的一座丰碑。有位同志把刘济民在西安培训班上对赵杰的评述发了一条短信给赵杰，赵杰一直舍不得删掉，每每翻出来看，依然十分感动。2006年，赵杰完成近作《张学良：毁誉由人》，怀着敬意，请刘济民作序。刘济民欣然为这本书写了《通天绝地写真情》一序。

多年以来，刘济民从来没有放下过手中的笔。个人讲话，他从不假别人之手，都是即席讲，或是自己亲自起草。他认为，现如今如果一个领导人，连自己的讲话稿都写不好，甚至别人起草的文稿，自己还念不好，大概也就不配当领导了。

博观而约取，厚积而薄发。近六十岁的时候，他开始创作散文，十多年来，一发而不止，写了数十篇文学纪实、手记、散文、随笔、对联，先后出版《春潮集》《秋韵集》和《夏夜集》。不少文章脍炙人口，有的还收入中小学课外读物。直到今天，他仍然壮心不已，刻苦读书，勤奋写作。他说：“若干年后，如能健康地活着，还可出版一本《冬雪集》，那将是写人生冬季的一本小书。”“恨不生当三百年，读尽天下万卷书。”《诗经·敬之》说：“日就月将，学有缉熙于光明。”天道修远，人只有怀着慎畏的心情，敬惕不已，通过日积月累的学习，才能到达光明之顶。刘济民感动我们的，正是这样一颗明心。

结语

有一天傍晚，我走出刘济民的办公室。城市已经被暮色笼罩，落日的余晖是那么辉煌。我仍然很难从这位老人对他人生经历的叙谈中平静下来。该怎么总结他呢？

他说："我就是个普通人。几十年苦多甜少，尽可能从容应对，苦中得乐。如今老了，爬山，练太极拳，看点闲书。兴之所至，写点没用的文章。每日里清静闲适，平安无事。笑对人生无所求，从容闲度去如归。一切都顺其自然了。"他多次对我说过："无愧昨天，知足今天，坦然笑对明天。如此而已。"

一千年前，北宋名臣张咏写道："临阵勇，临财廉，临事勤，临民仁，加之畏慎，此报国之大效也。"此之谓通天彻地。刘济民，其得之乎？

2007年夏日写于北京

2010年12月修改

且偷闲眼看芳菲

——读济民先生《夏夜集》散言

夏虚和

黄庭坚曾描绘他的人生快事：烂蒸同州羔羊，佐以杏酪，用吴人良厨做松江鲈鱼羹，喝共城香稻酒；饱餐过后，用康王谷的泉水，烹曾坑的极品茶；然后，“使人诵东坡前、后赤壁赋，亦足少快”！

美食、精茶、雄文，人生快意，何过于此？黄庭坚是通人生至乐之道的。今人不逮此道久矣！或无此闲暇，或无此闲钱，或无此闲趣，最主要的，或无此闲心。暇、钱、趣、心都已俱备的，怕只是少数。

食、酒、茶，我都是外行，唯有一好，便是读书。读书不择时间，时间充裕，就读个天昏地暗；时间不充裕，读几行也有乐趣。最惬意的，是在寂静的夜晚，斜靠在案前的椅子上，让身后的灯光柔柔地照在书上，心无旁骛，尽情文字之上。不同的书，给你的感觉、给你的联想、给你的启发，最后，给你的涵养是不同的。艰深晦涩的哲学，跌宕起伏的历史，摇曳生姿的散文，冷若冰霜的年谱，玄冥通彻的佛经，读来心感，各各不同。而读刘济民先生的《夏夜集》，一字便可概括心境：静。

这已是作者近年所出的第三本文集了。前两本《春潮集》和《秋韵集》我都已读过。《春潮集》是一本工作文集，感觉上也可以用一个字概括，就是“热”，炽热之热，对职守的热爱，对人民的热爱，对时代的热爱，对未来的热爱。《秋韵集》是一本散文集，虽说仍然有工作背景的影子，主要的，是个人感言，用一个字概括，就是“真”，真诚、率直。新近出版的这本《夏夜集》，当然同前两本有很深的渊源，语言风格和行文特点都是济民先生所固有的。不同之处，在于这本散文集更超脱于物外，更袒露其本心，更裸见其胸襟。对身边人和事，对物外情和理，依然抱着炽爱，依然显露真情，更难得的是字里行间，多了一份淡淡流出的旷达，徜徉于文意，仿佛置身清风朗月之中，不染一丝尘俗。读罢掩卷，心静如水。

静从何处来呢?

一柄青松自有余

作者在自序里，直言“健康是财富”。这本文集，也主要是围绕着“健康”而辑选的，多为健康随笔，健康纪实。与一般谈健康不同，本文集中的文章，虽然有写身体健康的，也有写心理健康的，但写身体健康，不是讲运动的技巧；写心理健康，不是讲如何进行心理调适。这不是一本谈健康的专业书籍。不管是写身体健康，还是写心理健康，我们看到的，都是一个人的精神，一个人的思想境界，是一个人在大半生的岁月中，如何持之以恒地磨炼着自己的意志品质，修炼着自己的道德情操。

作者用两句话概括了身体健康和心理健康的实质：“身体靠锻炼，心理靠修炼。”这两句话可以说是作者半个世纪体会入微的心得。在身体锻炼上，他从十一二岁跟随父亲练武功，到青年以后坚持长跑三十多年，坚持练太极拳四十多年，近年又坚持爬山。每一项运动，只要身体条件许可，不管在什么岗位上，生活在什么环境中，都不懈地坚持下去。每一项运动，都能在得到身体锻炼的同时，得到心理上和思想上的磨炼，悟到生命的哲理。练太极拳，是“拳风动日影、剑气惊月魂”，是体验到有一千多年传统的这一路中国功夫的博大精深，是“内外兼修、身心兼修、神形兼修”的中国哲学。在爬山中体验到“江山有待、花木无私”的境界，悟出“天趣、人趣、理趣和乐趣”，妙趣无穷。锻炼身体，贵在坚持。不是坚持几年、十几年，是坚持几十年，坚持一辈子，是“生命不息，锻炼不止”。比坚持更可贵的，是一种毅力，一种功力，一种意志力，尤其是常人不易达到的一种精神和境界。这无疑是作者长期锻炼、修炼所得的正果。把这写出来，不是对很多人都有启迪吗？

对比于身体健康，作者更独出心裁地把心理健康的问题直接提出来，认为这是一个人一生能不能“俯仰无愧天地”的关键。当然，作者不是心理医生，也无意于从医学科学的角度讨论心理健康问题。作者所说的心理健康，更毋宁说是一种健康的精神品质的培养。

在作者看来，健康的心理，要有多方面的修炼，其中，“最重要的是淡泊名利”。因为“一个名，一个利，确实对人有极大的诱惑力。人生几十年，要过许多关口，最难过的一个关口就是名利关”。短短几句话，就把影响人们精神境界的最主要的障碍说得一清二楚。江河滔滔，岁月悠悠，千百年来，多少人对名、利二字看不清、勘不透，汲汲于此，乐此不疲，也苦此不疲。得之则喜，失之则忧，人生舞台，似乎只有这两物，像有神奇的魔力，哄得人团团转，逼得人团团转。作者坦言：“人为万物所累，‘减除得物累，便入圣境’。我没那么高的境界，但可以毫不夸张地说，在名利、钱财面前做到‘铁板一块，刀枪不入’，我看是经得起历史的检验的。”正是因为有这样的自信与自豪，所以，才活得没有那么累，甚至可以说很轻松、很悠闲。作者更直言不讳地说：因为没有那么多包袱，所以“我不必挖空心思地去找靠山，靠权贵，傍大款；我用不着低三下四地去陪吃、陪喝、赔笑脸，送钱、送物、送什么；我也用不着卑躬屈膝，曲意奉迎，整天价去琢磨什么人的脸色、眼色、颜色等等；我当然也就用不着战战兢兢地听从什么人的差遣、吆喝，成为什么人的附庸！总之，我用不着去媚俗，也不会”。这掷地有声的内心独白，真如水银泻地，字字珠玑。

作者认为："敢讲真话，也是心理健康的一个重要标志。"人人都知道讲真话是做人、做事的起码要求，为什么作者认为敢讲真话是心理健康的一个标志，并且是一个重要标志呢？因为作者敏锐地看到当今社会一种奇怪的现象："不知道从什么时候开始，讲真话居然也成了问题。讲真话本来是人的天性。小孩子不会说谎，叫作天真。讲真话成了问题，不讲假话成了更大的问题，实在是一种悲哀！"有人曾善意地劝告作者：虽然"讲假话早晚要倒霉"，而"讲真话立马要倒霉"！这就更可悲哀了！对于这样一种社会现象的形成，作者并没有刻意去分析它产生的背景和根源，也没有愤怒地谴责和批判，但字里行间，对于这种颠倒道德标准、腐蚀社会良知的无良现象，是充满鄙夷的。尽管讲真话可能有风险，可一向以讲真话为基本道德准则的作者，态度非常鲜明："让我违心地去迎合什么人，去说假话，总是做不出，说不出。讲了真话，才觉得痛快，心情舒畅，心里踏实，心地坦然，才不会受到良心的谴责，睡觉也睡得安稳。"正是读到这样的文字，我才恍然，作者为什么把实践这些道德准则的要求，看作是心理健康的标志。在这里，没有大道理，没有深奥的理论，仅仅是从心情、心里、心地、良心的感受，也应该会讲真话，能讲真话，尤其要敢讲真话。作者这样写，这样做，就让人觉得入情入理，很感人，很有说服力。

一个淡泊名利，一个敢讲真话，作为健康心理的两个重要标志，本来无足为奇。足可为奇的，是在一些人的浮躁之风日盛、许多人以追名逐利为大目标的环境中，尤其是作为一位曾居高位、按一般情形应与许多人和事有着利害关系的老人，却能不疾不徐、平实无华地把这层心理关捅破，这样灵敏的头脑、达观的心态和与人为善的出发点，不是更令许多沉浸在名利场中不能自拔、说惯了假话而不脸红、做了亏心事而睡不安稳的人汗颜吗？

作者强调淡泊名利、敢讲真话是心理健康重要的标志，作者自己也坦然自承做到了这一点，但这并不是说作者就是一个冷冰冰的、不近人情的人。相反，我们看到文集中的许多文字，作者热爱生活、热爱自然、热爱亲人的至深感情，跃然纸上。正是因为有了这种常人都有，而作者尤其深厚的感情，有了这样的基础，作者那淡泊名利、敢讲真话的呼声，才显得有力量，更有说服力。纪念自己过世的老母亲的《世上千般爱，母爱为大》，通过对老母亲一点一滴的回忆，把一位像千百万母亲一样平凡，而在每一个儿子看来都极其伟大的形象，双手捧给了读者。对母亲勤劳、无私、灵巧和朴实的记述，正是作者自己对美好品格的崇尚。尽管作者的语调平静，记述平实，可在读者的眼中，那一份饱满、深厚的感情，还是如热风扑面，不由得你不感动，不由得你不在纯真的情感熏染下，用泪水洗得心海一片澄净。

《最忆古乐响起时》，是写国务委员陈俊生的，是很特殊的一篇回忆文章。本来写成较早，也曾发表过。一贯谦逊的陈俊生不希望人家宣传他自己，作者在文章初次发表时，只好隐去了陈俊生的名字，改为专记纳西古乐。两年多前，陈俊生去世了。作为国务院的副秘书长，长期和俊生一起工作，对俊生宽厚的为人、渊博的知识、勤奋工作的精神和幽默风趣的性格钦佩不已的作者，对这篇文章做了改写，以作为对这位老领导的深切怀念。对于这样具有高尚情操的领导，作者在文章中不乏赞美之辞，这样的赞美，是发自内心的崇敬，是向伟大人格学习的谦虚精神。实际上，不只是对领导同志，更多的是对普通人，对他熟悉的众多“小人物”，对平民百姓，作者都无一例外地看到他们的长处，学习他们的长处，甘为学生，没架子，不做作。教他太极拳的小师傅府强、老师傅施老师，那些同他一起爬山的山友，同他共事多年的那些青年人，等等，在作者笔下，都是可尊敬的人物。他说：“我这个人交友不看重地位、财富，只重人品、才华。许多交往较深的同学、战友、同志，大多是普通人，即使是老领导，也都退休、离休了。”这种不以职位高低、只以人格、能力而论的待人之道，在文集中随处可见，处处光芒。于是我理解，正是因为具有这种超乎于红尘之外的胸襟，作者所论的淡泊名利、敢讲真话，才是真实可信的，才是特别可贵的。

不但如此，那一篇《小狗莫丽》，虽是短篇简构，却也写得字字生情。对女儿养的那只作者从未见面却常在耳边听闻的叫莫丽的小狗，作者像对待婴儿一般，充满慈爱之情；虽然远隔千山万水，依然时时挂念；对莫丽的丢失、病亡，忧心、悲悼不已。这样博大的爱之情怀，不正是说明，淡泊名利、坚持原则，并不等于铁面无情、令人生畏的吗？健康的心理，并不是不可企及的得道成仙——虽然那同样需要像求仙一样长期坚持；也不是只有非凡的人才能做到的事情——虽然做到了就是非凡。作者所给予我们的这些启示，最终说明了作者出版这本《夏夜集》的本意：健康是财富！

一生甘于贫穷、慕文尚义的宋代大诗人林逋曾有这样的诗句："何须强捉白团扇，一柄青松自有余。"溽暑之中，象征富贵的白团扇当然是能带来凉风的；可是，对于淡泊的人来说，安坐青松的浓荫之下，依然拥有清凉的世界。读《夏夜集》，让我不自禁地想到林和靖的这首诗，感受到如同夏日酷暑中有凉风习习吹来。

流水今日，明月前身

文字可以是自娱自乐的游戏，但自古以来流传至今的文字，没有一篇纯是自娱自乐的。那些千古名篇，无一不是与创作者当时的现实紧密相关、不可须臾分离的。或者是记录创作者的真情实感，或者是记录时代的风云变幻，文字不承载历史真实，就不算是真正的作品。

在多种文字形式中，我酷嗜唐宋人笔记，以为除文辞颇可玩味以外，小可观人，大可观风，是不可多得的时相写生。同那些远离实际生活、无病呻吟的华丽辞章相比，唐宋人的笔记亲切真实，其艺术价值和史料价值不知要高出几多。笔记是时人时事，因为贴近，所以容易达到真实可信；因为很多笔记作者立意高远，所以作品味厚、隽永。尤其因为很多笔记作者，同时也是当时代重大历史生活的参与者，他们的所见、所闻、所感，都多于、高于普通文人，作品就更具有了深厚的生活基础和历史眼光。

笔记是当时人记当时事。读《夏夜集》，联想到唐宋人笔记，虽然作者的笔法已不是唐宋人的笔法（也不应该是），笔意却是唐宋人的笔意。作品集中所辑录的，都是时人、时事、时感，而且真实可信、意蕴悠长。作品都是近年创作，而笔迹所到，不止于近年。写自己，也写时事，自己在时事中，时事也在自己中。大部分作品是写自己的生活小事、心得杂感的，“一觞一咏，亦足以畅叙幽情”。因此我们读他的文章，有一种饮甘露、沐清风的飒爽之感，由境入静，由静而思，不得不赞叹。但是，济民先生不是世外散人，不是无事闲人，也不是无聊文人。他不会、不能，也不必故作闲豫，将世事完全置之度外。事实上，几十年的风风雨雨，不可能不在他心中留下深刻的烙印，也不可能不在他的笔下有所流露。尽管《夏夜集》是一本以散文为主的自选集，而作者有意地将几篇散文意味不是那么浓厚、思考和纪实风格较为明显的文章集纳进来，可以叫作文学纪实。通过这几篇文章，我们看到了作者在离开一线工作岗位后，仍然关注着国家的发展，思考着一些带有全局性的问题。

其中最值得一提的，是《人间乐土信有》。作者平生的大半时光，是和农村、农业、农民打交道的，他热爱农村，熟悉农业，关心农民。改革开放二十几年，全中国都在发生翻天覆地的变化，在所有的变化中，农村、农业和农民的变化，应该是最后衡量我们改革是否成功的最重要标志。而这也是作者思考最多、体会最深的。多年来，作者曾经在不同的阶段、不同的岗位发表过很多至有见地的同工作有关的文章，大多已收入《春潮集》，《秋韵集》里也有几篇。收入《夏夜集》的这篇《人间乐土信有》，不是讲大道理的论文，而是一篇地地道道的文学作品。在这篇作品中，作者细致地勾画了在全国有很大影响的华西村今天的面貌，生动地记述了华西村的领路人吴仁宝的贡献和人品，也敏锐地提出了华西的实践和探索对全国农村现实的和历史的重大意义。作者认为“华西村的今天，应该是我国农村的明天”。

作者从1984年就开始关注华西村的发展，在长达二十多年的时间里，多次深入华西村，同吴仁宝建立了深厚的感情，对华西村的实际情况非常了解，对华西村的观察思考也深入。作者没有仅仅站在个人的立场、站在与华西村的人和事有特殊感情的角度来写华西村、来写吴仁宝。他把华西村、把吴仁宝放在整个大环境之下，放在中国农村发展的全局上，去观察、去思考。所有细致的记述都指向一个根本问题，就是中国的农村和农民应当向什么方向发展？实现这个发展方向的根本动力是什么？在这个问题上，作者的观点非常鲜明，他认为，华西村的创新和探索，“有着极高的理论价值和重大的实践意义”，是“符合共产党领导的人民大众所追求的远大目标的”——那就是走新型的合作制的道路，走共同富裕的道路。而这条路要走通，关键是要有卓越的带头人，要有坚强有力的共产党基层组织的领导。作者认为，“如果我国农村的七十万个行政村中有几十个、几百个、几千几万个像华西村那样‘一年比一年好’的乡村”，“如果我国农村有更多像吴仁宝那样的带头人，有更多的像华西村党委那样的真正的共产党的基层组织，有共产党掌握在手上的、像华西村那样强大的经济实力”，“我国农村的许多许多的难题就好解决了”。华西村让他看到了“人间乐土信有”，他让我们看到了“人间乐土”因何信有，这也正是他站在高处、贴近实际给我们提供的启示。

我多次听作者讲过，他写吴仁宝，有个思考问题的大背景。他不是把吴仁宝、把华西村作为一般的典型，而是作为代表我国农村发展方向、根本道路的一个政治典型。作者是从全局的、长远的、战略的高度思考和提出问题的。

我国农村有着世界上人数最多的群体。从古至今，大凡在中国这块土地上发生的那些震撼天地的大事，往往都是发生在农村。我国的改革开放，也是先在农村突破的。我国农民，曾经是正义战争的脊梁，如今又是改革开放的先锋。作者从我国农村二十多年改革开放的实践经验出发，明确指出，我国农民不仅要实现共同富裕，不仅要建设现代化新农村，还要为城市的建设和发展提供越来越多的劳动力，还要为十三亿人口提供数量更多、质量更好的食品支持，还要为保卫和营造我国美好的生态环境做出艰苦的、长期的努力，还要为自身素质的提高做出不懈的努力，等等。作者认为，我国广大的农村，目前还不富裕，八九亿农民，肩负着多重历史使命，他们实践市场经济有自身的特点，有自身的规律。作者认为，从根本上来说，我国农村要走华西村的道路，我国的广大农民“要在共产党领导下组织起来进入广阔的市场”。作者在《夏夜集》的后记中意味深长地写道：“我看我们持续不断地宣传吴仁宝、宣传华西村这个几十年红旗不倒的典型，更为深远的意义就在这里。”

对全局性的重大问题的思考，不只局限于农民、农村。作者的另外两篇文章也有着重要的史料价值。一篇题为《但留清白在，日日报平安》，另一篇是《忆当年，吃喝细事且莫等闲看》，记述了作者自1998年4月至2003年3月，先后在五个国有大型企业担任稽察特派员、监事会主席期间的工作和生活。国有大型企业的改革和发展，事关国民经济发展的全局，事关国家的前途、民族的利益。党中央、国务院为促进国有大型企业的改革和发展，采取了一系列重大措施，其中一项开创性的措施就是中央政府向国有大型企业派出稽察特派员（后改监事会），负责对企业实施财务监督、经营状况的评估和对企业主要领导成员业绩的评价。中央的这一重大决策，当时在国内外引起了强烈的反响。作者亲身经历了实施这一重大决策的全过程，他用纪实文学的笔法，对这一历史性的、划时代的大事，做了较为完整的、准确、生动的记述，成为我国改革开放过程中不可多得的重要史料。由此想到作者在《秋韵集》中收入的另一篇重要文章《一个惊心动魄的故事》。那篇长文详尽地记述了20世纪70年代末、80年代初新疆生产建设兵团的上海知识青年返城前的一些真实的故事，跌宕起伏，曲折惊险，非常感人。作者是当时国务院领导同志派往新疆处理这一事件的负责人，文章的全部内容又是作者亲历、亲见、亲撰，是迄今记述这一事件的唯一史料，就更真实，更可信，更难得。

这些文章，连同记述吴仁宝的《人间乐土信有》，构成了对当代中国几个重大事件的历史记录，虽然看似信笔写来，内中却有绝大丘壑，非文人闲笔可比，它恰如司空图在《二十四诗品》中所说，是所谓“流水今日，明月前身”的史笔！

济民先生撰写这类重大题材，不是心血来潮，不是无意为之，而是有明确的创作思想的。在《夏夜集》收入的《温情满怀写春秋》这篇文章中，作者强调当代人写当代，写亲历、亲见、亲闻，把作为历史的参与者和创造者的所历、所见、所闻诉诸当世、传之后人。他的创作，正是在实践着这一思想。

北宋中期的嘉祐至熙宁年间，一时文人之盛，无出其右。晏殊而后，有欧阳修、司马光、王安石、三苏、苏门四子，人才济济，华章琳琅。世所共知的大作品外，笔记作品如欧阳修的《六一诗话》、司马光的《涑水纪闻》、苏东坡的《东坡志林》、苏辙的《龙川略志别志》等等，亦都是光辉灿烂的传世之作。这些在风口浪尖上参与历史的伟大人物，在作品中所记录下来的生活实录，让我们看到了那个逝去的时代的令人激动的风貌。我们要让后人记住我们的今天，就必须真实地记录今天，尤其需要那些亲身参与重大决策和重要工作的人们，来记录下这一切，给后人留下足资兴咏、深思的史实。济民先生在做这件事，他的几本文集在做这件事，也应该有更多的人来做这件事。

我们看济民先生写的这些重要史料，依然可以鲜明地体会一个字：静。他是站在党的、国家的、民族的利益的高度，以一种超乎寻常的冷静态度，面对现实，追忆往事，关注未来。济民先生在《夏夜集》的几篇文章中多次写道：“我没有那么高的思想境界。”其实，面对纷繁复杂的重大事件，“君子处变，渊静自守”（《诗·邶风》），能时时保持冷静达观的心态，就是一种思想境界，当然是大境界。

白玉不雕，丹漆不文

读济民先生的文章，最大的感受就是质朴、厚重，没有华丽的辞藻，没有刻意的修饰。虽然每一篇文章都是他精心结构、仔细推敲，从不马虎从事，甚至写完还要修改多遍，但是，呈现给读者的，总是那么自然、无华，语句平实，读来朗朗上口。作者在《秋韵集》的后记中写道："我不懂文学作品的构思啊，结构啊，谋篇布局啊，等等。信笔写来，别无禁忌，怎样写着真实就怎样写，怎样写着最能抒发自己的真情实感就怎样写，是心灵的表述，是真情的流露。"这就是济民先生的文风。"信笔写来，别无禁忌"。《夏夜集》在保持了原有文风的基础上，更突显其简洁、明快，明白晓畅却意味悠长。

好的作品无不是自然天成。自然天成也是我们古老的艺术传统中最重要的审美标准。孔子所谓"白玉不雕，丹漆不文"，讲的就是这个道理。洁白无瑕的玉，本身就有无以复加的美，一加雕饰，必坏美质，所以要"天然去雕饰"。丹漆有一种单纯的美，在上面添加纹饰，必是画蛇添足。为什么呢？因为"质有余者，不受饰也"。内质本身已经具备了高度的美，假如强作人饰，必然是"以文害质"。

在《夏夜集》中，这个"质"是什么？这个"质"就是作者的一派虚怀。读《夏夜集》，静从心底生，也是因为作者字里行间，那一派不落尘俗的虚怀。健康的身体也罢，健康的心理也罢，没有这一派虚怀，是根本谈不上的。

在作者仅仅三百多字的《自序》中，有段自白："'寂然无他念，但对一炉香'，对一切功名利禄，早已看淡了；对一切世俗冷暖，也早已看明白了。"这近乎禅悟的"看淡"，使他除去了胸中尘芥；对依然存在的"世俗冷暖"，"看明白了"就知道该何取何舍。他在《不是神仙、胜似神仙》这篇健康小传中引郑板桥六十岁生日的自撰寿联："只令耳无俗声、眼无俗物、胸无俗事。"一切尘俗却扫，胸中定有虚怀可纳乾坤。

"虚"之一字，正是这本散文集的一个特点。作者虚怀若谷，文风虚极生静，静极入玄。一篇个人小传，百十来字，"当兵、务农、从政"，六字括尽几十年；"几十年小材大用，平淡无奇，尽心尽力而已"，总结了几十年的经历，也表露了人生态度；"六十岁以后闲来少事，学写散文、随笔、对联、文学纪实，聊以自乐"，闲非无事，少事有暇，学写点文章，自娱而已。其实，作为一个从艰苦环境奋斗过来的人，作为一个有过丰富经历的人，作为一个在政坛活跃几十年的人，哪一时没有故事，哪一处没有故事，哪一样不可以津津乐道个长篇大论，而作者仅仅用了百十字。这样惜墨如金，不也是一种恬退的人生态度的表露吗？所谓“静极入玄”之“玄”，不是玄奥神秘，不是故弄玄虚，而是足可禅悟世态的睿智和旷达，是在极简单、极明白中蕴涵的深邃的人生哲理。

“虚”，不仅“虚”去了字数，也“虚”去了很多无益的或不是很有益的内容。一篇心理健康的杂感，本该论论党性，谈谈觉悟，说说与人民群众的关系，讲讲保持心理健康的科学性、必要性，全省了，虚化了，笔只落到“睡觉睡得踏实”。《江山有待、花木无私》写爬山运动，也只是记琐事杂感，平平淡淡，不拉架子，最后，笔也只落到“每日里平安无事，清静闲适，就是福分了”。可正是这一“虚”，“虚”出了意蕴，“虚”出了内涵，“虚”出了无尽的余味。

唐人有云：“君子欲讷，吉人寡辞”，“唯静唯默，澄神之极”。君子讷言和吉人寡辞，并不是因为他们没有更多的话说，也不是因为他们有话说不出，而是因为真正的君子吉人懂得，人生至深至透的道理，往往是极简单极明白的，不需要多饶舌、费笔墨，自扰的往往是庸人。静观默察，才能澄廓心神，明见至理。济民先生是深通这层道理的。

甚至连这本书的书名题写、序言、印章篆刻和跋文，都是名不见经传的小人物创作的。这些年轻人都有才华，有朝一日也许成大器，至少在今天还名声不响。但作者偏偏就选了几位青年，作他这本书的助力。作者在文集的后记中，用浓重而又细腻的笔墨描述了同这几位年轻人交往的渊源和情谊。他说：“为出版这本小书，家新、林强、相仁、红雨的字、印、序、文喜成四佳，这是不可能再得的赏心乐事，是我偏得的福分。我非常感谢四位青年人的盛情，非常钦佩他们的才华。”作者对青年人的才华和潜力的敬重之情，溢于言表。这本身不就是特有含义的“虚”，“虚”到极处的“虚”

吗？然而正是从这里，我们看到这个“虚”是博大至空之“虚”，是容纳万物之“虚”，是支持和鼓励青年人成长之襟袍远识。

老子曰：“致虚极，守静笃。”致虚守静，不只是一种哲学，也是一种含义深刻的人生态度。排除私心杂念，扫却琐细凡俗，才有空澄的心灵，才能容当容之物，致圆悟平静，才能在任何情况下都能“云来云去自在心”。有虚怀才能有自在心；有自在心才能以心驭文，而不是以文驭心；以心驭文才能随心所欲，当简则简，当繁则繁，无为而无不为。苏东坡晚年训喻子孙辈，谈起作文的体会，有段很精彩的话：“譬如城市间种种物有之，欲致而为我用。有一物焉，曰钱；得钱，则物皆为我用。作文先有意，则经史皆为我用。”（宋·周煇《清波杂志》）这个“意”，就是从自在心生出的，有了这个自在心，才能够“行于当行，止于当止”（苏东坡）。

虚怀是一种思想境界，是一种内在的“质”。有了这种境界，才会有那样的文风。时下的散文流变，渐趋浮华，往往一味讲究辞藻形式，甚而美其名曰“美文”，其内容却空洞无物，味同嚼蜡，其美安在哉？当年为作者的《秋韵集》作序的一位领导同志非常赞赏作者“文如其人”的文风，他认为：“济民的为文，与他的为人一样，总是那么认真、质朴、敦厚、坦荡，不拐弯抹角，不云山雾罩。又总能在简洁明快中，蓄起一种力量；在看似平实的叙述中，抵达事物的本质。读《秋韵集》，让人有一种翻山越岭、攀上人生新境界的感觉。这是同一般文人的散文情趣相异的。”这是对济民先生文风的最经典的评价了。

有虚怀才有平常心，有平常心才能说平常话，才能写出平常的文字，而以平常的文字写不平常之事，才是语言艺术的大境界。在重头文章，也是本书之所以取名为《夏夜集》之源的《夏夜追凉》中，突出地展现了作者的这一文风。他批评时下一些人的躁热，说的是“刚刚给小鸡撒了几把米，立马就要收鸡蛋；昨天才栽下几棵小树苗，今天就想见到大森林；巴不得天天掉金条、日日长元宝，一夜之间成新贵，两镢头刨出个金娃娃。总之是胀热有余，冷静不足”。多么生动准确！给各式各样的躁热的忠告，是“在滚滚热浪袭来时，面对无奇不有的捧场和各种花样翻新的诱惑，时时保持一种冷静和清醒，保持一份不以物喜不以己悲的平常心。得意时不忘形，倒霉时不惊恐，门前冷落不趋炎，狂风起处不追风，在无休止的赞美声中不‘晕菜’，盛名之下不奢求，真正是：头脑冷静，心里干净。是为‘至人’‘神人’‘圣人’，如何”。这样的语言哪一句是深奥的？哪一句是看不懂的？全是大白话，大实话，甚至把“晕菜”这样当今北京的土话都用上了，何其明白、畅达，又何其生动感人！这些平常话又有不寻常的旨趣，又都是意指明确、有鲜明针砭的。

在记述吴仁宝的那一篇重头文章《人间乐土信有》里，更见作者以平常心表述的功力。吴仁宝的事迹太多太多，二十多年来，几乎家喻户晓。对这样一个人物，写浅了不足以打动人，写玄了离谱。而作者确实是2004年春节前夕，在去华西村看望吴仁宝途中来往的一两个小时中，想到了他们交往二十年的一些往事，似乎未曾经意地把吴仁宝的几个侧面勾勒出来，让人们看到了一个建设新农村的基层干部的不平凡的形象。因为纪实，因为亲见亲闻，所以不拔高，也见其高；不夸张，也见其丰；不渲染，也见其神。这样游刃有余操纵文笔的本领，没有相当的积累，是难以做到的，也是难以打动人的。把这样一个人物写实了、写活了，又很有说服力、感染力，那个非常美丽的标题“人间乐土信有”才有充实的含义，才更加显得拟题准确。

作者尤其擅长叙述，几乎不用描写。记人、记事的如上所述，即使是写风景、写感受，也往往是一路娓娓叙述下来，人在景中、物中，景在人眼，物在人心，物我两现，浑然天成。九寨沟的风景，玉渊潭的樱花，想象中的小狗莫丽，无一不是物我两在，而又各显其神。

纵观刘济民先生所写的全部文章，有一个突出的特点，不亲历、亲闻、亲见的不写，没有切实感受的不写，和社会大众无关的不写，个人无病呻吟的不写。这个“四不写”，是作者有意的“不为”。正因为这个“不为”所以“而无不为”，写出来的文章，是实的，是真的，是感人的，是有益的。因为内容的充实、丰厚，才显得修辞的质朴。襟胸博大，无须言辞；文意充盈，不显妙笔。

大约是半生勤劳事业，济民先生于“闲”之一字，最为钟情。《秋韵集》的后记，是一篇《人生岁月闲难得》，巧得很，《夏夜集》的后记又是一篇《花开花落意自闲》，都得一“闲”字。作者常说：“闲来少事，写一点小文章，算是闲趣。”这是一种什么样的“闲”呢？苏东坡在初次被贬时，题黄州令徐君猷的“闲轩”，自称“问闲作何味，如眼不自睹”，闲味是不能自辨的，犹眼不能观眼类同。那这样的“闲”，就不是无事的“闲”，因为无事的“闲”，味可辨，眼可观；而是意态的“闲”，是一种闲豫的心境，也正如王维所说：“人闲桂花落，夜静春山空”。这不正是一种起卧安泰、波澜不惊的达观态度吗？

事实上，“闲”不仅是一种冷静的态度，更是一种思想境界，是摒弃了个人的进退荣辱、利害得失，尽可能客观地观察看待世间万物，尤其是观察与社会的大环境、大课题密切相关的现象。由写吴仁宝来关注中国农村发展的根本问题，由写稽察特派员的工作经历来关注中国城市经济发展的根本问题。就是写身体健康，哪里是写身体的问题，那是写一种意志，写一种精神，写一种矢志不渝的信念；写心理健康，哪里是写心理的问题，那是写一种名利无足介怀的人生观，是写一种超脱物我的世界观；写爬山，哪里是写一个运动项目，是写不论职位高低，都要把自己融入自然、融入普通人中间的处世哲学；写《夏夜追凉》，哪里是写气候，是写戒浮戒躁，时刻保持冷静、豁达的一种思想境界。——所有这些，不都是具有明确针砭的时政文章吗？“我诗为闲作，更得不闲语”（苏东坡），有这种达观冷静的心态，才能做出“不闲”之语。在《夏夜集》里作者的意态是闲豫的，笔下却无闲情逸致，所书所写，都不是无的放矢，都与世态有关，是关于个人、国家、社会的观察摹写和深刻思考，是“且偷闲眼看芳菲”（林逋）！

今人的文章，是越来越容易发表了。传统的纸媒体而外，网络可说是一个相当自由的空间。人们有了感想，有了认识，都可以很轻易地写出来，发表出来，供别人观赏评判。这，无论如何是一件好事。但是，在创作与发表有了很大自由的同时，精品却越来越少了，这又不能不说是一种沉沦的现象。有些散文创作走向了两个极端：要么是发泄个人的情感，空洞无物，用华丽的辞藻掩盖着不知所云；要么是自奉“格调”，以“文化美文”的套路，孤芳自赏。当今，实在是缺乏同大众的经验直接联系、能对社会起一点健康引导作用的文章。从这个角度来看，《夏夜集》的出版，不啻燥热酷暑中的微微凉风，应该能够驱走一些暑气，带给人们心灵以清爽吧？

2006年4月

最后一别

——送别彭翠萍老人纪事

张永杰

一

2012年9月8日，惠山脚下的无锡殡仪馆，哀乐低回，泣声不绝。

亲人、朋友、同事、邻居，从四面八方赶来的人们，含悲忍痛，送别一位平凡而伟大的女性，一位正直、慈和、勤勉、善良的老人。她满头银发，娴雅静穆安卧于鲜花之中。她永远不能站立起来了，不能露出微笑，不能执笔，不能操持家务，不能呵护儿孙，不能濡沫丈夫了。

这是她人生的最后一程，抖掉了一世的沧桑，卸下了双肩的重负，平静地等待归于尘土。但猝然临之，亲人、友朋、一切对她深有感情的人们，怎能相信这个亲切的生命突然间就永远离开了他们？怎能相信，从此即将天人永隔，永别于阴阳两界，再不能感受她的一点点热切，一点点温情？

丈夫，一个顶天立地的男人，依然保持着镇静，保持着儒雅。可面对即将永别的亡妻，他眼中闪现的泪花，沙哑的嗓音，还是透出了内心的巨大悲痛。从同学，到夫妻，近五十年风雨人生，甘苦相伴，相将扶持，不离不弃。如今永诀之际，他伸出颤抖的手指，抚摸着亡人的额头，那一触间，凝聚了一生的深情和无尽的哀思。在他身后，是亡妻巨幅彩色遗照，华发的老人，面露微笑，是对一生坦然生活的自信，也是对一生清正廉明的自豪。遗照两侧，悬挂着丈夫亲撰的挽联：“堂堂正正，侠骨铮铮，依然工人本色；坦坦荡荡，温情脉脉，总是慈母胸怀。”知妻莫如夫，一生相守相知，铁骨与慈母之评价，也只有丈夫才能做得出吧！

孝子刘晓冰，站在遗体前，追思母亲一生，孺慕不舍之情，化为滴滴伤泪。当说到“爸爸说，您就是家里的纪检书记”时，不禁一声长恸，满室吊唁的人们，瞬间泪花奔涌，啜声四起。熟悉她一生的人们，都油然想起她身处高位之家，平易待人、严格要求家人清正廉明的种种往事，奔来胸间，敬慕与哀惜之情，难抑难制。

孝女南捷，自澳洲万里奔丧，不能相信，亲爱的母亲这样早就弃世，内心的哀痛与奔波的劳累，快将她击倒了。望着静静躺在灵床上的母亲，呆若木人。母亲的双手，抚养她与弟弟茁壮成长，也以正身立世的精神，濡染了姐弟的心灵；更以年迈之躯，漂洋过海，照料病中的女儿，仁覆惠育，泽及子女，而萱堂慈恩、三春之晖未报，怎能不悲恸欲绝。

自发病到去世，只有十多天。就在去世的当天早晨，还与老伴在商量午饭吃什么菜，中午就已弥留了，连在上海的娘家人、内蒙古的婆家人，都没来得及见最后一面。现在他们来了，站在他们亲爱的姨姨、姑姑和奶奶的遗体前，所有的亲人都悲不自胜，想到一生尽其所能帮助、呵护他们的这位老人的点点滴滴，想到从此永别、姊妹再不能长相团聚、子侄再不能一依膝下，忍不住围柩长哭，哀恸不已。

告别厅里，肃穆庄严。无锡市各级领导、各界人士，以及从北京、上海和各地赶来的人们，缓步瞻仰遗容，敬献鲜花，三致深躬。他们中有吕聪敏、项玉章、吴相仁、林强、张永杰、文振富、王佩亨、刘学军、云涛、肖宏、徐昌年、陈红兵、段宝全，以及新华通讯社代表崔迎春、王定一、甘顺仪；无锡市委常委、秘书长张叶飞，无锡市委组织部、老干部局的领导同志及生前友好王家骏、朱德坤、肖国兴等二百多人。

哀讯一出，刘云山亲致唁电，表示深切哀悼。因故不能前来送别的各级领导、故旧亲朋，也发来唁电或赠送花圈。

几日来，无锡各界人士纷纷登门致吊，怀念这位令人尊敬的老人。

老人的名字，上彭下讳翠萍。

二

人的一生，有轰轰烈烈，有默默无闻，但不管是功造天地，还是仅能自存，品格的高下，评价的标准是等同的。彭翠萍老人一生给人的第一印象，就是立身之正。她性格爽直，待人诚恳。对仗势欺人，对以强凌弱，她大胆敢言，甚至拍案而起，从来疾恶如仇，毫无畏惧。“文革”中和“文革”结束后，刘济民遭受打击排挤，多次面临危险境地，她从不怀疑丈夫的正直，坚定地站在亲人一边。后来刘济民做了领导干部，身居高位，她与丈夫相约，绝不以权谋私，绝不公事私办。这难免让人感觉有点“不近人情”。在熟悉她的亲友中，流传着她的许多谢绝收礼、谢绝宴请的佳话，今天人们再次回忆起老彭“不近人情”的点点滴滴，无不感叹这是真正的一身正气，是节操。刘济民常感慨着对孩子们说：“有了妈妈把关，我们几代人都不会犯错误。”家里的客厅，挂着一幅竹图，两边有题字：“但留清白在，日日报平安”。老同学、老朋友邢双合说：老彭和老刘这对夫妇的清白，不是为了“保平安”才清白，他们是“自来清”。只有立身之正，才会有自来之清。

人不管做什么工作，最可贵的，就是对职业的忠实尽职。彭翠萍1960年考入中国人民大学新闻系，毕业后入新华社，做记者，做编辑，不管是在军分社采写军旅生活，还是在国内部采访社会经济新闻，几十年如一日，脚不停步，手不停笔，撰写了大量有分量的稿件。年轻时抚儿育女，丈夫又经常出差不在身边，她从未因家庭困难影响工作。做记者要经常外出，她就把孩子托付给邻居、朋友，尽心尽职地采写每一篇稿子。年纪渐老，身体渐差，仍然笔耕不辍。几十年来，采写的多篇稿件，受到中央领导同志好评，胡耀邦等多次给予批示。谋业之忠，有口皆碑。

人说女人半边天，刘济民沉痛地说：老彭是我们家的整个天，她走了，天就塌了。济民的话，并不仅是一位丈夫对妻子的去世抒发的悲痛，而是确确实实的。自与济民结婚以后，操持整个家务，就成了她一生的职责，她无怨无悔，尽心尽力地经营、维护着这个家。孩子们回忆，从小时候起，见到的就是不停忙碌的母亲的身影，常常在繁忙工作后回家，就一边忙做饭，一边给孩子们讲外面的各种大事，启发他们对事物的了解。她并不是简单地照顾孩子们的生活，更多的是关心孩子的品德和修养。儿子晓冰回忆说：母亲曾用转业费，买来一套《资治通鉴》，作为家庭必读书，从中学习治乱兴废之道，也学习为人立身之本。中国是个没有宗教的国家，中国人的善恶美丑观，往往是以史书来传承的，史书是中国人的“准圣经”。一位母亲，能够以这样的方式来教育后代，不能不说是因为她深通此理。晚年，她更加慈祥精心照料孙女，就是临终，最不放心的，也是这一娇丽的生命。母亲是家的象征，在彭翠萍身上，这一点格外鲜明。那是因为她对家庭，倾注了全部的感情。

1939年3月13日，彭翠萍出生在上海一个产业工人家庭，自幼贫寒。几十年来，她对自己的父母，对兄长姊妹，感情深厚，即使在经济不宽裕的情况下，也总是想方设法接济。退休以后，她以年老之躯筹办了一个小加工厂，赚到的钱几乎全部用来补贴亲友。一次工厂出事故，她头部被重物击伤，病得很重，从此身体每况愈下。可即使如此，她仍然坚持着把厂子办下去，也无非是为了能对亲友多一点帮助。生命有尽，大爱无疆。

她对普通人充满尊重，因此也赢得了尊敬。在她生病住院期间，雇了一位来自农村的中年妇女。短短几天，两人就产生了深厚的感情。她去世后，这位妇女前来叩灵，长跪不起。而这位妇女，并不知道老彭的身份和家庭背景，她对老彭的敬重，完全是因为被老彭的高尚人格所感动。能够赢得普通人的尊敬，才是对人格最高的褒奖。待人以诚，是彭翠萍一生的追求，直至生命最后一刻。

有位朋友写了一副挽联，刻尽老彭一生：

立身之正，谋业之忠，自始不移大节；
持家以情，待人以诚，从来未负平生。

三

当天下午，老人的骨灰被送往苏州木渎镇的凤凰山公墓安葬。

这里，一径通幽，三面环山，冈峦平缓舒展，草木葱茏，静谧安堵。老人的先父母和大姐前已安葬于此，在数十年风雨之后，重归父母的怀抱。

墓地六尺见方，简洁庄严，仿佛象征着老人的一生。家人、亲属、朋友数十人，鞠躬、献花，做最后的告别。香烟缭绕，飘向天际，仿佛指引天堂的路径。

夜晚，大雨滂沱，一洗空山，夜色清澄，秋风习习。这是您对人间的最后酬答吗？是希望那些前来为您送别的亲人友朋们减轻哀伤继续无忧的生活吗？是希望这天地人间更加清廉、更加公平吗？

殁后之灵，青山为凭！

2012年9月10日

春秋夏冬　一路走来

——记发小刘济民

吕聪敏

人的一生中，如能有几个心心相印、志同道合的朋友，那是宝贵的财富。在我的一生中，就有这样一位难得的良师挚友，他的知识、才干和人品都是我的楷模。此人即刘济民。

济民1951年参军，1958年初随部队转业到北大荒，参加了创建国营农场、开发北大荒的事业。1960年至1965年，他就读于中国人民大学新闻系，毕业后没有直接从事新闻、宣传工作，而是回到了农垦部门，继续从事国营农场管理工作和农村工作。1978年，他任国家农垦总局副局长。1986年至1993年，先后在江苏省苏州市和无锡市担任领导工作。1993年7月，他从无锡市委书记任上调到北京担任国务院副秘书长。1998年4月离开国务院机关的领导岗位，担任国有大型企业稽察特派员。2006年6月改任国有企业监事会主席。他是九届和十届全国政协委员，忙碌在参政议政的舞台上。

济民和我，有着一些奇特的、相同相似的经历。我们是同乡，都是内蒙古土默特左旗察素齐镇人。我们还是小学同学，20世纪40年代末50年代初，在镇上的第一小学读书，一起迎来了人民共和国的诞生。我俩不仅是同龄，秉性、长相、生活习惯等也极其相似。要说有点不同的话，那就是他比我长得帅气、英俊。我们二人现在的身高、体重也出奇的相同，各自的老伴也是同年生人，济民的妹妹和我的妹妹曾是中学同学，两位妹夫又都曾在呼和浩特市担任领导。

小学毕业时，济民参军，我到呼和浩特上了初中。儿时经历的事是美妙的，也是终生难忘的。时隔半个多世纪，我仍能清楚记得那天在火车站欢送济民离开家乡到部队的情景。济民戴着大红花与家人和老师同学们告别，依依难舍。我与他的这一别竟是四十二个年头。

我和济民1951年分别后，彼此音讯杳然，我不知道他所在部队驻防何处，后来他又在何地工作，而他也只听说我上了中学和大学，隐约得知我大学毕业后进了外交部，其他信息皆无。但人世间往往会有意想不到的机缘和巧合，我俩在四十多年后，即20世纪90年代初，殊途同归，居然在北京的中南海相聚，在一起生活和工作多年。当时济民被任命为国务院副秘书长，我也早他几年从外交部调到国务院机关，任李鹏总理的外事秘书，后兼任国务院外办副主任。于是，我俩又有了几个“相同”：同在中南海北区上班，办公室只一墙之隔，数米之遥；行政级别和待遇相同，在同一个机关领工资，在同一个餐厅用餐。工作之余经常在中南海湖边散步，谈天说地。我们二人的这种天赐奇缘，在一些同乡和朋友中传为佳话，亦为趣闻，因为此类事天下少有，很可能是独一无二的。从那久别重逢的1993年起，虽然我俩的工作都有所变动，比如后来济民到了全国政协，我到了全国人大，他时而在无锡时而在北京，但我们一直保持着密切联系，经常互致问候，互通信息，交流对时事的心得体会，处得像亲兄弟。

济民其人其事留给我的印象是多方面的，也是深刻的。

奋发图强，毅力超人

在我的印象里，济民从小就非常懂事。由于家境贫苦，他小小年纪已经懂得为父母分担忧愁。为寻找生活出路，小学刚毕业，就参了军。部队这所大学校，造就了他的好思想、好品行、好习惯。年龄稍大些时，他不忍心浪费宝贵的时光，开始刻苦自学，几乎利用一切业余时间，借来课本自学，读完初中和高中的全部课程。由部队转业到北大荒国营农场后，虽然环境十分艰苦，仍坚持自学。怀着对知识的强烈渴求，他于1960年作为调干生考取了中国人民大学新闻系，以超乎常人的毅力读完五年的大学课程，并阅读了大量课外读物。这五年是他知识积累的黄金期，为他打下了厚实的文化功底。济民嗜书如命，博闻强记，似有用之不竭的求知动力。翻阅他在地方和中央国家机关工作岗位上发表的各类水平不凡的文字，我可以想象出他曾为此付出的艰辛。

踏实做事，不图虚名

1958年，济民随部队到了北大荒，加入农垦大军。那时的北大荒，极其艰苦。不怕吃苦的他，踏踏实实做一名农垦战士，什么名和利统统置之度外。在恶劣的生活环境下，他不忘自己是开垦北大荒、造福人民的崇高事业的一个成员。他至今眷恋这方炼就他不屈不挠品格的土地。他说，北大荒精神早已长入农垦建设者的骨脉里了。“我永远不会忘记这座精神的丰碑对我生命的意义”。

20世纪80年代初在农场锻炼后回到北京，济民仍感到有必要花更多的时间做点实事。他向领导恳切提出去地方和基层工作的想法。他的真诚和执着受到领导和上级部门的赞许，要求获得批准。他到苏州做了市委副书记，到任后当众表态：“我不是来镀金的。来苏州工作，也不是为了提拔。我选择苏州，是看中了这里人杰地灵，在改革开放中走在前头，我是真心实意想同大家一起做点实事。”济民说到做到，在苏州，以至后来调任无锡市委副书记、书记的八年里，除操心尽力做好建设和发展外，他花了大量时间和精力，就农村现代化试点和乡镇企业的改革、发展进行调查研究，积累了许多宝贵经验。济民调北京工作后不久曾在《人民日报》发表长文，着重回忆了他在这方面的有益探索。

济民全家在1990年定居无锡，一直到现在。

身居高位，没有“官气”

1988年8月，济民到了无锡，一年不到升任市委书记。对晋升他看得很淡，他说：“说心里话，当时到无锡并不关心分工管什么，职位高低无所谓，只希望有个好的环境，实实在在做点事情。”面对一些人对他这个“外来户”的质疑，他坦然相告：“让我当这个书记，确实小材大用，我一定向大家好好学习，向实际学习，努力把工作做好。”济民同我多次谈到他当时的心境。他说：“我这个人出息不大，只是认真而已。人生苦短，别无他求，不想升官，也不想发财，所以绝不动什么歪脑筋，只想抓紧时间多做点实事、好事。回顾几十年走过的历程，确实没有什么可以沾沾自喜的，没有什么可以吹嘘的。”他的这些话是肺腑之言，像我俩这样的国家干部，自己能有什么？一切都是人民给的。我们长在红旗下，没有党的培养就没有我们的今天。

大彻大悟，坦荡人生

上了年纪的人，总不由自主地回忆往事。我和济民不止一次不约而同地谈起各自的过去，叫反思也好，总结也罢，但总是回望流年情自在。我们有共同的感慨，有共同的感悟。

济民是大彻大悟之人，淡泊名利，笑对人生。他说，人生几十年，要过许多关口，最难过的一个关口就是名利关。他以古代思想家老子“见素抱朴、少私寡欲”的警句与我共勉。

济民对生死有其独到的领悟，以精妙的语言诠释了唯物主义最朴素、最基本的规律。他说，对待人生要有一种从容、淡然和平常的心境。2007年7月，在北京的一些老部下、老朋友聚在一起，提前祝贺他七十岁生日，大家欢声笑语，亲如家人。回到无锡家中，他有感而发，写了一篇妙文，抒发对生命的感悟，文题为《当生命进入倒计时》，非常新颖。结尾一句是："生老病死平常心，从容闲度去如归，一切顺其自然了。"

他的这篇谈心式的短文见报后引起不少老年读者的共鸣。静下心来想想，就是这么一个道理，人有生即有死，这是自然规律，谁也改变不了，谁也抗拒不了。怎么办？答案就一条：从容面对，活着要活好，临终要坦然，问天无愧。

人这一生，酸甜苦辣，有顺境也有逆境、困境。济民对逆境中如何做到坚强有真切感悟。一帆风顺可以是一种祝福，但始终一帆风顺、高歌猛进的人大概没有。济民说，回顾自己的几十年，其实并不都是一路"杏花村"，所经历的沟沟坎坎不少。其实逆境和磨难不见得是个坏东西。遇上了，只好冷静以对，从容以对，不必抱怨，不必沮丧，不必懊悔，不必看得那么可怕。最可怕的是精神上的脆弱。要把逆境看作试金石、熔炉、良药，看作一种宝贵的财富。

济民的上述感悟说出了一个人人都需面对的现实。理性地面对逆境是一个人智慧的升华。逆境可以成为奋发自强的大学校，也是生活中最好的老师。在逆境中要学会寻找真正的自我，因为命运总是掌握在自己的手里。说到此，我联想起作家张笑天一段相关的人生感言。他说：生活无论对你公与不公，都是正常的，不足为奇的。于是生活对你如甘泉，苦亦是甜。要有一种健康的心态，既平和地笑看人生，又严肃地对待人生，不要被心路历程中的变数左右，乐观、执着、勇往直前。

济民做事、为人都好，才情也很出色。他陆续出了三本书，1998年的《春潮集》、2002年的《秋韵集》、2005年的《夏夜集》，文如其人，一个谦谦和和、坦坦荡荡、大仁大义的刘济民跃然在文集的字里行间。对济民的为人为文，刘云山同志曾给予热情、中肯的评价。云山说，从济民的文章，我们可以真切感受到他对人生、对事业、对亲人、对友人真挚而深厚的热爱。从这些文字中，我们不仅得到了美的享受，还获得了许多有益的启示。济民说，他的下一个集子拟名《冬雪集》，寓意将集中在“冬”字上，以乐观的、淡定的心态写人生的冬季。我相信这将是一篇同样闪光的人生礼赞，我期待着一读为快，分享他的人生智慧，并与他共勉，把我们的余生过得更加充实和美好。

济民对我说，他的人生四季不是春夏秋冬，而是春秋夏冬一路走来……回望济民的人生历程，我和他同忧同乐、同喜同悲，一切尽在不言中了！

相托重于泰山

——邢双合来信

济民：

惊闻老彭噩耗，竟泪水止不住，话说不出来。原想说几句安慰你的话，终于没能讲出来。过了一会儿再拿起电话，心情仍不能平静，于是决定写信。

去年9月底我来无锡，我、你、老彭一起去看大佛、游太湖，何等惬意，何等畅快，何等幸福！我们雄心壮志，相期再活二十年，超过一百岁。没承想，车站一别，和老彭竟成永诀！

老彭是累死的！主要是心累。二十几天前我打来电话，是你接的。我告诉你们，我的孙女考上了江南大学，要来无锡。你高兴地说：好！你等一下，我让老彭接电话。稍等之后，你告诉我：老彭在洗澡。我说：那就下次再谈吧。又过了十多分钟，老彭把电话打了过来，说起她家最近的不幸：妹夫得了半身不遂，妹妹一个多月前病逝，大哥又突患脑溢血死亡，接着二哥又查出患了癌症。她还解释，刚才确实在洗澡才没能接电话，要我“不要多想”。其实我当时确实没有“多想”。她提醒之后我倒“多想”起来。她可能因为亲人不幸而心情郁闷，本不想说话才说正在洗澡的，因怕我“多想”才又接通了电话。她的心太细了。我的心提了起来：她如此之细心，面对如此巨大的伤痛，这巨大的心理压力能承受得了吗？8月29日，江南大学开学。我嘱托儿子，在送孩子去无锡时，一定去看看彭姨和刘叔。他们去了，万万没想到，他们没能见到刘叔和彭姨。原来老彭因“血液有问题”住进了医院，刘叔叔因照顾彭姨也没在家。你们的儿子晓冰说，遵医嘱，病人谢绝亲友探视。一定转告父母他们来过。消息传来，我惊愕之余想，如今医疗条件这么好，即便是血癌也不是没有治愈的可能。我们油田宣传部的一个同事，患急性白血病，高烧不退，急送天津抢救，之后又活了五年。老彭一定会无虞的，我们一定会再见面的。自我安慰之后，内心仍觉不安，几次打去电话，家中无人接听，老彭的手机关机，我心情沉重起来。焦急地等待中，9月4日下午，竟等来了老彭去世的消息！

谁又能不死呢？只是老彭走得太突然、太意外了，让人无法接受。你说：别人家妇女是半边天。我们家不是，老彭是整个天。老彭走了，天塌下来了！是的，任何一个成功男人的背后，都有一个女人全身心的奉献。老彭有自己的工作。她从中国人民大学毕业以后，就去了新华总社解放军分社，担任记者、编辑，直至退休。谁都知道，搞文字工作，那是一个二十四小时都不能下岗的职业。一篇稿件从采访开始，到收集材料、写稿、交稿，这中间大脑得一刻不停地运转。有时一篇重要稿件抢下来，累得人吃不下、睡不好，有如大病一场。而记者、编辑的任务是一篇接一篇地写下去。她忙，你比她更忙。尤其是你担任领导职务后，全身心地扑在工作上。于是，家中的一切杂事都落到了老彭一个人身上。老彭确实是一个好妻子，好管家。家中大事小事，吃喝拉撒睡，她大包大揽，不用你操一点心。两个孩子出生后，她忙不过来，姥姥就过来帮忙，一帮就是几年。老彭更是一个贤内助。从你担任领导职务开始，你们夫妇相约：不贪污、不受贿、不利用职权为自己牟私利。你家中堂有一幅字画：“但留清白在，日日报平安”。其实，你们不是为了“保平安”才清白，你们是“自来清”。你俩都是穷学生出身，是知识型干部，受共产党“全心全意为人民服务”教育多年，共同的志向是“但留清白在人间”。你形容自己的妻子是“中纪委派驻身边的干部”，时时刻刻对你实行监督，不能公车私用，不能用公款请客吃饭，有时连朋友之间的人情往来她都要审慎观察，常常到“不近人情”的地步，让人好不尴尬！

回想当年，你们是非常甜蜜、非常浪漫的一对。1960年我们同时进入中国人民大学新闻系学习，五年同窗，我亲眼看到：一个内蒙古出生的汉子，十三岁参军，如今是调干学生，城内三系共青团书记、校共青团委员，英俊潇洒，风流倜傥；一个江南才女，青年学生，靓丽清纯，近视眼镜后一双水灵灵的大眼睛，忽闪忽闪的，勾人魂魄。北风南润，悄悄地接近了。人们是从你俩出双入对地跑图书馆、阅览室，发现你俩开始恋爱的。我衷心祝贺，推波助澜。毕业后，组织上显然是为了照顾你们，一个分配到农垦部，一个分配到新华社，都留在了北京。你们结婚可是真正的裸婚：一张结婚证，一张双人床，一间小平房（借住）。婚后几年，三次搬家：祖家街，民丰胡同，西便门。我那时单身，你们搬到哪儿，我便跟着吃到哪儿，饺子、面条……小彭擀面，你捏饺子，形状还挺美。那时我们清贫、清纯、快乐，无忧无虑，一心扑在工作上。“文化大革命”开始了，我们在政治上迷惘，思想上遇到了许多想不通的问题。你无缘无故受到了审查，诬陷随时都有可能发生，你甚至连可能发生的最严重的后果都想到了，你把自己珍藏的日记、笔记托我保管，说是怕造反派抄家抢走。你后来下放基层锻炼，小彭带两个孩子生活。上海发来电报说家中有事，让她速回。她向单位请过假立即去我那里，把家中钥匙交给我，并要我晚上去家中帮着看孩子。虽然她仅仅去上海三天就匆匆赶了回来，我却实实在在地受到了感动。人间恐怕没有人能衡量出同事在困难时相托那份感情的分量，它重如泰山、深如大海！它是信任，是依靠，是感情相通，是人生知己！这感情让我激动，让我温暖，让我永远铭记！

五十多年了，我们的心一直是相通的。后来因工作调动，我们分隔天南海北，但魂牵梦绕，情感更加深厚，经常通通电话，吐心吐肺。现在，老彭突然离我们而去，让我们活着的人怎生割舍，怎能承受！

愿老彭一路走好！

好友　双合

2012年9月6日上午

心地坦然　笑对人生

——记全国政协委员刘济民

郁曾全

红润的面色，挺拔的身体，健捷的步伐，说起话来中气十足，大笑起来声音爽朗，不说，您不会想到这是一位年近古稀的老人。清晨，他一身便装，在公园里恬然徜徉，看到写地书的，饶有兴味地驻足观看；听到几位老人争说什么是“三个代表”，脸上泛出会心的微笑；偶尔，会和晨练的老人搭上几句话，唠的全是家常。不说，您不会想到他身居高位。

和文化界的人士交往，他总是尊敬地称呼人家“老师”，即使对文化界的晚辈，脸上挂着的，也总是谦逊的笑容。不说，您不知道他手不释卷几十年，笔不辍耕几十年，腹笥宽宏，文章锦绣。

十几年前，我在无锡有幸认识他。那时他刚任无锡市委书记。隶属无锡的江阴有两位名人，一位是华西村的吴仁宝，带领全村走共同富裕的道路，全国无人不知，无人不晓。一位就是我的父亲，老中医郁祖祺。家父一生悬壶济世，以仁者之心善视众生，八十多岁高龄，仍然每日接诊百余人。吴仁宝以能而仁，家父以仁而能。贤者亲仁亲能，甫任市委书记的他，下车便访这两位乡贤，从此和他们结下了不渝的友情。直到前年家父去世，十多年来，他对家父的关心和牵挂，难以尽言。也因此，我对他的为人、为官的平生，有了更多的了解和认识，尊敬与钦仰之情，与日俱增。

这是位睿智的老人，是位祥和的老人，也是位淡泊人生的文化人，是我最敬重的领导和珍贵的朋友。

他，就是现任全国政协委员、文史委副主任刘济民先生。

一、起步人生德为先

刘济民先生1938年出生在绥远省清水河县（现属内蒙古），县名虽因境内有一条清水河而得，却是黄土丘陵山区，地瘠人稀。他的父亲是手工业工人，从事被当地称作“毛毛匠”的皮匠手艺。家中贫寒，房地皆无，租住狭小的窑洞，全靠父亲的双手养家糊口。那是一个内忧外患的年代，战乱频仍，民不聊生。因为贫穷，他的一妹一兄相继因病无钱医治而夭折。为了生存，他父亲带着全家一迁再迁，于1948年定居归绥县察素齐镇。道路流离，满目疮痍。作为长子，刘济民自幼时就体验到了生活的艰辛困苦。

困苦中的双亲并没有被压倒。父母在艰辛面前顽强生存、自信乐观的精神，就像清水河的清水一样，汩汩灌溉在刘济民幼小的心田，泼染出一生的人生底色。父亲坚毅刚强，一双手为全家人撑起一片天空，在荒凉的乡间走东家、串西家，收皮件，做皮活，尽管收入微薄，从来无怨无悔；母亲慈善勤劳，总是尽最大的努力，照料家庭和孩子，顶星即起，灯昏不寐，针针线线，忙碌不停。父亲有胆气，有决断，虽然中国人千百年来有怀土重迁的传统，但在面临生存困难的关头，毅然决然地迁家纾难，敢于奔向前途未卜的远方，去寻找新的生路；母亲有耐力，有恒心，无论面临多大的苦难，总是有条不紊，寒冬酷暑，雨雪风霜，她一样地手不停辍，细心地料理全家的生活。

每当回忆起这些，刘济民先生总是深情地说：“父母的影响是一辈子的。我父亲的坚强、自信，我母亲的慈善、俭朴，我双亲的诚实、朴素，从小就影响着我。要说我这大半生的一些优良品质，那是本性天成。”

1951年，刘济民小学毕业。从六岁跟父亲识字、习书，到举家两迁，小学六年转了三地四校，生活很不安定，但刘济民的成绩是优异的，假如不是因为过早地体验到了生活的困苦，不是因为“寒门出孝子”，也许他应该顺理成章地上中学、上大学，那样，也许他将走一条与后来完全不同的人生之路。但是他没有。刚刚十三岁的他，说服了母亲，背着父亲，报名参军，当了一名小兵。

“那时候我父亲出外做活，不在家，如果父亲在家，他是绝对不会同意我去当兵的。父亲一心希望我多读书，多读书才能成材。我母亲也不同意我去当兵，年龄太小了，老人家不放心。我执意要走，一起参军的几位同学帮我说了许多好话，母亲只好让我走了。”

那时正值朝鲜战争，在“抗美援朝，保家卫国”的号召下，全中国上下一心，热情似火。实足年龄还不到十三岁的刘济民，当时是小学少先队大队长，戴着红领巾参了军，汇入了这一股洪流。因为年龄小，被分配在后方医院做卫生兵，护理源源不断从朝鲜战场运送到后方的伤员。对官兵亲如兄弟、亲密无间的这个大家庭，刘济民很快就产生了感情。父母先后来到部队，要他回家，刘济民认为部队生活好，不愿回家。

谈到为什么要参军，刘济民先生说：“那时想法很简单，有点热情，主要是为了寻找生活出路，弟弟妹妹还小，我参军走了，可以减轻父母的负担。”

在一次忆苦思甜会上，刘济民实实在在地说：“我来当兵是因为家里穷，上不起学；到了部队觉得比家里好……”惹得大家哄堂大笑。会后指导员严厉地批评了他。

讲起这段轶闻，刘济民先生笑着说：“其实我说的是实话，一个十多岁的小孩儿，懂什么革命道理呢？”

从不懂到懂，是部队这座大熔炉锤炼了他。直到今天，刘济民先生依然十分怀念在部队的日子。他说：“那时的部队，没有世故，没有冷漠，没有铜臭气，没有势利眼，只有志同道合，肝胆相照，只有火热的生活和忘我的工作。我的许多好习惯、好作风，都是在部队培养的。”

部队不仅是培养他人格、品质的大学校，还成了他发愤自学的大学校。刚参军的时候，因为年龄小，同其他小孩一样，有着贪玩儿习性。1956年，他随部队进入四川，那一年他十八岁，已经成长为一位年轻英俊的军官。人的一生，常常会因某个小小的偶然事件而改变。人一经被激发，往往会迸发出无穷的潜力。仅仅因为某个至今仍然无法说得清的触动，他发誓要重新读书，要考大学。他从一位已经上了大学的小学同学那里，借来全部的中学课本，开始用一切可以利用的业余时间自学。从此，读书成了他至今大半生的爱好。如果说参军是他一生中一个重要的转折，那么，重新拾起书本，开始养成读书的习惯，则是影响他大半生的更重要的转折。

部队的生活紧张、艰苦，作训以外，还有各种公务，能够利用的读书时间不多，他去挤。他不逛街，不打牌，不聊闲天，有空就把自己关在屋子里读书。凭着这股精神和热情，凭着本来很好的记忆力和理解力，他在学习上进步很快。这为他以后读书打下了良好的基础，也为他确立了充分的自信。直到1958年他随部队集体转业到北大荒，环境更恶劣了，条件更艰苦了，他读书的热情也丝毫未减。

谈到北大荒，刘济民先生喜欢说那是他“魂梦萦绕”的地方。这片神奇肥沃的黑土地，如今已成祖国的东北粮仓，当年却是人迹罕至的草甸荒原。是十万部队转业大军和随后来的四十五万城市青年，彻底打破了它千百年来的平静。这支庞大的拓荒大军，在这片未曾开垦过的处女地上，充满了征服和胜利的豪情。但他们面对的却是极其恶劣的环境。莽莽原野，蒿草齐人，沼泽泥泞，野兽隐没。每个曾经在这片土地上经历过的人，都会有相同的回忆，那真是苦到极处，是常人难以忍受的那种苦，可以说是奇苦。

作为其中的一员，刘济民先生每当回忆起这段经历，总是说：苦、累不假，但也乐在其中，甜在其中。乐是乐集体奋斗的自豪，甜是甜集体奋斗的成果。与很多北大荒人不同，刘济民认为，北大荒留给他的，主要不是苦境的回忆，而是那种比金子还要贵重的精神财富。也同许多北大荒人不同，他不仅把这种北大荒精神凝聚成为巨大的力量，融入劳动中、工作中，而且用到了学习上、读书上。北大荒那样艰苦，他一直没有放弃自学，没有一刻忘记读书。白天劳动再苦再累，夜晚，他也会在昏暗的“小马灯”下苦读不已。就是靠着这样的精神，1960年，他考入了中国人民大学新闻系。

从一个生于战乱、流离于道路的苦孩子，到一名“少年军人”，从小学毕业到大学生，二十多年的经历平凡也神奇。朴素的家教，部队的熏陶，北大荒的锻炼，奠定了刘济民做人的基础。人们总会从他的言语行动，甚至从他的生活习惯中，感受到他对劳动，对劳动人民，对中国共产党，那种深厚的感情。用他自己的话来说，这样的感情已经融入了他的生命中了，永远改变不了啦。在任何时候他讲述到农村，讲述到部队，讲述到北大荒，都是那样的动情，那样的神往，那样的心情激荡、神采飞扬。这使我感到了精神的力量，信仰的力量。

在贫困与艰苦中成长起来的人，在不屈服于命运中奋斗过来的人，在先进队伍中接受过圣洁洗礼的人，必定是一个坚强的人，一个智慧的人，一个自信的人，一个充满激情不懈努力的人。这样的人，今后的道路不管怎样坎坷，总有一颗明亮的心，总会找到自己正确的方向。刘济民此后的经历，真实地证明了这一点。

一个秉性天成，一个党性养成；从不自觉到自觉，从朴素到升华。用刘济民自己的话说：“长在骨脉里了，改变不了啦。”这是刘济民先生道德人品形成的基础。

二、从政人生民为本

1965年大学毕业后，刘济民原本的理想是到部队或地方报社当一名记者。因种种原因，这些愿望没能实现。按照当时调干生分配政策，他只好服从组织分配，到了国家农垦部，给一位副部长当秘书。

不久，中国的“文革”开始了。刘济民去了江西五七干校劳动。1970年，刘济民从干校回到农林部。1973年，邓小平复出，提出抓整顿，抓干部队伍建设，放手提拔年轻干部。这年，刘济民当上了副处长。1975年陈云提出建立第三梯队，刘济民从副处长直接升任农林部农垦局副局长。打倒“四人帮”后，1978年任国家农垦总局副局长。这期间，受国务院委派，两次赴新疆处理知识青年回城问题，展现了刘济民先生处理重大事件的能力和水平。

80年代初，中国的改革开放进入快速轨道，各地经济建设迅猛发展，如春潮汹涌，奔腾向前，对步入中年的刘济民产生了极大的诱惑力，他决心投入到中国前所未有的改革开放的大潮中去，小试身手，增长才干，有更多的时间到基层为老百姓做点实事。

他走出这一步很不容易。用他自己的话说，他不是去“镀金”的，而是去做事的；不是组织上派他去基层“培养锻炼”，而是自己找地方去做点实际工作，而且打算搬家、转关系、长期在基层工作下去。经历两三年的巧妙运筹，特别是在农业部几位老部长的鼓励和帮助下，1986年初，刘济民到了江苏省苏州市，当了市委副书记，分管农业。

中国的乡镇企业就是从江苏省的苏州、无锡一带发展起来的。刘济民先生上任之初，从调查研究入手，抓紧一切时间深入乡村。苏州的六县（市）两百多个乡镇，他几乎都去过。苏南地区农村发展的实践，给刘济民留下了深刻的印象，凭着长期在政府机关工作所形成的宏观思路和一贯的敏感，刘济民先生对如何深化农村改革和建设现代化新农村，形成了初步的思路。他下定决心在苏州一展身手，为当地的经济和社会发展贡献力量。

但时隔不久，中共江苏省委要调刘济民任省委农工部部长。对一般人来说，从副职升正职，是从政生涯的一大关键，是求之不得的事情。可一贯淡于名利的刘济民不这样想。他愿意留在苏州，看着由自己主持的农村改革和农业现代化试点工作结出硕果，期待自己倾注心血构筑的宏伟蓝图能够得到实现。同时，苏州那古朴的园林、清幽的老街，那比唱歌还要动听的吴侬软语，也令他流连陶醉，不忍舍弃。他婉言谢绝了省委的安排，继续留在苏州，做他非常热爱的农村基层工作。

1988年8月，刘济民先生奉调前往素有“江南鱼米之乡”称号的无锡任市委副书记。无锡，曾经是中国民族工业的发源地，现在成了中国乡镇企业的发源地，此时正处在大发展的初期。刘济民先生带着满腔的热情，带着为百姓办实事的心愿，来到了这座充满活力的城市，开始了他为期五年的主政生涯。

他到无锡不久，就把一切关系转到了无锡，夫人、女儿、儿子也到无锡，全家定居无锡，直到现在。

1989年6月，当了十个月的副书记后，刘济民当选为无锡市委书记。五年的时间里，在无锡这座富庶的舞台上，刘济民尽情挥洒，指点江河湖山（无锡有长江、运河、太湖、锡山、惠山）。他秉持从政为民的思想，团结领导集体中的一班人，恭恭敬敬地向老同志请教，认认真真地深入实际调查研究，从当地的实际出发，总结改革开放的经验，制定切实可行的政策，无锡经济开始腾飞，老百姓更加富裕。无锡人民从刘济民身上真真切切地感受到了改革开放的成就和实惠，真正感受到了一位父母官一心为民的情怀。

这五年，刘济民在无锡经历了1988年的市场疲软，1989年的政治风波，1991年的特大洪涝灾害，然后就是1992年开始的经济大发展。在这波澜起伏的五年中，刘济民先生胸有大局，处变不惊，以高度负责的热情和实事求是的冷静，驾驭全局，全面展现了出色的主政能力。

发展经济是全国的工作重心，当然也是主政一方的市委书记的工作重心。这五年，刘济民几乎跑遍了无锡所有的国有重点企业和大部乡镇企业，摸索出了一整套发展经济的思路和办法。在经济疲软的时期，他鼓励企业立足产品质量，眼睛向外，横向联合，拓宽市场。针对国有企业资源丰富、技术成熟和乡镇企业机制灵活的特点，他提出“国有企业和乡镇企业杂交”的思路，一批国有企业和乡镇企业通过这种联合获得快速发展。1992年春，邓小平南方谈话，给中国大地再次敲响了经济发展的洪钟大吕。刘济民敏锐地认识到，这是经济发展千载难逢的又一良机。于是他在全市各种会议上，以“开创90年代新局面”为题，反复宣讲富裕地区加快发展步伐的整体思路，精到地分析了“必须快、能够快和如何快”的问题。尤其在如何快速发展的问题上，他果断地提出，在苏南发达地区，由于各方面条件优越，不应该囿于常规，要有“使劲一跳摘桃子”的精神，走“高起点、外向型、跨越式”发展的道路。

为了引进外资和先进技术，让更多的外国企业在无锡落户，他十分注重投资环境的改善，督促各级机关改变官僚作风，提高办事效率，在政策允许的范围内，减少审批环节，使外资企业顺利进入，健康发展。他还关心外商的生活，帮助他们解决各种难题。一位爱尔兰裔美国商人的妻子，就是在他的安排和特殊关注下，从死亡线上抢救了回来。这些努力得到了各方面的充分肯定，也感召了外资企业。短短两到三年间，外资企业在无锡大量投资，为经济发展注入了强大活力。

他尤其注重经济发展中的不平衡问题。江阴华西村发展的实践使他欣喜地看到，共同富裕不仅是一条可能的道路，而且是可以实现的道路。他亲自联系的几个经济薄弱的乡村，都较快地走上了共同富裕的道路。他坚信，在社会主义国家，只有走共同富裕的道路，才能彻底解决贫困问题，解决总体发展问题；只有在共同富裕的基础上，才能创造真正的人间乐土。

1991年夏天，无锡遭受了有气象记录以来从未有过的特大洪涝灾害。短短十多天，降了600多毫米的雨，全城一片汪洋，无处不灾。刘济民此时深深懂得，作为决策者，不仅要面对现实，果断决策，更需要处变不惊，头脑冷静。在他的主持下，市委做出了“第一是救人、第二是救人、第三还是救人”的决策，始终把人民群众的安危放在第一位。在他的具体领导下，市委制定了一旦无锡全城被淹、如何紧急疏散群众的预案。在他的号召下，全市党政军民万众一心，众志成城，不等待，不泄气，士气不倒，精神不减，不向上伸手，凝聚了“十二级台风吹不倒”的英雄气概，夺得了抗灾、救灾、恢复生产的全胜。除了在抢险中牺牲4位同志外，36万被迫撤离的群众无一死亡。无锡人民创造了奇迹。人人都说，还是共产党好，还是社会主义好，还是人民解放军好。刘济民在灾情最严重时，向全市人民发表了“群众自有回天力”的讲话，听者无不动情。在这场惊心动魄的抗洪抢险斗争中，人们又一次看到了刘济民爱民如子、心系百姓的情怀。

刘济民对那些急功近利、华而不实的作风是深恶痛绝的。他认为，作为一个领导干部，必须时刻把为老百姓做实事放在第一位，把整体发展放在第一位，绝不能为了个人名利搞形式主义，搞害民、扰民的所谓“事业”。就在很多地方“建大广场、修大马路、盖大高楼”之风盛行的时候，他考察和研究了几个发达国家经济和城市建设的经验。他认为，城市建设尤其是百年大计，稍有不慎，祸及长远，是几代人都难以挽回的。经济要快速发展，城市要慎重改造，城乡建设要从长计议。在他的领导下，无锡把优先解决老百姓的特困住房问题作为重点，深得人心。他在无锡主政的五年，没有进行大规模的城市建设和改造，现在看来，也是一种贡献，至少没有造成更大的损失浪费。多少年后的今天，无锡人回忆起那段经历，依然感念这位不务虚名、专做实事的老书记。

在江南工作的八年，是刘济民先生人生经历中辉煌的八年，也是他人生经历中最重要的八年。在这八年中，他的领导能力、知识水平，特别是坚持实事求是、坚持深入实际调查研究的水平，有了明显提高。

1993年的夏天，刘济民先生进入中南海工作，任国务院副秘书长，协助国务院领导同志分管农业和农村工作。到1998年，他年届六十，又被任命为第一批国有大型企业稽察特派员（后改称监事会主席）。在这个新的岗位上又是五年。在这五年中，他既坚持原则，严守纪律，又能从实际出发，为企业解决问题，处理好同企业的关系，出色地完成了任务，也赢得了企业的尊重。

刘济民特别怀念担任国有大型企业稽察特派员和监事会主席那五年的工作和生活。他满怀深情地回忆，那五年中，没有宴请，没有招待，没有前呼后拥的闹猛，没有喋喋不休的恭维，没有毫无实效的繁文缛节，没有任何场面上的寒暄、应酬，大家专心致志地、高度集中精力地工作，还可挤出一些时间读书学习。其实，生活算不上艰苦，朴素是实实在在的。肩负的重任，严明的纪律，紧张有序的工作，清静、淡泊的生活，充满活力的民主气氛，团结和谐的友爱集体，坦诚、奉公的工作关系，超脱灵动的工作方法，等等。那五年，觉着过得很快，很充实，心情特别舒畅。

一晃五年又过去了，刘济民先生从领导岗位上退了下来。回顾一生的从政经历，刘济民先生感慨地说：从小到大，从没想过要当个什么官，历史把我推到这个位置，看来也是工作需要。我个人没多大本事，我总觉得是小材大用。最要紧的不是当官，而是做事，要时刻把老百姓的利益放在第一位，不这样，你就不是一个合格的共产党的领导干部。

三、文化人生闲为要

作为从政多年的领导干部，刘济民先生已经完成了他在政治舞台上的角色。作为文化人，刘济民先生刚刚启动，不过他的文化积淀从青年时代就已开始。

让我们回过头来看看刘济民先生从中国人民大学学习期间就已开始的文化人生吧。进入人民大学的刘济民，真正感受到学习机会的来之不易，无限珍贵。只有小学文化的刘济民，硬是靠非凡的毅力换来了上大学的机会。那是他梦寐以求的世界。正是带着这美好的理想，怀着强烈的求知欲，刘济民先生踏入了中国人民大学这所最高学府，开始了崭新的人生。在这所号称中国最高政治学府里，人人都在刻苦学习，自己更要奋起直追。他几乎把所有课余时间都用在了读书上，图书馆、阅览室他是常客，他像海绵一样吸吮着知识，他像鱼儿一样遨游在知识的海洋里，他近乎疯狂地学习专业书籍，博览群书，积累知识，为的是更好地充实自己。大学五年对刘济民先生来讲，非常重要，为他日后工作以及文学创作奠定了扎实的功底。他在以后几十年形成的那些深邃的调研文章、精彩的工作演讲、大气的对联诗词、奇特的散文随笔，等等，都得益于五年大学所积累的知识基础。无论是冰封的北国，还是秀丽的江南，抑或进京做官，文学创作始终陪伴刘济民先生，为他的政治生涯增添色彩，提升品位，净化境界。

我曾经在许多报刊上读到刘济民先生的诗词文章，也拜读过他出版的专集，为他的思想、他的文采，更为他的文品、人品而感动，而震撼。

他的《春潮集》集结了他在江南工作时写下的力作。有对乡村企业发展的真知灼见，有对地方经济发展的深层次的思考，更有对百姓生活的牵挂。不仅反映了刘济民先生在江南工作期间的工作经历和心路历程，也反映了江南地区当时经济社会发展的轨迹和成功经验。如果没有刘济民先生大学五年系统的学习经历，以及毕业后孜孜不倦的阅读和长期积累的实践经验，是写不出这样震撼人心的力作的，更谈不到指导实际工作了。

刘济民先生虽然从政多年，但他身上一直蕴寓着一股文化人高雅的气质，引经据典的谈吐，温文尔雅的语调，让你感受文化的熏陶。读他的文章，如同享受文化大餐，回味无穷。

我读过刘济民先生的《秋韵集》，就是这样的感受。他的文品与他的人品一样，质朴、真诚、敦厚，读他的散文就如同与他一起在交谈，让人在平实质朴的娓娓叙述中，感悟人生的哲理，领略情谊的温暖，获得心灵的启迪。他对人和事的叙述，是有感而发，扣人心弦，感人至深。特别是他写的几篇人物特写，充满了对普通百姓的真实情感，亲切平和，读后就像喝了一杯清醇的美酒，沁人肺腑。

刘济民先生写的游记，更有一种哲人的感悟。面对祖国的山水美景，异国的风土人情，刘济民先生总能从中感悟到人生的哲理，历史、文化的变化更迭。寄情于山水，更能从山水中走出，走入读者的心灵，带给读者的是深层的思索和回味，让读者随着作者一起去畅游，一起去感悟，一起去享受。

他的随笔更是他心灵的窗户，可以看到一个不断剖析自己，不断反省自己，不断做着率真、严厉自责的刘济民。他对自己毫不容情地进行自我剖析，他把自己的人性弱点、私念裸露在读者面前。作为一名曾经担任过地方主要领导和中央部门领导的政界人物来说，这需要多大的勇气！然而刘济民先生做到了，因为他的品格决定了他有这样的勇气，有这样的气概，他的人格魅力也就在此！

我最喜欢他的对联。短短数十字，却寓意深远，韵味无穷。刘济民先生有着扎实的中国传统文化的功底。他喜欢中国的古典诗词散文，尤其是对古诗词造诣更深。寥寥数字，却力透纸背，这大概与他多年的领导工作有关，语言凝练，含义深刻，高度概括，一针见血。往往一副简短的对联，就蕴涵着一个深刻的哲理。

担任全国政协文史委副主任以后，他对文史工作产生了新的热情。他认为，当年周恩来总理提出全国政协组建文史工作机构，组织亲身参与近百年来历史活动的各界人士撰写“亲历、亲见、亲闻”的文史资料，是一代伟人的远见卓识。中国自古就有“盛世修史”的传统。刘济民为加强政协文史资料工作呼号呐喊，刻苦钻研，虚心求教，提出了指导文史工作的全面的素质要求。

中国的史学传统深厚，史学典籍汗牛充栋，关于如何修史，古人早就很重视。从刘勰提出“辞宗邱明，直归南董”，到唐代大史学史家刘知己提出史家的“三长”说，即“史才、史学、史识”，再到清代学宗章学诚提出史家要有“史德”，“德、才、学、识”一直是对史家素质的基本要求。

深通中国史学传统的刘济民先生认为，前人所讲的，无非“德才”二字，这是非常重要的。作为文史工作者，仅有这两条还是不够的。德才兼备而外，还要有对自己所从事工作的热情，对我们自己民族历史的“温情”，可以称之为“史情”。

2004年8月在西安举办的政协文史干部培训班上，刘济民以青海省政协文史委在艰苦条件下不懈工作、做出很大成绩为实例，做了“温情满怀写春秋”的演讲，鲜明地提出了“史情”这一重大课题，认为做文史工作，应当“德、才、学、识、情”五备。这一提法，在全国文史工作者中引起较大反响，认为“史情”的提出，使对史学工作的素质要求更完备、更全面，也更符合从事史学工作的一般规律。“史情”的提出，无疑是一种创新，是刘济民先生对文史工作的一个贡献。

一生勤政为民，晚年专注学问，“处世闲难得，莫惜醉春风”，刘济民先生于此得到大平静、大通悟。他说：“学着写点小文章，无非是点闲趣。”他常以宋人程颢的诗句抒发情怀：“时人不识余心乐，将谓偷闲学少年。”

四、健康人生乐为上

刘济民先生在政坛上凭着自己强烈的责任心和敬业精神，凭着自己对事业、对人民的无限忠诚，凭着自己一以贯之的勤勉、清廉和果断，任职一方，取信一方，造福一方，赢得了百姓由衷的赞叹与爱戴。这源自他与生俱来的平民本质、淡泊名利的思想境界，也来自他健康的人生态度。

没有健康的身体，会在很多方面限制一个人。刘济民先生认为：事业的辉煌，知识的积累，家庭的美满，都以健康为基石。保持身体健康至关重要。在这方面，对刘济民先生有着直接和终生影响的，是他的父亲。他的父亲是当地的武林高手，自幼拜师习武，练就一身好功夫。凭着这健康的体魄和浑身的胆识，老人家在艰苦动乱的年代，行侠仗义，走南闯北。父亲这种刻苦自励的精神，对刘济民的健康成长，产生了极为重要的影响。

他从1953年开始长跑，坚持了三十多年，即使在最艰苦的北大荒，也未间断。1960年他考上中国人民大学，当时正值三年困难时期，学生营养不足，身体状况普遍较差，学校不再安排较激烈的体育课，主要安排男生学太极拳，女生学太极剑。谁知道一学竟成了终生爱好，一练就是四十多年。他在大学学的是二十四式简式太极拳和三十二式太极剑。1993年重回北京工作后，刘济民专门拜师，学习一百零八式杨氏和八十三式陈氏太极拳。练太极拳成了他生活中不可缺少的重要内容，饭可以少吃，觉可以少睡，拳不可不练。即使在出国访问繁忙的行程中，他也要在每天清晨认真练一套太极拳。四十多年从不间断地打太极拳，使他的身体保持了良好的健康状态，也使他理解到这门传统的中国武学中，蕴藏着妙到毫颠的哲理。那就是内外兼修，身心兼修，神形兼修；意、气、形、神调理得当，气血通，筋络活，精得养，神得凝，妙用无穷。

刘济民先生锻炼身体，不固执于一法，能够随着自己年龄的变化、身体的变化和工作生活状况的变化有所调整。青壮年时坚持长跑，兼练太极拳，后来年龄大了，就主练太极拳。这几年随着日常工作不那么繁忙、闲暇时间多了，又开始爬山。

刘济民先生有个特点，不论做什么事，都喜欢动脑筋。他说，两条腿在爬山，大脑也不能闲着，爬山也要爬出点名堂来。他在《人民日报》发表了“爬山得趣”的散文，就很有点味道。他说，爬山至少有“四得”。一得天趣。山水之盛，自然天成，爬山的过程，就是领略大自然造化之美的过程。二得人趣。爬山四季无碍，老少咸宜，不分工作性质，不管职务高低，没有高低贵贱之别，没有烦琐的礼节，没有无谓的顾忌，大家都以“山友”相称，平等相待。三得理趣。爬山是一种最实在的运动，不可有半点取巧。大自然赏赐给人的，不仅是自然风光，也启迪着人的灵性和感悟。在爬山中体味到的玄机妙理，对那些蛰居斗室之中的人们来说，是永远享受不到的。四得乐趣。既得天、人、理趣，乐趣自在其中了。古人说“智者乐水，仁者乐山”，刘济民先生对山水的热爱，为这句古话做了最好的注解。

由于长年坚持不懈地锻炼身体，刘济民先生如今虽已年近七旬，仍然身强体健，精神矍铄，不生大病，也基本不得小病。这保证了他在晚年生活中，有充沛的体力和精力从事各种丰富的人文活动。

刘济民先生一生注重身体健康，也更注重心理健康。心理健康最重要的是要淡泊名利，但往往在这一关上，古往今来，多少人看不破、参不透，成了名利场上无谓的牺牲品。政坛、商海最能考验人的名利观念，许多人走不出这一步、迈不过这一关，大者身败名裂，小者寝食难安。刘济民先生活跃政坛几十年，他从不跑官、逐利，而是把肩上的重任和手中的权力，看成是为百姓做事的好机会，勤勉工作，不牟私利。

刘济民先生有着“直言”的美称。他创造性地把敢讲真话，看成是心理健康的一个标志。他认为，公平、正义、真理，都要靠讲真话才能维护，才能发扬光大。有人说：讲假话早晚倒霉，讲真话立马倒霉。刘济民先生说，立马倒霉也认了，在原则问题上，一定不讲假话，这样才觉得痛快，才睡得着觉，才感到心情舒畅。凭着从小形成的质朴本性和几十年养成的坚强党性，他无私无畏，心地坦然。“云雨自往来，青山原不动”，任你红尘滚滚，我自清风朗月，纤尘不染。

刘济民先生常说：“身体靠锻炼，心理靠修炼。只有身心俱泰的人，才算一个真正健康的人，才是一个真正快乐的人。”他的人生历程，正是实践着这双重健康的人生历程，是一个真正快乐者的人生历程。

在别人的眼中，他的人生是辉煌的，他自己却淡泊闲定；在别人的眼中，他的一生坎坷艰难，他自己却坦然笑对；在别人的眼中，今天的他可以优游林下，他自己却壮心不已。这就是我眼中的刘济民先生！

冬日喜读《夏夜集》

——写在刘济民先生新作《夏夜集》出版之际

郁曾全

刘济民先生的新作《夏夜集》已在中国大陆出版发行。至此，济民先生已出版了《春潮集》《秋韵集》等三部散文集。我有幸最先拜读了济民先生的大作。

刘济民先生少年从军，早年毕业于中国人民大学新闻系，以后长期担任地方和中央部门的领导，亲历中国地方和中央改革开放的重大事件，又有深厚的文学功底，近几年来创作了大量楹联、散文、随笔等。特别是他的健康随笔，自成一体，别具一格，读后顿觉清风拂面。那些文章，体现了济民先生良好、健康的心态和文品，更使我看到了一颗坦诚理性、剖析自我、敢讲真话的拳拳之心。

十多年前时任无锡市委书记的刘济民先生，甫任之初就去无锡辖下的江阴看望我的父亲、老中医郁祖祺先生。此后的十多年中，济民先生一直关心着我的父亲及全家。在十多年的交往中，我对济民先生更为熟知，可谓人品文品皆上品。

刘济民先生近几年创作的散文、随笔、楹联等作品，大多先惠赐《天下华人》。他的第一篇散文《魂梦萦绕北大荒》就是最先在本刊发表的。他的作品为本刊平添了许多胜色，深受本刊读者的喜爱，直到现在仍不断有读者寄来读后观或评论文章。

刘济民先生的作品通篇贯穿着一个“情”字。对亲人的感情，对朋友的友情，对同事的真情，对普通百姓的深情，更有对邪恶势力的绝情。这些情，是济民先生发自肺腑的真实流露，如春风化雨，如潺潺细流，真挚动人；如高山峻岭，如飞流直下，震撼心灵。《夏夜追凉》《但留清白在，日日报平安》《忆当年，吃喝细事且莫等闲》等作品，无不闪烁着刘济民先生心灵深处的火花。《不是神仙，胜似神仙》《江山有待，花木无私》《俯仰无愧天地》等健康随笔，读后使人耳目一新，深受感染。这源自他的人格魅力，源自他的健康、乐观心态，以至妙笔生花，快乐常在。细细品味刘济民先生的作品吧，你会从中感受到充满健康心态的真情!

为庆贺刘济民先生新作《夏夜集》的出版发行，本期刊发刘济民先生的自序，以及《夏夜集》中收录的吴相仁的序和云红雨写的书评。吴相仁先生与济民先生共事多年，才气横溢，坦诚正直。从他的文章中我们既可以看到刘济民先生为人处世的人格魅力，又可以感受到吴先生质朴清新的文风。加拿大籍华人云红雨，是一位才女，本刊曾多次发表她的古体诗词。云红雨女士这一篇用佛语、禅理写的短文，既大气，又有特色，很感人。

让我们一起在冬日的阳光里，走进《夏夜集》。

2006年1月发表于美国《天下华人》杂志

人品文品皆上品

——读刘济民同志《夏夜集》感言

郁曾全

刘济民同志的第三本文集《夏夜集》出版了，我为此欣喜不已，更有久藏于心中的感慨要倾泻出来。因为刘济民同志不仅有惠于我全家，更是我的良师益友。

近几年来，刘济民同志从领导岗位上退下来后，笔耕不辍，屡有佳作在国内外报刊上发表。他早年毕业于中国人民大学新闻系，又经历了部队的良好锻炼和北大荒的艰苦磨炼；从政后，亲身经历了中国改革开放的重大事件。有着如此丰富的经历和阅历，他的作品就显得厚实凝重；又有人民大学新闻系的专业学习，文章更是绚丽多彩，赏心悦目。无论是写人叙事，还是游记随笔，都贯穿一个“情”字：对亲人的亲情，对同事的真情，对朋友的感情，对百姓的深情，对邪恶势力的绝情。这从他的新作《夏夜集》中就能感受到。《世上千般爱，母爱为大》《最忆古乐响起时》《温情满怀写春秋》《不是天堂，胜似天堂》《收藏春天》等，每一篇无不充满真情，发自肺腑；情景交融，珠玑晶莹。

近年来，济民同志创作的健康随笔，独具一格，吸引了众多老少读者。他从自己的亲身实践中感悟人生健康的真谛，“锻炼身体为本，修炼心灵为魂”，他把生理健康和心理健康作为健康人生的两大支柱，不仅仅是一种理念，更是一种实践，是他几十年坚持实践的结晶。尤其可贵的是他把敢讲真话作为心理健康的一个重要标志，无疑是一种创新。

《夏夜集》中的文章大多是写健康人生的，形成了独具特色的系列健康随笔。他自己特别看重的那一篇集嬉笑怒骂、尖锐泼辣于一体的《夏夜追凉》，实际上也是一篇写心理健康的随笔。这一类文章，突现了济民同志在人生岁月中忙里偷闲的情趣逸致，这是一种超凡脱俗的健康心态，它让我们看到了济民同志对生活的热爱，对生命的珍惜，对信仰的执着，对真理的不断追求。读后顿觉清风拂面，清新感人，你就会情不自禁地去做、去锻炼、去修身、去养性；去反思自己的过去，去剖析自己的灵魂，去树立正确的健康观。济民同志文章的魅力也就显露出来了。

刘济民同志的一些散文佳作常在海外华文报刊上发表，深受海外华人读者的喜爱，评论界给予了很高评价。美国《天下华人》杂志专门为济民同志的《夏夜集》出版配发了一组推介文章，一些华文报纸做了转载。

读济民同志的作品，我们可以感受到他的一颗真诚的心，一种健康的心态。与济民同志交往，更可以感受到他的人格魅力。作为党的高级干部，济民同志时时处处不忘党的宗旨，身体力行着党的优良传统和作风。他的人格魅力集中体现了党的干部勤政为民、平易近人的品质。济民同志长期关心和敬重我父亲、老中医郁祖祺先生，使我们深切感受了党和政府对知识分子、对百姓的重视和关怀。这种关怀是人文的、真诚的、平等的，丝毫没有表面形式，没有例行公事，他让我们真切地看到了一位有血有肉、有情有义的党的干部的形象。

那是家父八十岁生日之际，即1990年，济民同志亲笔为父亲题词“宏德高寿，妙施仁术”，并专程去江阴致和堂专家门诊看望家父。在此后的十余年中，虽然已调北京工作，但他仍时时关心着家父临床医学成果的总结、整理。

家父九十华诞，济民同志又从北京遥寄贺联：“德技双馨，福寿两全”。父亲去世后的治丧期间，济民同志更是每天几次电话，慰问我的母亲，安抚我们悲痛的心情，使我们深感慰藉。

济民同志同样关心和鼓励着我。他的博学强记，他的谦逊亲和，深深影响和鞭策着我。济民同志的作品写成后，还常与我探讨，他从没有架子，愿意听取不同意见，我也就知无不言、言无不尽了。

读一读《夏夜集》吧，从中我们可以感受到曾经在这座城市带领我们一起奋斗的老书记的博大胸怀，可以感受到有着文人气质的老书记笔底抒发的真情实感！

发表于《无锡日报》

火山口上的仁者

——刘济民剪影

彭凯雷

至今我仍没有去过无锡；虽然我深知无锡是个好地方，那里是好山好水好风景，那里是全球佛教大会召开的胜地。但无锡却常让我挂念，因为那里有我的一个好师长、忘年交刘济民先生。

20世纪90年代初，刘济民由无锡市委书记升任国务院副秘书长，见惯宦海风浪的我并不吃惊。令我吃惊的，是在此前后的故事。此前，刘济民在国家机关任职，却执意要去地方工作，而且不是向来流行的挂职锻炼，而是落户生根于江苏，夫人和孩子皆由北京迁户过去，可见其真诚。此后，中央突然的调令下达，无锡的官民皆以为刘济民不会再回来，谁承想他一直未搬家，退休后他也回到无锡养老去了。

从此，无锡人在菜场、超市、书店、公园、体育场，在公共汽车上，在往返于惠山、锡山的山路上，经常看到这位前书记的身影。而普通老百姓的几声问候、几句关切的话语，使刘济民觉得非常温暖，他说："有一种如鱼得水的感觉。"这是无锡的朋友亲口告诉我的。

关于刘济民的亲切朴实，我亦有过一段亲身见证。有一年，刘济民到位于地坛公园对面的香港《文汇报》驻京办事处找我和胡海岩，事先却未打招呼。不巧，当时我正在香港，海岩在外采访。办事处的前台小姐刘淼，看到这位轻车简从、布衣打扮的老者，并未太过留意。刘济民一杯水未喝，只是留下姓名就离开了。事后，见惯大人物的刘淼知悉他身份以后，感慨不已。后来，我问及那时他怎不讲一下自己的身份，参观一下《文汇报》驻地，可他只言路过而已。

2004年12月，在“香港《文汇报》国际合作研讨会”上，我向中宣部部长刘云山敬酒。我想起他曾为刘济民《秋韵集》作序，其中他亦与作者同叹“公家人，不由人”。我谈及此篇序，刘云山一脸敬重，他并好奇地问我与刘济民之间的关系。事后我向刘济民谈起，才知他与刘云山之间令人感叹的乡缘与文缘。

只求做事无愧于心，从不介意官职升迁。这样的仁者，令我挂牵，更令人敬重。要用十个字概括他，那就是“一个普通人，一颗平常心”。我则要用一个字来概括他，那就是“仁”。当他屡次坐在“火山口”上面临挑战时，他那“仁”的精魂便发挥到极致。

我慨叹他彰显仁者哲学的三件事，一是三十年前在新疆平复上海知青返城事件；二是二十年前在无锡化解学生上街游行静坐；三是在国务院副秘书长任上，及时制止黑龙江北大荒荒唐的下放农场到县之举。

这三件事的正确性，如今已被历史证实。“仁者无敌”的评价，他当之无愧。

新疆、无锡“火山口”的考验

刘济民被任命为无锡市委书记，是在1989年5月。那时，全国的政治局势，正处在不可预测的大风波之中。无锡的局势如同全国一样，每天都有很多人上街游行、静坐。高校学生，占据着无锡市的五爱广场。刚上任的刘济民却很镇定。他知道，面对这种大范围的群体事件，必须牢记六个字：镇定、耐心、善意。凭借着这样的信念，他与他的同事们共同努力，化解了无锡的乱局。

其实，早在此以前十年的1979年，正担任国家农垦总局副局长、四十一岁的他，就已经面对过类似这样的重大事件了。在当时的新疆阿克苏地区，他作为处理“上海知青返城潮”的主要负责人，深入事件的策源地，被情绪狂躁的上海知青围困了七天七夜。他就是凭着“镇定、耐心、善意”这六个字，最终脱离了险境，促使问题得到妥善解决。

时值20世纪70年代，极“左”思潮仍然泛滥。刘济民能在坚持原则的前提下，以柔治乱，实为难得。因为，在我的理解中，新疆的暴乱问题，至今亦不是简单的民族问题，而是经济社会发展、民富国安的大问题。刘济民面对矛盾时的处置方式，至今亦有借鉴意义。

许多年以后，刘济民在接受我的专访时，谈起了那段惊心动魄的往事。他说：“说老实话，我一直是同情那些年轻人的。在20世纪60年代初，当时大多只有十五六岁的他们，响应祖国召唤，奔赴边疆，屯垦戍边，在将自己最宝贵的二十年青春贡献给边疆的事业之后，因为家庭、教育等问题提出回上海的要求，也是在情理之中的。”

“情理之中”这四个字，令我感动。在当时中外瞩目的知青回城风潮中，刘济民所表现的大情、大义、大智、大勇，曾被一些上海知识青年誉为“刘青天”，一时传为佳话。刘济民当年那些传奇般的言行，至今还有一些老知青在网络上、在其他媒体上传播着。

挽北大荒农垦于危局

北大荒是中国的天下粮仓。在2010年全国“两会”黑龙江代表团分会场上，当中央领导提议为农垦的“三百亿斤商品粮”全体鼓掌时，就意味着这座“天下粮仓”，可供一亿人口吃一年；意味着一旦出现大灾难，京津沪渝四大直辖市、解放军三军、港澳地区和青藏甘宁西部四省区，完全可以做到“手中有粮，心里不慌”。一亿人口粮，北大荒不慌——这背后就有着刘济民的助力，是他十四年前率国务院调查组赴黑龙江省督办调查，力挽北大荒体制于人为崩坍之中。

当时，时任国务院副秘书长的刘济民，从群众来信和一些北大荒战友的反映中了解到，黑龙江省准备把现有的省属大型国营农场下放到县管，先试点，再全面推开。他预见到事关重大，立即向国务院领导同志报告，建议尽快派出调查组赴黑龙江省调查。这件事引起了时任总理李鹏的重视，很快召开总理办公会研究，决定由刘济民带队组成国务院调查组，急赴黑龙江调查农垦体制问题。

这又是一件难办的事。

由于认识不一致，问题的解决也就更为复杂。

刘济民回忆道："黑龙江的农垦体制问题，事关黑龙江省经济和社会发展的大局，不仅会影响到全国几个大垦区的兴衰存亡，甚至还会影响到社会的稳定。如果决策失误，将造成巨大损失。"

在调查过程中，刘济民和调查组的工作人员，排除干扰，谨慎应对。他们走访了相关方的代表人物，召开了各种类型的座谈会。在听取了各方面的意见以后，调查组向国务院提交了调查报告，提出"稳定大局，坚持现行省管为主的体制，只能加强，不能削弱"的建议。

国务院正式采纳了调查组的建议。1998年，国务院批准组建黑龙江"北大荒农垦集团"，列入全国一百二十家大型企业集团之列，参与企业改革试点。黑龙江省的大型国营农场，在新形势下迎来了在更高水平上大发展的机遇。

日后，刘济民与我谈起此事。他说："20世纪50年代刮'共产风'的时候，黑龙江垦区曾经实行局县合并、办共产主义大公社，使农场的生产力遭到极大破坏。现属黑龙江省管的这些国营农场，都是机械化、现代化的大型农业企业，体量大，贡献大，举足轻重，非同一般。实践早已证明，下放到县管是失败的。如果放下去，必将导致又一次生产力的大破坏，必将造成多方面的巨大损失。那不是改革，那是倒退！经过那次调查，国务院决定对黑龙江省属国营农场坚持省管为主的现行体制，稳定了黑龙江农垦大局，对全国农垦产生了积极影响，这个决策是完全正确的。”

对这个问题，至今仍有不同认识。刘济民说：“还是让实践去检验吧，让历史去检验吧！”

俯仰皆无愧色

几十年以来，刘济民在政坛上，任风云变幻，“用舍由时，行藏在我，袖手何妨闲处看”，以一个“闲”字，看淡了上下高低，看淡了荣辱得失，“江南与塞北，何处不堪行？”在他自己的人生中，不在意是否利少害多，不在意是否得少失多，均从容应对，闲雅淡定。“我节君袍雪样明，俯仰都无愧色！”

刘济民在国务院副秘书长任上时，养成了一种生活习惯：在曙光刚透过窗户时即起床了，然后，在中南海老会议厅的院子当中，或漫步到太液池（中南海）边，演一路他从不间断的太极拳和太极剑。待掌心微微发热、额头渗出细细的汗珠时，他收住拳剑，深深地呼吸着清新的空气。然后回到办公室，开始他上班前另一项从不间断的功课：读书、练字、抄写《全宋词》。这就是他的每一个早晨。

现在，这样的生活在江南名城无锡得以延续。每日里，练拳，爬山，在太湖边散步，在超市购物，在路边同老年人聊天打趣，完全融入普通市民的生活。他的心依然很静。他说：“不知不觉中已经老了，生命进入了倒计时。托共产党的福，退休了，每月还有几千元的退休金。衣食无忧，别无所求，早就满足了。做一个合格的共产党员，做一个守法的公民，尽可能做一个健康的老人。生老病死平常心，从容闲度去如归，一切都顺其自然了。”

【凯雷手记一】刘济民的父亲：“公家人，不由人啊”

刘济民家居无锡，我在北京，但我仿佛和他熟悉得不得了，因为有他《秋韵集》一册在手，文词清淡，却让我常翻常新，常为他经历的事件与人物、为他的话深深共鸣。

比如多年前谈到新疆，他说："为什么恐怖不止，暴乱不止，为什么按住葫芦浮起瓢？新疆问题很复杂。利益问题民族化，民族问题政治化，政治问题国际化。解决新疆问题要抓住民生这个主线，要有大思路。"

比如他写农业部原常务副部长朱荣，一句"依然青衫布履似当年"点题，让人永记这位下乡总带"三件宝"（搪瓷缸、蓝布袋、解放鞋）的平民部长。

再比如，他写到曾陪一位中央领导在丽江听纳西古乐，突发地震，绝大多数听众都走了，台下这位领导未动，大家都赞叹领导人临危不惧、处变不乱的风范。当人们静下来，才发现台上演奏未有停顿，表演者安坐闭目演奏，大有泰山崩于前而不惊的气概。那台下台上寥寥几笔，让我为纳西古乐抚慰人心的生命力深深共鸣。

正如刘云山在序中所言："济民有着很好的中国传统文化的功底。他得古典优秀散文重白描之真谛。写人状物，能从细微处发现闪光点，有时寥寥数笔，却力透纸背，比那些辞藻掩饰下的长篇大论能给人留下更深刻的印象。特别是他笔下的人物，虽大都白描式地勾勒几笔，却音容笑貌，跃然纸上。"

刘云山提到："比如那篇《父亲的笑容》，在表现当儿子就要离别前的依恋之情时，只用了一句话：'公家人，不由人啊！'就把这位饱经沧桑的可敬老人爱子情深又深明大义的形象活脱脱地立在了我们面前，真是闻其声，如见其人。"

当2002年，我读到刘济民《父亲的笑容》时，和刘云山部长一样，为这"公家人，不由人"的话深深共鸣。那里有对国家责任的朴实忠诚，更有父子间的纯朴真情永在。

2004年，我曾写了一首小诗，慨叹那些良善的人们、有责任感的人们，所遇到的那种普遍的困境，我又想起"公家人，不由人"，我将这话，自然而然写入诗中。

2010年，我写下组诗三十首《时代：快与慢》，最后一首，我以《时代：公家人不由人》为题写下这样的诗句：

……

十年前，我快步路过校报书摊
快手拿走一本《秋韵集》
就永远记住父亲予你临终感言“公家人，不由人啊”
刘云山在序中共鸣：“闻其声，见其人”
我初读以为文词快真，打动人心而已
“不过”“但是”“而且”“等等”，“都”很少
十年后，才明了这清淡白描的快笔乃是人心本真

请你写序，你将“前程似锦”又改为“前程多险”
恰恰此时阻碍袭来　我看四字发呆
你说：“阻力，压力，有时会帮你创造奇迹”
我急躁的心不由慢下来

我听你讲三十年为政经验：“复杂问题简单化是绝大的本领”

我听你感慨林乎加临别赠言：“用本地典型经验解决本地问题”是至理名言

我想起启功对我说“将枷锁当武器用那是真自由”

我想起杜甫，我想起黄灿然写下的诗句，我改动几个字铭记你的形象

“一个慢下来的人活出一个自己的好时代”

【凯雷手记二】林乎加：“要学会用本地的典型经验，解决本地的问题”

和刘济民谈话，是一种思想上的享受。他说：我是两多一少，多接触基层，多读书，少坐办公室。

我曾问他最令他激赏的一句话，刘济民说：那就是农业部老部长林乎加在我赴苏州工作临别时的赠言“用本地的典型经验解决本地的问题”，这是至理名言、做好当地工作的真经。

因为刘济民讲到的这句真经，我专门找到他记述与林乎加交往的文章来读。林乎加的形象晃动在我眼前，除了这真经，那种工作中的君子之交令人向往，那是一种怎样的令人神往的交往，正如刘济民所言：“同乎加的交往中，我似乎懂得了什么叫‘淡然’，什么叫‘超然’，什么叫‘泰然’。他高尚的人格和智慧，他高超的领导才能，他在世俗惊涛中的那种洒脱和旷达，那种从容和淡定，实在是少见了。”

因这文章，前篇手记提到的那位倾听纳西古乐的领导人，和我之前不曾了解的林乎加，都仿佛生长在脑海，经历春夏秋冬却更显清晰。这是为什么？我想，因为那清淡的文词中有着哪怕是普通人也能感受到的激发我们智慧与感情的真境界。记住了林乎加，记住了纳西古乐，我情不自禁写下有关“时代：快与慢”的更多的诗句：

……

我不要快感
我要质感，向历史

我不要快乐
我要喜乐，在世间

我不要快意恩仇
我要善意恩仇，于宦海

我也不说，国家你快起来
我要，人民好起来

我看见悠悠心绪的快笔

我听见漫漫古乐中的快拍
这让当下的我慢下来
……

以下是刘济民回忆林乎加文章的结尾：

“1986年初，我离开农业部，到苏州工作。去苏州工作，不是组织上派我去，而是我要去，当然也是经部党组同意的。其实，那也是在乎加的直接教育和影响下，做出的选择。我的这个选择，始终得到了乎加同志细致入微的关怀和指点，得到了农业部其他几位老领导的支持和帮助。

“乎加一再对我说：‘下去工作几年，可以，将来还是要回来。’我也一再表示，只要我觉得做得了，当地的同志也愿意留我，我就不准备回来了。趁现在年岁还不算太大，身体还好，尽可能地做点实事，也就满足了。乎加和几位老部长，对我这样的考虑，都很理解。

“我在到苏州前，去向乎加夫妇告别。‘我到地方上工作，要注意些什么？’我真心实意地向乎加请教。他略加思索后说：‘还是毛主席的方法。深入实际，调查研究，解剖典型，举一反三；从群众中来，到群众中去；集中起来，坚持下去。’他还特别强调：‘要学会用本地的典型经验，解决本地的问题。’

“从那以后的二十多年中，不论工作如何变动，我在实际工作中都尽可能地践行乎加的临别赠言。

“得人一言之善，终生不忘。乎加对我的教诲，岂止一言之善，岂止一举之善！我为工作问题，曾多次向他请教，他都是循循善诱，不吝赐教。他强调最多的，总是希望我注意深入实际，不要脱离群众；希望我学会调查研究，要特别注重解决人民群众的各种实际问题。这都使我终生受益。

“现在的青年人，了解林乎加的，估计是很少了。让我感动的是1990年在日本。当时我率无锡市代表团访问日本，接待我们的一位日本友人听说我曾在中国的农业部工作过，就问到林乎加。那位日本朋友以一种崇敬的心情对我说：'你们的林乎加部长，曾在京、津、沪三个直辖市做过主要领导。这样的经历，在中国的高官中可能是很少的。'我很敬佩这位日本友人的政治眼光。更确切地说，在解决了'四人帮'的问题之后，林乎加同志曾先任上海市委领导班子成员，又先后出任天津市委书记、北京市委书记。在中国共产党的高级干部中有这样特殊经历的，只有林乎加一人。

"悠悠往事，恩德情深。我特别怀念在乎加领导下无拘无束地、踏踏实实地做工作的那些日子，那些让人长见识，长本事的难忘日子，那些让人回味无穷的往事。

"在这样的前辈面前，高山仰止！"

位高不减平民心　笔端处处总关情

——读刘济民新著《秋韵集》

李绪恪

情为民所系，权为民所用，利为民所谋，做人德为先，做事民为本，是共产党人的行为准则，是当前正在进行的保持共产党员先进性教育活动的落笔之处。刘济民同志的新著《秋韵集》，以他参加革命半个多世纪的亲身经历为素材撰写而成的散文小品集，为我们提供了一本鲜活生动的教材。

济民同志十三岁参军，历任国家农垦总局副局长，中共苏州市委副书记、无锡市委书记，国务院副秘书长，国有大型企业稽察特派员、监事会主席。他居高位而本色不改，始终保持一种平民的心态。刘云山同志在为《秋韵集》所作的序中指出：“济民同志的为文，与他的人一样，总是那么认真、质朴、敦厚、坦荡。”他的这一人生轨迹在《秋韵集》一书中得到了淋漓酣畅的诠释。作为济民同志在无锡工作期间的一名老部下，捧读此书，反复研读，受益良深。

平民心，首先体现在对人民的一往情深上。《秋韵集》一书中的《父亲的笑容》《桃李不言，下自成蹊》《不尽情思滚滚来》《邂逅网球小星星》《一个惊心动魄的故事》等几篇，分别讲述了终生做工、寒食布衣的父亲一生的往事，读来催人泪下；就读中国人民大学新闻系期间在《山西日报》实习时的难忘岁月，师傅的言传手教、刻意求新的敬业精神，终生受益不尽；与赴京上网球学校的无锡小女孩火车上相遇，孩子那天真的笑容、美好的憧憬，映现出祖国更加美好的明天；“文革”后受国务院派遣，急赴新疆生产建设兵团处理上海青年群访事件。“我是吃着喝着人们的供给一天一天长大成人的，我的一切都属于人民。”（《自序》）济民同志认定的这条人生信条左右了他的一生。慈爱至深的父亲弥留之际，他公务在身，无法送别，事后在泪雨滂沱中写下了感人肺腑的挽联；1991年无锡遇到百年不遇的特大洪灾，他夙夜难眠，指挥了一场抗洪的空前战役，把国家和人民的损失减到最小程度。心系人民，情系百姓，他是这样说的，更是认认真真地这样去做的。

平民心，体现在良好的心态和精神。济民同志对自己的过去是这样总结的：“抗美援朝，当了小兵；吃菜吃素，当官当副；不是‘镀金’，而是做事；小材大用，做了正职；出息不大，认真而已。”正是这种平民心，带来了他政治上的不断进步和健康的体魄。济民同志良好的心态和精神，还体现在他身处逆境而不馁，依然昂扬奋发，努力工作与学习。他一直认为“逆境是熔炉，逆境是良药，逆境是试金石，逆境是一种不可多得的财富”，面对逆境“只好冷静以对，从容以对，不必抱怨，不必沮丧，不必懊恼，不必看得那么可怕”（《自序》）。他以平民心的心态和精神，一次次从逆境中走出来，越发变得坚强而自信。

平民心，体现在待人处世的善良和亲和。《秋韵集》一书中还讲述了济民同志与“反右”和“文革”中落难的老将军陈沂一家的交往，农业部老领导朱荣同志的往事，家境贫寒的大学同窗邢双合的优良品德，还有为苏州、无锡的一些单位题写的诗词、对联。笔端所至，无不充满了善良的祝愿和力所能及的相扶。接触过济民同志的都有一个感觉，他没有架子，有的是亲和力和与人为善。1997年，我与无锡几个同志去国家林业部申报开发项目，到京后先与他联系上，他电话中对我们的吃、住、用车、办事一一问到，还再三问有无需要帮忙的，对我们基层来的同志，热情备至，使人如沐春风。

得益于济民同志深厚的文学功底和扎实的生活积累，《秋韵集》全书保持了一种平实纯真的风格，没有刻意雕琢，没有矫揉造作，如山涧泉水，淙淙作响；如炉边夜谈，娓娓动听；更如一壶米酒，醇厚甘甜，令人沉醉。济民同志从领导岗位退下来后，主要做三件事：锻炼身体，练习书法，写点散文。继《春潮集》《秋韵集》之后，即将推出《夏夜集》，还要出《冬雪集》，春夏秋冬四季带给人们的是温馨、热情、成熟、刚毅，济民同志以四季命名的几本书，带给我们的是人生的感悟、处世的豁达、情操的陶冶、精神的充实。我们期待着他的后两本书早日问世。

原载《无锡日报》

心灵的独白

——读刘济民的《秋韵集》后感

米保林

在北京一个偶然的机会经朋友介绍与刘济民同志相识。以前对刘济民同志不甚了解，只知道他曾经任过无锡市委书记、国务院副秘书长等职。在我心目中我一直认为刘济民同志一定是个官气十足的人，结果通过几次交往相处，给我的却是另一种感受。他随和健谈，和他在一起你不会感到寂寞。他是内蒙古人，已年过花甲，虽比我长十几岁，但是我们非常谈得来。今年年初，他赠送我一本新作《秋韵集》。

《秋韵集》是他1998年出版《春潮集》后的续篇，我读后感到通篇贯穿着他做人的理念与情感。全书分了三个部分，第一部分是序文；第二部分是散文、杂文篇；第三部分是诗词、对联篇。特别是看了云山同志写的序，语言精辟，画龙点睛，对整部书给予高度的评价与概括，我很有同感。比如在序的开始他写道："在时下某些散文创作的辞藻华丽、学识繁复为时髦的情势下，《秋韵集》中的许多篇章，却以另一种风格，另一类笔法，让人在真诚质朴的娓娓叙谈中，感悟人生的真谛，领略情意的温暖，获得实实在在的启迪。" 我也是个散文爱好者，读过许多散文，也发表过一些散文，可是读了济民同志的《秋韵集》，有了更深的感受，就是通篇文章都体现在"情"字上。他用真情实感来写文章，用灵魂与生命写文章，而不是空对空，更不是追求辞藻，而是实实在在地用平实质朴的文字叙述了对人生的感悟，情在文中。读了以后感觉作者和读者都很近，作者就在身边，就在日常生活中。比如那篇《父亲的笑容》和《自序（一）——我的小传》等。

读了《秋韵集》，给人最深刻印象的就是他做人的理念。我非常欣赏《自序（二）——逆境是财富》这篇文章。特别有几句话使我过目难忘，文中写道："人这一生，有顺境，也会有逆境。其实逆境不见得是个坏东西，不必抱怨，不必沮丧，不必懊悔，不必看得那么可怕。最可怕的是精神上的脆弱，最明智的选择是坚强起来，振作起来，面对现实，发愤自强，变被动为主动，调动自己的一切聪明才智，从逆境中突围。"在文中他还告诉人们，逆境是熔炉，逆境是良药，逆境是试金石，逆境是一种不可多得的财富。

人生难免要遇到逆境。遇到逆境该怎么办？济民同志用自己的感悟和体验揭示了人生的哲理。他的特点是敢于不断反省自己，严于解剖自己，与困难和逆境搏斗，把命运掌握在自己手里。我想每一个人在生命中都很难摆脱逆境，或多或少要遇到逆境或受到失败的挫折。通过读《秋韵集》，人们就会在不断探究中悟得失败的真谛，面对逆境就会苦心铸就新的收获，我想这才是人生。

读懂《秋韵集》也等于读懂了刘济民，可能这就是文如其人吧。大英百科全书说："散文是作家的自我表现，散文应该是作者所经所历，所见所闻，所思所感。"《秋韵集》正是以这种面貌展示给人们的。济民写的每篇文章都是那么认真、朴实，每篇文章都倾吐着自己的情感，不论是写人，还是叙事，都是用的白描直叙，把主观意识与客观自然融合在一起，情真意挚，识高见远。有些地方很像老舍先生的风格，文字平淡，寓意深刻，读后很值得回味。

我一直认定，无论是为人还是作文，写情还是状物，唯有真诚才能抵达真诚。虽然济民同志并不是什么名作家，但是他写的散文集《秋韵集》就是一种真诚心灵的独白，是浓缩了人生的体验和阅历，阅后给人深刻的启迪。

原载2002年7月20日《中国矿业报》

后 记

从容闲度去如归

这是个多霾少雪的冬季。

在这样的冬季，写《冬雪集》的后记，是一种悲凉、苦涩、沉重而又无奈的感觉。

生命进入倒计时，所剩时间不多了，首先想到是出书。

已先后出版《春潮集》《秋韵集》《夏夜集》，现在出版最后一本小书《冬雪集》。

曾分别以《人生岁月闲难得》《花落花开意自闲》为题，写秋、夏两本书的后记，今朝以《从容闲度去如归》为题写《冬雪集》的后记，也算是姊妹篇。

非常感谢中国书协分党组书记、驻会副主席赵长青同志题写书名。

非常感谢相仁同志又一篇精美的序文。

非常感谢永杰同志用文言文写的《聚贤堂欢会记》，文辞优美，意蕴丰厚，收入书中作为序文，实属难得。

非常感谢林强同志又刻一方“冬日暖阳”印章，依然苍劲、大气、极富创意。

书中收入的文章，都是近几年报刊发表的。不知不觉中已步入老年，踏进人生的冬季，老得很快啊！这本书也就顺理成章地名为《冬雪集》了。

书中写到十三位人物，其中十位是七十岁以上的老人。这十三位人物，不论职位高低、年龄大小，也不论业绩如何，他们都有着辉煌灿烂、奇特非凡的人生经历。我那些文章，写他们的道德人品、风骨气节，写他们的超凡脱俗、大彻大悟，写他们的真才实学、大智大勇，等等，其实那都是写他们的一种精神。他们当中有的算不上名人，我总觉得他们兼备了杰出人物共有的品德、精神。他们的精神，绚丽如炬，精彩如虹。我写他们，实在是为他们的精神所感动，真正的写作动因完全是源于对他们的敬重所生发的一种激情，他们都是我的楷模、榜样。

人老了总是念旧。十多年中出齐了春、秋、夏、冬四本书，都是缘于几位老友和众多年轻人的鼓励、催促和极大的支持。他们满腔热情地为我出书撰写序跋，题写书名，精心治印，修改文章，打印文稿，设计版式，提供照片，推荐发表，写书评，做专访，等等。没有这些老友和年轻人们的援手相助，我那些文章、那几本书，是绝对出不来的。不只是写文章、出书，他们对我的工作、学习、健康、养老、家庭生活、做人做事等诸多方面，都有积极的、巨大的影响，我非常感激，总是念念不忘。思念所及，是一种被真情簇拥着、包围着的感觉，觉着特别温暖。那无疑是一种大恩大德。好友如至亲，大恩不言谢，永远铭记在心里了。

书中收入一篇《当生命进入倒计时》，是过七十岁生日时的感悟，叫七十岁放言。人生苦短，来日无多，又是几年过去了，过得很快啊！死亡，是人生中最公平的，是人人不可避免、永远不可避免的。“死亡是伟大的平等，也是伟大的自由。”（雨果）当生命进入倒计时，是一种什么样的感觉呢？无怨无愧，无忧无愁，是一种从容闲度的感觉，是一种归隐山林、彻底自由的感觉。

人们没必要把死亡看得那么可怕，没必要想得那么凄凄惨惨、悲悲戚戚，甚至惶惶然不可终日！我看还是要平常心态，平静对待。

想到韩愈（768—824）的《送李愿归盘谷序》。韩愈在那篇著名的序文里有这样的描写：“穷居而野处，升高而望远，坐茂树以终日，濯清泉以自洁。采于山，美可茹；钓于水，鲜可食。起居无时，唯适之安。”

“唯适之安”，实在是太好了！我百年之后的去处，必定是那样的美景胜境。不必起早贪黑，不必辛苦劳神，不必为一日三餐忙碌，不必为食品安全闹心，更不必为雾霾侵肺而恐惧，也不必为气候变暖而忧伤。坐茂树，濯清泉，采于山，钓于水；从容闲度，归隐山林，起居无时，唯适之安，一切都顺其自然了。

死亡，不一定都是长眠，也可能以生命的一种新的形态成为再生。最可欣慰者，有几本书留给后人。我对众多恩师、恩友无以为报，留一点文字，献上几本小书，各位想到我的时候，翻翻这几本书，茶余饭后消遣、便览，对饮、聊天，一笑而已。

2013年冬写于无锡